Ingvar Ambjørnsen

EINE LANGE NACHT AUF ERDEN

INGVAR AMBJØRNSEN

Eine lange Nacht auf Erden

ROMAN

Aus dem Norwegischen
von Gabriele Haefs

ROTBUCH VERLAG

Die Übersetzung aus dem Norwegischen wurde
durch NORLA finanziell unterstützt.

ISBN 978-3-86789-173-8

Deutsche Erstausgabe, 1. Auflage

Titel der Originalausgabe: »En lang natt på jorden«

Umschlaggestaltung: fuxbux, Berlin
Umschlagabbildung: interfoto/miller
Druck und Bindung: GGP Media GmbH, Pößneck

Ein Verlagsverzeichnis schicken wir Ihnen gern:
Rotbuch Verlag
Alexanderstraße 1
10178 Berlin
Tel. 01805/30 99 99
(0,14 Euro/Min., Mobil max. 0,42 Euro/Min.)

www.rotbuch.de

DER AUTOR dankt Anke Westphal jetzt endlich und von Herzen für das im Jahre 1984 geschenkte DDR-Kochbuch.

ANKÜNFTE.

FRANKFURT. BERLIN

Als Claes Otto Gedde an diesem Oktobernachmittag in Berlin aus dem Zug stieg, geschah das in dem Bewusstsein, dass es sich um seine allerletzte Ankunft am Bahnhof Zoo handelte. Beim nächsten Mal würden alle Fernzüge durch Zoo hindurchfegen, der Bahnhof würde Geschichte sein, reduziert zu einer lokalen Haltestelle in der deutschen Hauptstadt, einem Komma – der Punkt würde ab November im Hauptbahnhof gesetzt werden, dem neuen Bahnhof, den er bisher nur in *Spiegel* und *Stern* sowie im Fernsehen hatte betrachten können. Er war ein wenig wehmütig, aber nur ein wenig, da die riesige Glaskuppel im Flachland vor dem Reichstag ihn schon lange beeindruckt hatte, eine großangelegte Skulptur, ein Signal dafür, dass der Zweite Weltkrieg endlich zu Ende war, dass eine neue Zeit heraufzog.

Eine Zeit, die er allerdings würde loslassen müssen, wenn der Tod ihn demnächst zu sich nähme. Na ja, nicht, dass er sich schon richtig gar dafür fühlte, rein theoretisch könnte er durchaus noch zwei Jahrzehnte durchhalten, er würde an diesem Heiligen Abend sechzig werden, und er konnte sich daran erinnern, was sein Vater über die starken Herzen der Männer in der Familie gesagt hatte, den genetischen Vorteil der Gedde-Männer, in dieser Hinsicht, ja, auch in dieser Hinsicht, diese Vorteile konnten sich, wenn er das richtig verstanden hatte, in mehreren Bereichen geltend machen. Aber dann waren da ja die vielen anderen Fallen, die das Leben stellte, Stolpersteine wie Krebs und Raucherlunge, er war schon mit vierzehn ein tüchtiger Zigarettenraucher gewesen, und Leber und Nieren waren mit immer neuen Herausforderungen in Form von Jahrgangsweinen und edlen Spirituosen, Frühstückschampagner und kühlen Vormittagsbieren konfrontiert worden, dazu kam die viele gesunde Kost, der er überaus geschickt und konsequent aus dem Weg gegangen war. Dieses Thema, Gesundheit, Verfall und Tod, hatte seine Aufmerksamkeit und sein Denkvermögen auf der Fahrt von Frankfurt nach Berlin, einer Bahnfahrt von fast vier Stunden, vor allem beansprucht, es war eine natürliche Folge seines zwei Tage langen Besuchs auf der Buchmesse am Main, diesem großen traurigen Fluss, der durch Europas vom Krieg verwüsteten Finanzalptraum strömt, die kleine Stadt Frankfurt mit den vielen großen Phalli aus Stahl, Glas und Granit.

Erst vor zwei Tagen war er einem anderen Zug entstiegen, er war über Köln aus Brüssel gekommen, mit dem Ziel Frankfurt am Main, auf eine Einladung hin, die fast schon ein Flehen gewesen war, der innige Wunsch Odd Einar Olsens, er möge doch die internationale Buchmesse mit seiner Anwesenheit beehren, und warum eigentlich nicht, hatte Gedde gedacht, denn Odd Einar Olsen und der Freßsack-Verlag bezahlten das Ganze, Reise und Aufenthalt, und er hatte ja ohnehin vor, in Berlin Winterschlaf zu halten. Er hatte dankend angenommen. Allergnädigst, natürlich, er hatte nicht vor, sich einem Mann anzubiedern, der einen Verlag mit dem wohlklingenden Namen Matmons, also Freßsack, gegründet hatte, Freßsack-Verlag, oder, wie er immer sorgsam betonte, den norwegischen Freßsack-Verlag.

Schon als Gedde sich mit den Koffern durch die irritierend enge Zugtür mühte – andere Reisende wollten gleichzeitig aus- und einsteigen, und er stand dort mit dem querverkeilten Koffer –, nahm er eine andere Atmosphäre wahr als bei seinem letzten Besuch in Frankfurt, der musste über zehn Jahre zurückliegen, nein, länger, es war gegen Ende der achtziger Jahre gewesen. Und als er sich endlich losreißen und seine Meinung zu diesem und jenem kundtun konnte, sah er, dass dieses Gefühl absolut recht hatte, er musste es in einer Hundertstelsekunde wahrgenommen haben, und jetzt konnte er alles auf sich einwirken lassen, konnte auf dem Bahnsteig stehen und sehen, dass der Bahnhof von Frankfurt ein anderer war, renoviert, blank geputzt und gefüllt mit leuchtenden Kiosken und Geschäften, Lokalen, Buchhandlungen, ja, sogar Apotheke und Postamt, und nicht zuletzt *normalen Menschen*, Polizei und Wächter bewegten sich durch die Menschenmenge und ließen Gummiknüppel, Pistolen und Handschellen baumeln, ihre Körperhaltung jedoch strahlte Frieden aus, keine Gefahr, alles unter Kontrolle, kein Penner, kein einziger Junkie so weit das Auge reichte, nur saubergewaschene Multikultis mit Reisetaschen und Koffern wie er selbst; Menschen, die von da nach dort wollten, die in einem Bahnhof etwas zu suchen hatten, was ihn sofort misstrauisch, ja, geradezu skeptisch machte. Diese polierte Fassade, fand er, hatte etwas

Trügerisches, diese vertraueneinflößende Harmonie, das Fehlen unrasierter Gastarbeiter vom Balkan und von Junkies in verschlissenen Trainingsanzügen. Diese Gedanken, so sollte es sich herausstellen, straften sich fast sofort, denn als er das Bahnhofsgebäude verließ, sah er, dass die Taxisituation fast dieselbe war wie in alten Zeiten, eine fünfzig Meter lange Schlange, allerdings mit dem Unterschied, dass sich die Schlange jetzt, im Jahre 2006, bewegte, immer wieder kamen freie Wagen dazu, was ihm nicht viel half, als er sich endlich auf die Rückbank sinken lassen konnte, nachdem er die schweren Koffer in den Kofferraum des Wagens gewuchtet hatte, und als er die Adresse des Hotels *Bristol* nannte, Hotel *Bristol*, Ludwigstraße 15, bitte. Nein. Dahin wollte der Taxifahrer nicht, leicht zu Fuß zu erreichen, kommt nicht in Frage, nie im Leben, und Claes Otto Gedde merkte, wie der gute Zorn von der Bahnfahrt sich abermals in ihm breitmachte und wie leicht die Verwünschungen auf lockerem Deutsch aus seinem Mund strömten, aber wie gesagt half ihm das wenig, als alle Vettern und Onkel und Brüder aus den umherstehenden Autos auftauchten, mehr Respekt forderten und immer wieder die geringe Entfernung anführten. Also musste er laufen, die schweren Koffer mit ihren längst abgebrochenen Rädern schnappen und wutschnaubend in die angebliche Richtung des Hotels wandern, während der Schweiß von seinem Nacken über seinen Rücken lief, aus den Achselhöhlen, ja, auch aus dem Schritt und sogar aus den Kniekehlen. Er schwitzte an der Rückseite der Knie. Aber es war wirklich nicht sehr weit, wenn er ganz ehrlich sein sollte, was seine Stimmung jedoch nicht heben konnte, eher war das Gegenteil der

Fall, das Hotel war zu Fuß zu erreichen, mit den Händen in den Taschen, die Lippen zu einem munteren Pfeifen gespitzt, na gut, aber nicht mit zwei Koffern mit abgebrochenen Rädern, nicht mit den vielen Büchern, die er idiotischerweise aus Belgien mitgeschleppt hatte, und die ganze Zeit die Erinnerung an diese Ärsche, die von Respekt geredet hatten, während sie ihm Prügel androhten. Und als die Wirklichkeit nun schon auf dieses Gleis aus Anstrengung und Unbehagen abgebogen war, war es wohl kaum zu erwarten, dass das Mädel an der Rezeption einen Claes Otto Gedde auf der Gästeliste fand, immer wieder wurde dieser Name genannt, Claes Otto Gedde, Claes Otto Gedde, gefolgt von einer ganzen Reihe von Fragezeichen, bis er sein Glück mit Freßsack-Verlag versuchen musste, er musste beschämt und verlegen »Freßsack-Verlag« rufen, da war die Sache klar, da war die Patience gelöst, und seien Sie herzlich willkommen, wenn auch unter Pseudonym, Klaus Otter Jedde, was er sofort korrigiert zu sehen wünschte, und es mochte wohl sein, dass er mit einem gewissen Verleger ein ernstes Wort reden würde, falls er nach zwei Drinks oder besser noch vor zwei Drinks in die passende Laune geriete, dann war er am angriffslustigsten, dann biss er am energischsten um sich.

Norwegisch. Wann hatte er die norwegische Sprache zuletzt gehört? Es war lange her, es war so befreiend lange her, aber jetzt hört er irgendwo hinter sich dieses seltsame Gezwitscher, irgendwer hat soeben die Rezeption betreten, ja, sehr gut, wird gesagt, er hört es ganz deutlich, dass das sehr gut sei, und ein anderer sagt ja, er kann durchaus zustimmen, dass das gut sei, es ist gut, und Claes Otto Gedde denkt, dass er sich auch gleich daran gewöhnen kann. Er dreht sich halb um, nur halb, und sieht mit dem rechten Auge Sindre Guldvog, die hohe Gestalt von Sindre Guldvog, dem Oberadmiral des Cappelen Verlags, der auf ihn zukommt, zum Glück vertieft in ein Gespräch mit einem jüngeren Mann, einem jungen Norweger, vermutlich einem jungen Cappelaner auf seiner ersten Fahrt, und Claes Otto Gedde gleitet wie ein Krebs seitwärts auf die offene Fahrstuhltür zu, denn wenn er sich eins absolut nicht wünschen mag, nach dieser Taxifahrt, aus der nichts wurde, dann, in irgendeiner Form von Gespräch mit Sindre Guldvog zu enden, sogar ein kurzer Gruß wäre jetzt zu viel für ihn, so schweißnass und erschöpft, wie er ist, so wütend und resigniert, denn Sindre Guldvog erinnert ihn an eine Niederlage, an ein auf Grund gelaufenes Projekt, eine Abweisung, ein Nein, auch wenn es in Wirklichkeit Cappelens Verlagsdirektor Anders Heger war, der diese Hinrichtung in seinem Büro vollzog, wo er, Claes Otto Gedde, wie ein Laufbursche an der Tür stehen musste, während Anders Heger auf seinem schmalen Hintern saß und sein Nein erklärte, erklärte, warum es nichts werden könne, in seinem leicht belehrenden Tonfall. »Geddes Toskana« wollte er nicht. Und als die Fahrstuhltüren sich wieder schlossen, nachdem Claes Otto Gedde seinen rechten Zeigefinger auf Nummer 6 gedrückt hatte, sah er, wie Sindre Guldvog seine rechte Hand nach dem Schlüssel ausstreckte, um sich dann umzudrehen und ihm ins Gesicht zu blicken, ihm für eine halbe Sekunde in die Augen zu schauen und zu lächeln. Was Claes Otto Gedde zu der Annahme brachte, Sindre Guldvog habe ihn in dem Moment entdeckt und erkannt, als er zur Tür hereingekommen war, habe ihn dort stehen und sich mit dem Mädel an der Rezeption streiten sehen, und habe gedacht, da haben wir doch tatsächlich den alten Gedde, da steht der Mann mit den toskanischen Visionen und der Bitte um eine Million Vorschuss plus Übernahme von Reise- und Aufenthaltskosten.

Das Zimmer war zu eng. Er spürte, wie die Panik in seinen feuchten Handflächen prickelte, sowie er die Tür hinter sich zugetreten hatte. Er stellte die Koffer ab und riss das Fenster auf, blickte auf die Straße herunter, die Straße tief unten. Wie er es jetzt bereute, wie er diesen sinnlosen Zwischenstopp in Frankfurt bereute, warum war er nicht einfach gleich nach Berlin gefahren, zu dem langen, langen Schlaf, dem Dämmerschlaf, er riss die Tür der Minibar auf und fischte ein Bier heraus, ein Pils, und sank in einer unbequemen Haltung auf dem Bett in sich zusammen, er lag nicht und er saß nicht, und sein Rücken tat von den ganzen Strapazen weh, aber das Bier war kalt, das war immerhin etwas, und als er kurz darauf unter der Dusche stand, machte ihm nur eins zu schaffen, nämlich, dass er vielleicht in einem der Gänge auf Anders Heger stoßen könnte oder plötzlich ihm und Guldvog im Fahrstuhl gegenüberstehen, in der Bar auf sie treffen, vielleicht zusammen mit anderen Cappelen-Angestellten, einer neuen Generation, der ebenfalls die alte Geschichte von Gedde und dem Toskana-Projekt eingehämmert worden war, aus dem Herbst, in dem er wirklich tief unten gewesen war und versucht hatte, groß zu denken, möglicherweise ein wenig zu groß.

DIE LIMOUSINE

Um sieben Uhr klingelte das Telefon, so war es abgemacht, dass sein Telefon um sieben Uhr klingeln sollte, aber es war nicht sein Telefon, es war das Hoteltelefon, am Apparat Odd Einar Olsen, der unten in der Rezeption stand, mit Harri Savolainen, Freßsacks finnischem Partner. Es gab fünf solche Finger an dieser Hand, die prachtvolle Kochbücher für billiges Geld veröffentlichte, einen norwegischen, einen finnischen, einen schwedischen, einen dänischen Finger und einen dicken deutschen Daumen, und jetzt konnte er hören, wie Odd Einar Olsen und Harri Savolainen Englisch miteinander sprachen, während Odd Einar Olsen zugleich in Stichwörtern und Satzfetzen ihn informierte, wissen wollte, ob er so weit sei, sie warteten unten, das Taxi sei bestellt. Deshalb duschte Claes Otto Gedde noch einmal, es war eine lange Dusche, gefolgt von gründlichem Rasieren, Zähneputzen und Stutzen von Ohren- und Nasenhaaren, ehe er saubere Unterwäsche und ein frisches Hemd anzog, er begnügte sich jedoch mit dem alten Anzug, den er zum Trocknen und Auslüften vor das offene Fenster gehängt hatte. Das besserte seine Laune, und als er kurz darauf über den Flur in Richtung Fahrstuhl ging, war die Vorstellung, Anders Heger oder Sindre Guldvog zu begegnen, längst nicht mehr so quälend wie früher. Nicht, dass er den Wunsch verspürt hätte, sie würden nun ihre Zimmertüren aufschließen oder beim Schuhputzgerät um die Ecke biegen, aber wenn es passierte, wäre es erträglich. Dagegen kamen ihm Zweifel, ob der Abend, der vor ihm lag, ohne irgendeine Form von Zusammenbruch überlebt werden könnte, es war die Sache mit der fünffingrigen Hand, dem deutschen Finger, dem schwedischen, dem dänischen, dem norwegischen, *den* norwegischen, es wäre doch möglich, dass auch die anderen Nationen mit mehr als nur einem Repräsentanten antraten, es war sogar wahrscheinlich, und da wusste Gedde, was es für ein Essen werden würde, ein Chaos, wo man einander von den Tischenden her anbrüllte, oder noch schlimmer, von Tisch zu Tisch, und das auf vier verschiedenen nordischen Sprachen, sowie Deutsch, und das Schlimmste, was sie tun könnten, das Allerschlimmste, wäre zu Beginn des Abends die Verabredung zu treffen, dass sie Englisch sprechen würden, dass alle miteinander Englisch sprechen sollten, denn dann würde das Adrenalin gleich von Anfang an sprudeln.

Im Fahrstuhl zählte Gedde abwärts, während er zusah, wie das Licht in den Knöpfen aufleuchtete, 6, 5, 4, 3, und zugleich versuchte, sich seine Reaktion vorzustellen, falls der Fahrstuhl vor EG zum Stillstand käme, dem Erdgeschoss, und einen Heger, einen Guldvog einließe, während er zugleich mit der Hand über das braune Leder an der Wand strich, es war wirklich Straußenhaut oder eine unheimlich gute Nachahmung von Straußenhaut, und er kam zu dem Schluss, wenn es denn passierte, 3, 2, 1, aber es passierte nicht, könnte er Heger und Guldvog mit einem Scherz empfangen, er könnte einen Witz über das gekenterte Toskana-Projekt reißen, oder er könnte um vier Millionen Vorschuss für eine gastronomische Reise durch den Kaukasus bitten und auf diese Weise klarstellen, dass auch die Sache mit der Toskana einen gewissen

Spaßfaktor besessen habe. Aber das erwies sich nun eben nicht als notwendig, und als die Fahrstuhltür aufglitt und das Stimmengewirr in Foyer und Bar ihm wie eine Flutwelle entgegenschwappte, sah er sofort Odd Einar Olsen und Harri Savolainen, von denen der eine neben einem riesigen viereckigen, mit Kuhfell überzogenen Sessel stand und der andere auf der Armlehne saß, schwarze und weiße Flecken, Savolainen stand steif und starr da, Olsen saß auf der einen Hinterbacke, den Arm um die Rückenlehne gelegt, hinter der Schulter einer Frau, die unangenehm an Sara Mollberga-Stålnacke erinnerte. Es war Sara Mollberga-Stålnacke. Die er in einer anderen Zeit, in einem anderen Leben, während einer anderen Messe, an einem anderen Ort, fastgevögelt hatte, und er konnte sehen, dass sie sich daran erinnerte, das verriet ihm die Art, wie sie ihm zuwinkte. Na gut, er konnte sich einfach nur der Wirklichkeit in die Arme werfen. Er durfte weder auf das Beste noch auf das Zweitbeste hoffen, aber er merkte doch, dass es ihn ein wenig aus dem Konzept brachte, als sie als Allererstes sagte, nachdem er sich vorgebeugt und sie auf die Wange geküsst hatte, dass er mit jedem Tag Van Morrison ähnlicher sehe. Das war natürlich nicht böse gemeint, es stand jedenfalls nicht fest, dass es böse gemeint war, aber ab und zu hatte er diesen Vergleich so satt, so überaus satt, und dann hörte er sich selbst fragen, Himmel, bist du in die Verlagsbranche übergewechselt, und es war ja klar, dass sie das getan hatte, und dann erklärte sie, ja doch, und Harri Savolainen verpasste ihm eine Bärenumarmung, die ihm als echt erschien, das erste Echte bisher in dieser Stadt, aber als er an den Satz dachte, »Du siehst Van Morrison jeden Tag ähnlicher«, der diesen

Abend eröffnet hatte, ja, dieses Essen, da kam ihm die Lust, doch einen anderen Ort aufzusuchen, einen Puff beispielsweise. Sie tranken Champagner, und irgendwo, möglicherweise auf dem Boden hinter dem Kuhsessel, hatte Odd Einar Olsen ein Glas abgestellt, vermutlich serviert, als Gedde zum zweiten Mal unter die Dusche gegangen war, und jetzt wurde ihm dieses Glas überreicht, als eine Art Rache für diese Ignoranz, es war schlaff, lauwarm, fast ohne Geschmack, aber auch das war nicht böse gemeint, eher war das Gegenteil der Fall, es war trotz allem für Odd Einar Olsen und den norwegischen Freßsack-Verlag ein Glückstreffer gewesen, Gedde und *Die alte belgische Küche* in ihr Herbstprogramm aufnehmen zu können, das wusste er wirklich zu schätzen, und eine Runde Champagner war eine Runde Champagner, das war natürlich auch Claes Otto Gedde klar, und es war hier trotz allem die Rede von echter Ware, Champagner, nicht Prosecco, auch wenn die Ware von Rauch und Fürzen noch so ruiniert war. Nein, nichts war böse gemeint, und Claes Otto Gedde dachte, das sei ja oft das Schlimmste daran, mit all diesen anderen auf Erden anwesend zu sein, und dass es eben dauernd schiefging, auf irgendeine Weise falsch lief, selbst, wenn man den allerbesten Absichten und Taten freundlicher Menschen ausgesetzt war. Aber jetzt hörte er Odd Einar Olsens Stimme an, dass etwas näherrückte, etwas anderes und Größeres als echter Champagner, er hörte es Odd Einar Olsens Stimme an, entnahm es Blicken und Gebärden, Odd Einar Olsens und Sara Mollberga-Stålnackes Gebärden, Harri Savolainen hielt nichts von Gebärden, er stand dort stumm wie eine Tanne im Jackett, obwohl er ganz offenkundig ebenfalls zu den Eingeweihten gehörte, und Claes Otto Gedde dachte nein, nein, nein, denn jetzt wusste er, dass eine Überraschung bevorstand. Und richtig. Vor den Glastüren fuhr eine schwarze Limousine vor, eine pechschwarze Limousine, und Gedde erinnerte sich schmerzhaft an das letzte Mal, als er in einem solchen Fahrzeug gesessen hatte, damals, als Elton John noch längst nicht mit Trinken aufgehört hatte, und Gedde hatte zusammen mit Vertretern der Plattenfirma, als einziger Journalist, die Überreste des Stars auf Fornebu unten an der Flugzeugtreppe aufgekratzt, ehe sie dann hinter Rußglas ins *Grand* zurückgekehrt waren. Aber natürlich war nicht der Zustand des Popkönigs das Problem gewesen, sondern viel mehr die niedrigen Sitze und Geddes schon damals ramponierter Rücken, und jetzt wollte er automatisch protestieren, diese Bonzennummer absagen, aber dann passierte das Seltsame, dass er plötzlich, vollständig unerwartet, eine Zuneigung zu Odd Einar Olsen fasste, es war dessen Blick, enthusiastisch und ängstlich zugleich, der Blick huschte vom Auto zu Gedde, von Gedde zum Auto und wieder vom Auto zu Gedde zurück, war das hier lustig oder ein Fauxpas, er war jetzt ein kleiner Junge, der nicht wusste, ob sein Geschenk Gefallen finden würde, und nun konnte Gedde ihn nicht zurechtweisen, schon gar nicht mit Sara Mollberga-Stålnacke am Ringrand, denn er hatte ihn schon so oft zurechtgewiesen, diesen Knaben, diesen Kinderverleger, aber das war unter vier Augen geschehen, nicht vor zweihundert Branchenleuten, die mit ihren Drinks hier herumlungerten, während sie auf ihr Taxi warteten. Deshalb fuhr er Odd Einar Olsen kurz durch den Gelee-Schopf, zupfte ihn am Schlips und streute nette Worte in seine Gehörgänge, ehe er väterlich die Hand auf die rechte Schulter des jungen Mannes legte, als Erster das Hotel verließ, mit Sara Mollberga-Stålnacke und Harri Savolainen im Schlepp. Und da kam der Fahrer, zum Glück ohne alberne Uniform, zum Glück in Zivil, aber es war ja klar, dass die Tür von einem anderen als den Fahrgästen geöffnet werden musste, das hier war trotz allem eine Limousine, bestellt nicht bei einem Limousinenverleih, nein, es war die hoteleigene Limousine, wie Odd Einar Olsen bald verraten würde, eine Limousine, die zum normalen Taxentarif fuhr, weshalb sie, also der Freßsack-Verlag, sogar Geld sparten, ja ja, nicht gerade sparten, aber es machte doch etwas her, Lars Pedersen und Harald Beck auf ein und dieselbe Taxirechnung in ihren Hotels aufzulesen und dann gesammelt zum *Breder* zu fahren, wo ein eigenes Zimmer bestellt war, zum *Breder* zu fahren und unterwegs eine Flasche Champagner zu köpfen, aber das alles würde Odd Einar Olsen erst später verkünden, während sie im Schneckentempo durch die Stadt zum *Hessischen Hof* fuhren, wo Harald Beck auf sie wartete. Aber vorläufig war die Wirklichkeit erst bis zu dem Augenblick gekommen, in dem der Fahrer, der Busfahrer, dachte Gedde, sagte es aber nicht, mit leicht übertriebener Geste die Tür öffnete, es war deutlich, dachte Gedde, sagte es aber nicht, dass der Fahrer das hier jeden Tag machte, er öffnete Türen und fuhr mit Menschen durch die Gegend, die nicht damit gerechnet hätten, jemals das Innere einer Limousine zu sehen, sie hatten ganz einfach nicht geahnt, dass es möglich war, sich ein solches Erlebnis um den Preis einer ganz normalen Taxifahrt zu beschaffen. Falls sie sich überhaupt eine solche Limousinenfahrt vorgestellt hatten, dann hatten sie das Ganze als eine extravagante Torheit betrachtet, aus dem Fenster geworfenes Geld, eine kleine Narretei, etwas, worüber man im Suff durchaus reden konnte, wir mieten eine Limo, Jungs, aber natürlich tat man es nicht, und das erzählte Odd Einar Olsen wieder und wieder auf unterschiedliche Weise, mit unterschiedlichen Einfallswinkeln, während er halbwegs durch die Limousine kroch, gefolgt von Sara Mollberga-Stålnacke. Das Ganze war ein Zufallsergebnis, er war zufällig mit dem Mann an der Rezeption in ein Gespräch über die betrübliche Taxisituation in dieser Stadt geraten, und es hatte sich zufällig nicht um eines der reizenden siebzehn Jahre alten Mädels mit Verhaltensstörungen gehandelt, die sich normalerweise hinter diesem Tresen tummelten, sondern um einen erwachsenen Mann, der in fließendem Englisch über diesen etwas besonderen Service hier im Hotel informiert hatte, worauf Odd Einar Olsen sofort zugeschlagen hatte (da hab ich zugelangt). Das und noch mehr konnte Claes Otto Gedde jetzt hören, als er sich bückte, um Sara Mollberga-Stålnacke in das halbdunkle Wageninnere zu folgen. Er sah ihren breiten Hintern, so straff und schön unter dem glatten Stoff ihres Kleides (ob das wohl Seide war?), und den Bogen der Wade, den schönen Bogen der rechten Wade unter der lockenden Strumpfnaht, und dann passierte das, was Gedde ab und zu passierte, nämlich, dass er in einer unangenehmen Sekunde erstarrte, ja, die Zeit verkeilte sich, er blieb mit erhobenem Hintern stecken, so sah er es vor sich, Schwänzchen in die Höh, den Oberkörper im Auto. Das Ganze wirkte ein wenig so, als hätte man eine DVD auf Pause gestellt, aber mit dem wesentlichen Unterschied, dass hier um Gedde herum die Ereignisse weiter ihren natürlichen Lauf nahmen. Odd Einar Olsen und Sara Mollberga-Stålnacke setzten sich, der Wagen stach in See, ja, so kam es ihm vor, aber in einem Paralleluniversum streckte Gedde den Arsch in die Luft, er stand schon so da, soweit seine Erinnerung zurückreichte, ab und zu erstarrte die Welt, und jetzt steckte er hier in Frankfurt fest, unterwegs in eine Limousine, während er sehr deutlich das Interesse verspürte, das die Hotelgäste in Foyer und Bar diesem Naturphänomen entgegenbrachten, jetzt kamen sie mit ihren Drinks und Zigaretten auf den Bürgersteig, hat man sowas schon mal gesehen, zum Hintern des alten Gedde und zum Lachen von Anders Heger und Sindre Guldvog. Er steckt fest. Er ist in der Tür der Limousine des Hotels *Bristol* stecken geblieben, unterwegs zu einem gastronomischen Happening mit dem norwegischen Freßsack-Verlag und dessen Partnerverlagen in Finnland, Dänemark, Schweden und Deutschland, und er sieht sie dort sitzen und durch die Stadt fahren, während er also zur allgemeinen Belustigung feststeckt, fast wie in einem Pranger aus alter Zeit. Und so, wie die, die früher an den Pranger gestellt worden waren, sicher alle Details der Szene registrierten, in der sie feststeckten, so registriert auch Claes Otto Gedde alles, jedes kleinste Detail, er sieht, dass der Wagen ziemlich schmutzig ist, Dreck und Haare auf dem roten Teppich, ein abgebrochenes Streichholz auf dem Teil der Sitzbank, auf dem er selbst hätte Platz nehmen müssen. Er sieht einen schmalen Streifen weiße Haut zwischen Harri Savolainens Hosenaufschlag und seiner Socke, und er sieht alles andere, die Bar auf der anderen Seite, natürlich gibt es hier eine Bar, und einen Kühler, in dem die

Champagnerflasche steht, einen Eisbehälter, eine Plastikblume, mit einem Saugnapf an dem Fenster befestigt, das den Raum der Fahrgäste vom Hinterkopf des Fahrers trennt. Das alles registriert er, und er sieht, dass die anderen ihn nicht sehen, dass er nur für die vorhanden ist, die ihn jetzt vom Bürgersteig her oder von der Glastür des Hotels und dem großen Fenster aus betrachten.

Plötzlich und auf unangenehme Weise war er wieder im Hier und Jetzt, und wie immer, wenn er von diesem eigenartigen Phänomen heimgesucht wurde, diesem besonderen Gebrechen oder Talent, war er unsicher, wie lange er fortgewesen war, erstarrt, diesmal also in einer etwas lächerlichen Haltung, mit dem Hintern in der Luft, obwohl das Problem eigentlich nicht darin lag, wie lange er weggewesen war, sondern darin, was er in diesem Zeitraum gesagt oder getan hatte, denn jetzt war es ganz deutlich, dass er anwesend war, er saß im Auto, die Knie fast bis ans Kinn gezogen, ein Sektglas in der Hand, und alle sahen ihn an, mit diesem fragenden Blick, den er so gut kannte, was hast du gesagt, können wir unseren Ohren überhaupt trauen? Und das können sie. Sie haben keine Wahl, denn was er gesagt hat, haben sie gemeinsam und gleichzeitig gehört, und Claes Otto Gedde hat auch keine Wahl, das heißt, er hat vor vielen Jahren eine Wahl getroffen, vor einem ganzen Leben, und diese Wahl lief darauf hinaus, dass er diese Seite seiner selbst nicht kommentiert. Also saßen sie nun da und sahen ihn fragend an, bis Harri Savolainen, ausgerechnet der, das Schweigen mit einem »Prost!« auf Finnlandschwedisch brach, einem Prost mit Wald und See und Sauna, mit Beerenmooren und Bärenjagd. Jetzt prosteten sie sich zurück auf die Spur, die sie bisher verfolgt hatten, die Spur, die sie zu dem führen sollte, was sie für ein Festmahl halten mussten, fünf, sechs, vielleicht sieben Gänge, mit reichlich Getränken, und dann kam Odd Einar Olsens Bericht über die Limousine, die nicht von einer Mietfirma stammte, sondern aus dem Fuhrpark des Hotels, auch wenn er diese seltsame Tatsache schon kundgetan hatte, als sie ins Auto gekrochen waren; jetzt kam die lange Version, die gründliche Darlegung. Bei der Claes Otto Gedde in Gedanken versank. Nicht so sehr wegen dessen, was Odd Einar Olsen darüber erzählen konnte, warum sie saßen, wie sie saßen, nämlich in einer Limousine, die sie durch Frankfurt am Main trug, sondern über die Tatsache, dass der Anfall, den er soeben hinter sich gebracht hatte, eine Art Strafe gewesen war, dass er ja schließlich mit dem Hintern in der Luft und zur allgemeinen Belustigung in just dem Moment stecken geblieben war, in dem er sich am Anblick von Sara Mollberga-Stålnackes herrlichem Hintern gelabt und in dem er sie begehrt hatte, wie er sie auch bei ihrer letzten Begegnung begehrt hatte. Er konnte sich nicht daran erinnern, schon früher über diesen Aspekt nachgedacht zu haben, über die Strafe, dass das alles ein unter allem verstecktes schlechtes Gewissen zum Ausdruck bringen konnte, sein breiter Hintern zu Spott und Hohn, weil er auf sexistische Weise Sara Mollberga-Stålnacke, diese ungewöhnliche Medienallrounderin, jetzt Verlagsmitarbeiterin, auf das reduziert hatte, worauf sie saß, den Hintern, über den er sich beugen und den er wie ein Hund ficken wollte, während sie schrie wie in einem Pornofilm. Nein, so etwas hatte er sich nicht vorstellen können. Aber jetzt fiel ihm ein, dass er schon bei seiner Ankunft in

Frankfurt, genauer gesagt, als er das Bahnhofsgebäude verlassen und die lange Schlange am Taxistand gesehen hatte, ebenfalls an Strafe gedacht hatte, daran, dass das Misstrauen, das er dem entgegengebracht hatte, was er für eine trügerische, polierte Fassade hielt, sich dadurch strafte, dass er wie bei seinem letzten Aufenthalt in dieser Stadt in einer Taxiwarteschlange stehen musste, und dann war es ja auch gegangen, wie es eben gegangen war, es hatte gehen müssen. Das waren neue Gedanken von überaus unangenehmer Natur, denn wenn es etwas gab, von dem er glaubte, sich befreit zu haben, und das er zutiefst verachtete und verabscheute, dann war das eben die protestantische Version schlechten Gewissens, mit der er aufgewachsen war, zum Beispiel, dass man krank zu werden habe, wenn man sich in gute Laune trank, weshalb ein Kater etwas Positives sei, man sollte davon pleite und krank werden, und was hörte er sich jetzt hier gerade an? Während der lange schwarze Wagen durch die Stadt in Richtung *Hessischer Hof* schlich, wo Harald Beck zweifellos schon auf der Straße wartete, konnte er Odd Einar Olsen darüber dozieren hören, wie der Zufall die Verhältnisse zurechtgelegt hatte, so dass sie sich jetzt alle vier an einem so extravaganten Ort aufhielten wie einer Limousine, es war nicht geplant gewesen, so hatte er nicht gedacht, hussa, zum Kuckuck, ich bestelle eine Limousine, nein, er hatte eine zufällige Bemerkung über den Taxinotstand hier in der Stadt gemacht, und das zu einem Hotelangestellten, der zufällig von diesem Service wusste, und der ebenso zufällig Odd Einar Olsen gegenüber erwähnt hatte: »Hören Sie, guter Mann, hier im Hause, unten in der Tiefgarage, steht eine schwarze Limousine, die wir vermieten, die Sie und Ihre Freunde fährt, wohin Sie wollen, und das zu genau demselben Preis wie ein normales sahnehelles Taxi.« Worauf Odd Einar Olsen, überwältigt vom Wahnsinn eines Augenblicks, »zugelangt« und just diese Limousine für halb acht an diesem Abend bestellt hatte. So war das und nicht anders. Und damit nicht genug. Nein. Es war nämlich noch dazu so, dass die Taxisituation sich in den letzten Jahren zwar gebessert hatte (woher willst du das wissen, du erbärmlicher Konfirmand?), aber es war ja doch auch eine Tatsache, dass die Rückkehr ins Hotel, genauer gesagt, in die Hotels – sagen wir, um halb zwei – keine Selbstverständlichkeit war, wie zum Beispiel in Oslo, Stockholm oder Helsinki, hier unten gab es Wartezeiten, oft lange Wartezeiten, wenn Zehntausende von Branchenangehörigen gleichzeitig nach Hause wollten, aber das galt nicht für sie, nicht für uns, ihr Lieben! Und jetzt schob Odd Einar Olsen Zeige- und Mittelfinger in die Brusttasche seines dunklen Anzugs und zog eine Visitenkarte hervor, er könnte einfach den da vorn anrufen, dann würde er kommen und sie abholen. Sofort. Augenblicklich. Zu haargenau demselben Preis wie ein normales Taxi. Es war vernünftig, in Frankfurt am Main Limousine zu fahren, es war eine fast sozialdemokratische Aktivität, es war ein Auto statt dreien oder gar vieren, was der Fall gewesen wäre, die Alternative, wenn sie alle ohne Limousine zum *Breder* hätten gelangen müssen, mit diesem Auto nahmen sie das Kyoto-Protokoll sozusagen ein wenig vorweg. Dachte Gedde.

Und sein nächster Gedanke war: Ja, es ist schon seltsam, die Sache mit Freude und Schuldgefühlen, und er fragte sich, ob es ein nordisches Phänomen sein könne, oder ein spezifisch norwegisches. Es war schwer, die Tatsache zu übersehen, dass die ganze Zeit Odd Einar Olsen das Wort führte, der sich fast manisch für seine eigene Extravaganz entschuldigte, der sie erklärte, sie in graue Vernunft umwandelte, während Sara Mollberga-Stålnacke fast nur »ja« und »ach« sagte, »ach ja«, während sie gierig Champagner trank und sich am rechten Bein kratzte, Harri Savolainen war wie üblich ebenso undurchschaubar wie ein finnisches Buch in der Originalsprache, es war fast unmöglich sich vorzustellen, dass er irgendeine Meinung über seine Anwesenheit in dieser Limousine haben könnte, er saß einfach nur da und schaute durch die Rußglasscheiben hinaus, mit dem Glas in den Pranken. Er hatte für eine Weile seinen Teil dazu gesagt, vermutlich für eine ganze Weile. Eine mögliche Erklärung war natürlich, dass Odd Einar Olsen nicht nur Norweger war, sondern auch jung, knapp dreißig, dass er vor allem in seiner Eigenschaft als junger Spund hier herumfaselte, aber Gedde konnte es nicht ganz glauben, einfach, weil er – durchaus gegen seinen Willen – registrierte, dass auch in ihm, tief in den Sedimenten seiner Seele, ein winzigkleiner vergrätzter Gnom kauerte und wissen wollte, warum er in einem solchen Narrenschiff durch diese Stadt kutschiert wurde, und das machte ihn wütend und ließ ihm übel werden. Das war das Norwegische, schloss er nun, das Norwegische in ihm, das jetzt ans Licht wollte, das Norwegische, vertreten durch Freßsacks Odd Einar Olsen, verstärkt noch durch die Tatsache, dass er selbst ja schon lange einen Widerwillen dagegen verspürt hatte, sich in die norwegische Gemeinschaft hier auf der internationalen Buchmesse in Frankfurt sinken zu lassen, und jetzt dachte er: Sie werden meine schlimmsten Züge aktivieren. Aber jetzt kam ihm Sara Mollberga-Stålnacke entgegen, sie wollte wissen, wo in aller Welt er sich in all den Jahren herumgetrieben habe, was er so treibe, wo er wohne, das waren Fragen, die er nach Lust und Laune beantwortete, er sei wie der Hase, mit einem Haus unter jedem Busch, jetzt komme er aus Belgien, aus den Ardennen, wo er im Laufe des Sommers dieses Kochbuch aus dem Ärmel geschüttelt hatte, indem er aus dem Internet stahl und umschrieb. Sie war zum dritten Mal verheiratet, deshalb war sie jetzt hier, sie hatte in die Verlagsbranche eingeheiratet und der Teufel hole Tages- und Wochenpresse, ob er derzeit fürs Fernsehen arbeite, nein, genauer gesagt, so wenig wie möglich, sie auch nicht, nie wieder, sie wohne jetzt in Göteborg, und weiter auf die Tour, und beide beschwiegen die gemeinsame Erinnerung an die dumme Nacht in Rom, obwohl beide sehr wohl wussten, dass die Sache später an diesem Abend zur Sprache kommen würde, nach einigen Gläsern, dass es ganz einfach unmöglich wäre, sie zu übergehen, wo sie nun schon so viele Stunden zusammen verbringen würden, und das in dieser verhältnismäßig langweiligen Gesellschaft. Sie kannte Harald Beck auch von früher, und er konnte nur sagen, Lars Pedersen, warte du nur, nicht alle Dänen sind von der jovialen Sorte, was sie nach den vielen Jahren in Kopenhagen natürlich wusste. Das also war das eine. Das andere sah so aus: Die Hand, die kratzte, die Wade, die gekratzt wurde, die sich den neurotischen Angriff der rot lackierten Nägel gefallen lassen musste, hatte er geträumt, spielte ihm das trübe Licht hier drinnen einen Streich, oder war es ganz einfach der Anfall oder wie er das nun nennen sollte, dieser seelische Zustand, der ihn dazu gebracht hatte, wie eine Comicfigur den Hintern aus der Limousine zu recken? Es konnte sein, dass seine Augen sich jetzt an die Dunkelheit gewöhnt hatten, denn meine Güte, was er sah, war eine Kralle mit rot lackierten Nägeln, Ach und Weh und meine Güte, diese Wade, diese armselige erbärmliche Wade, so dünn und schief, so blutlos, die dunkle Naht, die noch betonte … ja, was betonte diese dunkle Naht eigentlich, wenn nicht einen erbarmungslosen Verfall? Er nahm ihre Hand. »So, das reicht jetzt, du kratzt Löcher in dich selbst«, und sie ließ ihn mit ihrer Hand in seiner sitzen, aber nur als Spiel, ganz offen, ihre Hand in seiner, die beiden wie alte Freunde, jetzt sitzen wir hier und juxen, aber natürlich hat er ihre Hand nicht genommen, so ist er nicht, und sie auch nicht, sie kratzt Löcher in eine Kruste unter der synthetischen Haut, und endlich, endlich, hält Odd Einar Olsen die Fresse, aber Gedde weiß es ja: Sowie Harald Beck von Hultmann & Campel sich ins Auto gesetzt hat, ja, noch ehe er sich gesetzt hat, geht es wieder los und dann weiter bis zu dem Hotel, wo Lars Pedersen wartet, später auf der langen Fahrt zum Restaurant *Breder*, ehe sie den ganzen Weg wieder nach Hause fahren müssen, betrunken nach Hause fahren in dieser dämlichen Limousine, und sich diesen Vortrag über Vernunft und Zufälle anhören, jetzt erglüht vom vielen teuren Wein, der im Vergleich zu Norwegen lächerlich billig ist, ja, darin wird Odd Einar Olsen sich gewiss suhlen, in den Preisen – natürlich mit einer gewissen Unterstützung vonseiten der nordischen Kollegen, jedenfalls von Sara Mollberga-Stålnacke und Lars Pedersen.

Und so kam es dann auch.

DER SCHLÜSSEL

Aber jetzt also Berlin, und er war so segensreich allein, außerdem mit der schönen Aussicht, mehrere Monate allein zu bleiben, den ganzen Winter hindurch, aber jetzt zuerst Herbst, goldener Oktober. Er ging die Treppen zur Bahnhofshalle hinunter und sah das klare Licht, das sich in großen Quadraten über den Steinboden legte, er lief hinaus in den Sonnenschein und zu dem ersten Taxi in der Schlange, das hier war Berlin, nicht Frankfurt, und Sekunden später sah er dieses segensreiche Berliner Taxi in den Verkehr hineinsegeln, in Richtung Kurfürstendamm, mit seinen beiden bleischweren Koffern, während er selbst trippelte, ja, er trippelte jetzt, wo das Gewicht aus seinen Händen genommen war, er trippelte in Richtung Kantstraße, leicht zurückgelehnt, wie es Claes Otto Geddes Gewohnheit war, wenn er das Gefühl hatte, dass das Leben ihm zulächelte, und das tat es jetzt nach diesen beiden Tagen in Frankfurt am Main. Er trippelte leicht zurückgelehnt über den Zebrastreifen in Richtung Imbiss, wo er immer bei der Ankunft in Berlin Zoo Station machte, nicht, um Wurst zu essen, sondern um zwei, vielleicht drei von den großen fetten Buletten zu genießen, ohne andere Beigaben als scharfen deutschen Senf und zwei, vielleicht drei Bier, stehend an einem der Tische in der Passage zwischen Hardenberg- und Kantstraße; er stand einfach da wie ein untersetztes Meerschweinchen und kaute mit aufgeplusterten Wangen, während er diese ganz besondere Atmosphäre in sich aufnahm, die Berlin war, diese Atmosphäre, die anderen zu erklären er schon längst aufgegeben hatte. Und als er die erste Bulette mit Messer und Gabel angriff, dachte er mit einer gewissen Wehmut: Zum letzten Mal Zoo. Dann füllte er den Krater mit zermahlenem Fleisch, Zwiebeln und Gewürzen.

Als er am Vortag im Hotel *Bristol* in Frankfurt aufgewacht war, war sein allererster Sinneseindruck neben dem grellen Licht des nicht verhängten Fensters der Leerraum in der Zahnreihe gewesen, das Loch, das die Füllung hinterlassen hatte, die Füllung, die ihm wirklich im Hals stecken geblieben war, so riesig war sie gewesen, eine halbe Tonne Amalgam, tief den Hang hinter dem Zäpfchen hinabgesprengt, und das schon bei der Vorspeise, einer auf einem »Bett« aus Pastinakenpüree und Knoblauch angerichteten Kammmuschel, und dann hatte das Schicksal eingegriffen und ihm befohlen, zu husten und zu würgen, während Füllung und Kammmuschel, hart und eckig, weich und glatt, in der Dunkelheit seines Halses quersteckten, und als er dann zu aller Erschrecken und Abscheu beides auf seinen Teller hatte würgen können, hatte er abermals nein, nein, nein gedacht, genau wie eine gute Stunde zuvor, als die Limousine vor dem Hotel gehalten hatte. Aber jetzt hatte er sich vor Schmerzen gefürchtet, vor Schmerzen und der Vorstellung, ob er nun wollte oder nicht, sich bei irgendeinem Notdienst hier in der Stadt behandeln zu lassen, vielleicht stundenlang herumzusitzen und zusammen mit jeder Menge von Frankfurtern warten zu müssen, während die Vertreter der fünf kooperierenden Verlage sich hier ungestört den Bauch vollschlagen konnten, um dann in dieser elenden Limousine in ihre Hotels zurückzukehren, und wieder überkam es ihn, diese Vorstellung von Schuld und Sühne, sie war ihm so fremd, so unendlich wenig Gedde. Aber es tat nicht weh. Das war eine Erleichterung und zugleich ein Kummer, denn es konnte doch nur bedeuten, dass das dort drinnen jetzt überaus tot war, jetzt starben seine Zähne, er fuhr mit der Zunge über den Unfallort, wieder und wieder, immer härter, aber nichts, nur das Gefühl der scharfen Kanten, der Überreste des Backenzahns, die sich in seine Zunge einschnitten. Er musste also nicht sofort losstürzen, und jetzt fing er natürlich an, sich zu ängstigen, weil er doch irgendwann in der Nacht durch einen elektrischen Stoß in der Mundhöhle geweckt werden könnte. Was jedoch nicht passiert war, der Zahn war tot, so tot, aber zugleich dermaßen von Leben erfüllt, denn während er hier im Bett lag und mit der Zungenspitze das große Loch betastete, merkte er, dass er, trotz des, wie er meinte, gründlichen Zähneputzens, ehe er gegen Morgen schlafen gegangen war, ein Konzentrat der fünf Gänge angesammelt hatte, die er sich am Vorabend im *Breder* einverleibt hatte, zuerst eine Sardelle, eingehüllt in irgendeinen Schaum, er wusste es nicht mehr genau, dann die berühmte Kammmuschel, vor dem Heilbutt in Hummercremesoße, dem Kalbssteak mit den Rosmarinkartoffeln, dem Käse und dem Schokoladenmousse, Wein auf Wein, Kaffee und Cognac, Schicht um Schicht in diesem verfaulten Backenzahn, alles verkocht zu einer schweren Bakteriensoße.

Auf dem Weg ins Badezimmer, es war kein weiter Weg, ein Meter oder anderthalb, musste er vorbei am Wandspiegel, und dort blieb er stehen und musterte sich im

Adamskostüm, während er abwechselnd mit der Zunge über die scharfe Zahnruine fuhr oder die Zungenspitze in den Kessel mit den Resten des Vorabends steckte, und er dachte: Herrgott! Er hatte sich schon länger nicht mehr nackt gesehen, und hier gab es so viel, das sich nicht mit heißem Wasser und Seife entfernen lassen würde, nicht einmal, wenn er die Dusche voll aufdrehte.

Aber hier stand er nun in Berlin und aß Buletten, und als er damit fertig war, wischte er sich mit der Papierserviette das Fett aus den Mundwinkeln, trank den letzten Schluck Bier und ging weiter, drehte bei dem schönen Wetter eine Runde durch die Straßen Charlottenburgs, ehe er den Savignyplatz und das Hotel *Heidelberg* in der Knesebeckstraße ansteuerte, wo er, anders als im Hotel *Bristol* in Frankfurt, fürstlich empfangen wurde. Hier hieß es Herr Gedde, lieber Herr Gedde, wie schön, Sie zu sehen, und wie geht es denn so, und er stand da und vermied es, ihre Brüste anzustarren, die sich hoben und senkten, während er sich schämte, weil er ihren Namen nicht aus seiner Erinnerung hervorgraben konnte. Hier arbeiteten so viele erwachsene Frauen mit unbestreitbaren Qualitäten, und es duftete in dem etwas heruntergekommenen Schankraum, der die Rezeption darstellte, so wunderbar nach Bratwurst und Zigaretten, und er schämte sich doppelt, weil er diesmal nicht hier wohnen würde und weil er trotzdem die Frechheit besessen hatte, seine Koffer mit einem Taxi vorauszuschicken, er sah sie in dem schmalen Gang zu den Toiletten stehen.

Aber von einem Schlüssel hatte sie nichts gehört.

Nein?

Nein.

Nachdem sie unter dem Tresen und in allen Fächern gesucht hatte, machte sie sich jetzt an eine Telefonrunde, die Didi, Beate und Gertrude einbezog, während sie ihm zwischendurch ein kaltes Beck's reichte und vage auf die vielen leeren Tische zeigte und er ihren Namen registrierte, es war Paula, die anrief, die jetzt aus purer Energie und Höflichkeit versuchte, Ordnung in die Sache zu bringen, sie rief diese drei anderen Frauen an, die offenbar ebenfalls im Hotel arbeiteten, aber es war ganz deutlich, dass keine je von Axel Bluhm oder von dem Schlüssel gehört hatte, den, wie Claes Otto Gedde behauptete, Axel Bluhm hier zur Abholung an diesem Oktobertag hatte hinterlegen wollen. Gedde zog sein Telefon hervor und wählte Axels Nummer, musste sich aber anhören, das Telefon sei ausgeschaltet oder befinde sich an einem Ort ohne Netzkontakt. Und was war das hier? Ein Augenblick der Melancholie, einer leichten Verstimmung, die ihn jählings traf, und das auf so sicherem Boden wie überhaupt nur möglich, mitten in Berlin, in einem Hotel, das ihm zeitweise als Zuhause gedient hatte. Es war nicht zu fassen. Zuerst diese lächerliche Vorstellung, dass bestimmte Gedanken sich strafen, jetzt das hier, ein melancholischer Windstoß, ein Trödeldö von Satie, weil nicht alles ganz nach Plan lief, dieser verdammte Schlüssel, der nicht vorhanden war, mehr nicht, nur ein Schlüssel, der nicht da lag, wo er liegen sollte, und dabei war er doch mutterseelenallein kreuz und quer durch den Kosovo gereist, während das Blut nur so spritzte, jetzt versank er angesichts eines fehlenden Schlüssels in Mutlosigkeit, und als ihm das aufging, geriet er in Wut. Das half ein wenig, und als sie,

Paula, sich mit dem negativen Ergebnis ihrer Telefonaktion an ihn wandte – er hatte doch jedes Wort gehört, aber jetzt kam die Version, die für ihn allein bestimmt war –, überraschte er sich selbst damit, dass er schroff um ein Zimmer im Hotel bat, ein Doppelzimmer, nach diesem Sarggelass in Frankfurt. Das Zimmer bekam er sofort, zusammen mit der Mitteilung, alle Angestellten würden in das Mysterium des verschwundenen Schlüssels eingeweiht werden, so dass er augenblicklich informiert werden könnte, sowie dieser Gegenstand in der kombinierten Bar und Rezeption abgeliefert worden wäre. Und als er eine Minute später in dem eher schäbigen Fahrstuhl stand und mit einem Koffer auf jeder Seite und einem neuen Beck's in der rechten Jackentasche nach oben schrammelte, fühlte er sich doch gar nicht so schlecht, auch wenn er sich natürlich über diese neuen Seiten an sich wundern musste, über diese sanftere Ausgabe des Claes Otto Gedde.

Das Bier trank er am Fenster stehend und musterte dabei die leicht heruntergekommene Hausfassade gegenüber, Knesebeckstraße 85, wo er so oft, so viele Jahre lang, in einem endlosen Strom von Besuchen von unterschiedlicher Dauer gekommen und gegangen war, für eine Woche, einen Monat, ja, dort, hinter den dunkelroten Vorhängen im dritten Stock hatte er gesessen, hatte wie hingegossen auf dem Diwan gelegen, oder war von Zimmer zu Zimmer spaziert, in Margot Breiviks Gesellschaft, um dann, in der Regel gegen Morgen, in sein Zimmer in just diesem Hotel zurückzukehren, nach alkoholgewürzten Gesprächen oder befreienden Stunden in totalem Schweigen, ab und zu den Kopf bis an den Rand gefüllt von Miles Davis oder Keith Jarrett. Jetzt amüsierte er sich damit, den Leuten unten auf der Straße sein eigenes Aussehen überzustülpen. Sieh an, da kam er an einem glühend heißen Sommertag in kurzer Hose und Unterhemd anstolziert, oder in einer kalten Januarnacht im dicken Wintermantel, in Jeans und Lederjacke, Anzug, Anzügen, Frühling, Sommer, Herbst, Winter, Jahr für Jahr, mit Hut, ohne Hut, und jetzt, dachte er, und fuhr sich behutsam über den Hinterkopf, fast ohne Haare. Ja. Eine junge Frau wird zu ihm selbst in kurzer Hose und Unterhemd, ihre Stiefel werden zu Sandalen, dort geht er barfuß in Sandalen, es muss zwei oder drei Jahre her sein, es war während der entsetzlichen Hitzewelle, und jedes Mal, wenn er in diesem Sommer die steilen Treppen zu ihrer Wohnung hochsteigt, geht er sofort unter die Dusche, um dann Tag oder Abend in ihrer Gesellschaft zu verbringen, nur bekleidet mit Boxershorts, mit nichts als Boxershorts, einer Ausnahme, einem Ausnahmezustand, und wenn er dann irgendwann nachts oder gegen Morgen ins Hotel zurückkehrt, wiederholt er diese Prozedur, runter mit der Kleidung und gleich unter die Dusche, hier natürlich nackt nach den lauwarmen Spritzern. Just in diesem Augenblick fällt ihm ein, dass er oft und gern nackt an diesem Fenster gestanden und auf die Straße hinuntergeblickt hat, ungefähr so wie jetzt, nackt stand er da und schaute hinunter in die Wohnung, die er eben erst verlassen hatte und in der alle Fenster sperrangelweit offen standen, es kam vor, dass er sie entdeckte, sie eilig vorübergleiten sah, von Zimmer zu Zimmer, ja, ab und zu winkte sie ihm im Vorübergehen zu, denn sie wusste ja, wo er wohnte und wie er war, aber niemals zog sie sich aus, wenn jemand zusah, so war sie nämlich nicht.

Das Telefon klingelte, und er stellte die Bierflasche auf die Fensterbank und warf einen Blick aufs Display, unbekannte Nummer, nicht Axel Bluhm, sondern eine unbekannte Nummer, weshalb er das Gespräch nicht annahm, nein, das tat er nicht, doch dann, zu seinem eigenen Erstaunen, tat er es trotzdem, vermutlich weil er die Vorstellung nicht ertragen konnte, sich den Kopf darüber zerbrechen zu müssen, wer auf die Idee verfallen sein könnte, ihn hier anzurufen, und er drückte auf den grünen Knopf und hielt sich das Telefon ans Ohr, sagte nichts, sondern lauschte dieser Stimme, einem Mann, der – auf Norwegisch – wissen wollte, ob er mit Claes Otto Gedde spreche, eine Frage, die Gedde nicht ohne weiteres mit Ja beantwortete, die er aber auch nicht verneinte, er beschränkte sich auf ein Grunzen, und wer war das nun eigentlich, der hier anrief, ohne sich erst einmal selbst vorzustellen?

Es war Henrik Vasser, von *Dagbladet*, Henrik Vasser aus der Berliner Redaktion von *Dagbladet*, es hörte sich an, als sei die Rede von einer richtigen Redaktion, vielleicht gar von einer offenen Bürolandschaft, in der einfach der Bär los war, Telefone klingelten, Journalisten und Fotografen rannten hin und her, zu Einsätzen, Interviews und Terminen, mit Zigaretten und Kaffeebechern, *Dagbladet* in Berlin, ein junger Wichtigtuer, das konnte Gedde der noch nicht ganz verräucherten Stimme und dem Eifer des Greenhorns anhören. Er sah diesen Henrik Vasser in einer miesen Bude irgendwo in Kreuzberg vor sich, ja, einer richtig miesen Bude mit Zugang zu Küche, Klo und Bad bei einer türkischen Großfamilie, jetzt saß er dort, vielleicht auf der Bettkante, und faselte drauflos über *Dagbladets* Berliner Redaktion, während er in Wirklichkeit für alle möglichen Schundblätter schrieb, um den Kopf einigermaßen über Wasser zu halten, denn wenn etwas feststand, dann, dass *Dagbladet* jetzt im Jahre 2006 nicht die Möglichkeit hatte, in einer Stadt wie Berlin auch nur eine winzigkleine Spitzmaus zu ernähren, und auch an keinem anderen Ort auf dieser Welt, abgesehen von Oslo, und auch dort nur mit Mühe. Henrik Vasser? Klingelte es da irgendwo?

Ja, also, es verhalte sich nun eben so, dass er, Claes Otto Gedde, hier in Berlin beobachtet worden sei.

Ach so, ach so.

Und da hätte Henrik Vasser gern gewusst, ob Gedde (den er nun schon mit Claes Otto anredete) Zeit für einen kleinen Plausch habe.

Einen kleinen Plausch? Gedde ertappte sich bei der Frage, wie klein Henrik Vasser sich diesen Plausch vorstelle, und als er das Lachen des anderen hörte, wusste er Bescheid, er war an Gunnar Vassers Sohn geraten, Guggenvasser, wie er und andere so überaus gern gesagt hatten, als der Begriff Mobbing am Arbeitsplatz noch nicht existiert hatte. Henrik Vasser hatte das Lachen seines Vaters geerbt, so wie das Gewerbe des Journalisten und vermutlich auch noch andere Gebrechen.

Na ja, er werde doch jetzt bald sechzig (und überhaupt).

Und das solle einen *kleinen* Plausch verdienen?

Wieder das Echo von Guggenvassers Lachen im Ohr.

Dann: Ach, komm schon, das wird eine dicke Kiste im Magazin! Und so weiter. Sie wollten die »Kiste« am

Samstag vor Weihnachen bringen, einen passenderen Zeitpunkt könne man sich doch kaum vorstellen, bleibe er lange, wenn nicht, wie wäre es mit morgen, das Ganze könne ja aktualisiert werden, oder sei das nicht der Fall bei ihm, ein wenig Schnee darüber gestreut, nein, das solle nur ein Witz sein, Oktober sei schon gut, aber das Beste, das Coolste, wäre natürlich Berlin im Dezember, vielleicht auch ein anderer Ort, aber lieber nicht Oslo, lieber nicht Norwegen, das sollte doch der Einfallswinkel sein, das Exil, aber natürlich könnte er die Sache ja auch umdrehen und Kragerø oder Stokmarknes bringen, sie könnten die Rückkehr bringen, die Begegnung mit der alten Heimat, vielleicht Hundeschlitten in Finnmark, neues Leben im Lappenzelt, nur ein Witz, nein, nicht ganz, irgendwo hinter allem zitterte ein Ernst, ein Wille.

Bringen. Die Kiste. Also, also. Also, zum Beispiel, die Kiste bringen, ganz zu schweigen von »von da weitersehen«, was auch aktuell werden könnte, wie Gedde ebenfalls einsah, und plötzlich fiel ihm ein, wie es gewesen wäre, Hund zu sein, sein Leben als Hund, es wäre kein schlechtes Leben gewesen, das konnte er nicht behaupten, zeitweise wäre es ihm gelegen gekommen, und jetzt hörte er Henrik Vassers wedelnden Schwanz am anderen Ende der Leitung gegen das Tischbein schlagen und hatte Lust, ein schroffes und kristallklares »Nein« zu kläffen, ein wenig mit ihm zu raufen, ihn in aller Freundschaft in den Nacken zu beißen, unter Hunden, nie im Leben, kommt nicht in Frage, er war nach Berlin gekommen, um zu schlafen, um Winterschlaf zu halten, und nicht, um sich in Verbindung mit seinen bald sechzig Jahren auf Erden interviewen zu lassen, aber dann fiel ihm das belgische

Kochbuch ein, *Die alte belgische Küche,* und wie wenig Aufmerksamkeit dieser Veröffentlichung bisher zuteilgeworden war, so dass das Ende vom Lied war, dass Gedde versprach, sich die Sache zu überlegen, sich genau zu überlegen, ob er sich in Verbindung mit seinem sechzigsten Geburtstag, dem 24. Dezember, interviewen lassen wollte, er wollte jetzt nichts versprechen, denn was hatte er schon zu sagen, aber er wollte sich die Sache überlegen, wo er den Winter ja ohnehin in Berlin verbringen würde.

Ach, so sei das also? Dass ... Berlin ... Könne er, Henrik Vasser, das schreiben?

Das könne er schreiben.

Ein Projekt also vielleicht?

Claes Otto Gedde wusste, wann er zu schweigen hatte.

Ein Projekt?

Ein mögliches Projekt.

Dürfe er schreiben?

Dürfe er nicht schreiben.

Also ein geheimes Projekt, was ja nicht ganz falsch war, es war sogar ganz wahr, er hatte bisher mit keiner Menschenseele über dieses Projekt gesprochen, hatte es natürlich auch nicht als Projekt betrachtet, aber jetzt hatte er mehr als zwei Monate, um festzustellen, ob er darüber sprechen oder es ganz einfach in undurchdringliche Mystik hüllen wollte, sich weigern, auch nur ein Wort zu sagen, nur durchsickern zu lassen, vielleicht gegen Weihnachten, dass das hier, was immer er getrieben hatte, sich abgespielt oder vielmehr Platz gefunden habe in Margot Breiviks geräumiger Berliner Wohnung, und zwar in tiefer, ja, totaler Einsamkeit. Aber nein. So hätte er es in den achtziger Jahren halten können, jetzt aber nicht mehr.

Wenn die Presse sich überhaupt für ihn interessierte, dann als Zusammenfassung, so verlief sein Leben, Geddes Leben, Weinen und Lachen, hohe Berge und tiefe Täler, Radio, Fernsehen, Film und, und, und – aber nicht, woran er jetzt arbeitete oder zu arbeiten versuchte, nicht, nachdem er schon längst aus der Zeit herausgefallen war, sein Verfallsdatum überschritten hatte, und wie viele würden sich überhaupt noch an Margot Breivik erinnern?

Aber dennoch: Hier war er also vor weniger als drei Stunden in Berlin eingetroffen und hatte nicht mehr geschafft, als drei Buletten und zwei Bier zu konsumieren, er war am Bahnhof Zoo aus dem Zug gestiegen und durch diese vertrauten Straßen der deutschen Hauptstadt gewandert, einer Stadt mit etwas mehr als drei Millionen Einwohnern, und dabei war er also von einer oder mehreren Personen beobachtet und erkannt worden, was nun wiederum dazu geführt hatte, dass er hier stand und sich an diesem ziemlich abgehackten Gespräch mit Guggenvasser fils beteiligte, *Dagbladets* Mann in Berlin. Es gab nur zwei Möglichkeiten. Ja, nur zwei. Entweder war er beobachtet worden, als er sich in der Passage zwischen Hardenbergstraße und Kantstraße die Buletten einverleibte, oder, zum Beispiel, während er mit dem Taxifahrer über den Transport der beiden Koffer verhandelte, möglicherweise, als er mit offenem Mantel durch das schöne Herbstwetter spaziert war. Das moderne Berlin zog Menschen aus ganz Europa an, zu jedem Zeitpunkt hielten sich Tausende von Norweger dort auf, und nun hatte es sich also ergeben, dass einer oder mehrere von diesen Norwegern ihn entdeckt und so ungefähr gesagt hatten: »Hallo, ist das nicht der alte Gedde, der dahinten steht, der beim Taxi steht und verhandelt, der Buletten frisst, dass das Fett nur so spritzt, ist das nicht Gedde?« Und dann hatte der Besagte *Dagbladet* angerufen und diese Beobachtung gemeldet, unklar, aus welchem Grund, es konnte die Folge von frühem und billigem Biergenuss sein. Eine andere Möglichkeit war, dass er entweder von Henrik Vasser selbst oder einem der anderen in der Stadt anwesenden Pressehunde gesichtet worden war. Aber egal, jedenfalls war diese Nachricht von so großem öffentlichen Interesse gewesen, dass *Dagbladets* Redaktion in Oslo Henrik Vasser grünes Licht für eine »Kiste« über ihn gegeben hatte, wenn auch in Verbindung mit seinem baldigen Sechzigsten, aber dennoch. Das war nicht zu verachten. Das war es wirklich nicht.

Deshalb sagte Claes Otto Gedde ein weiteres Mal, er müsse sich die Sache überlegen, dann unterbrach er die Verbindung und legte sich aufs Bett.

NICHT ERWÜNSCHT

Es war zum Wahnsinnigwerden mit diesem Schlüssel, diesen Schlüsseln, es mussten doch mehrere sein, mindestens zwei, einer für die Haustür und einer für die Wohnung, vielleicht auch einer für einen Kellerraum, ein ganzes Bund, das sich jetzt also an einem ganz anderen Ort befand als in seiner Hosentasche, er hatte plötzlich so unendlich wenig Lust, Hotelgast zu sein, er wollte in seinen Bau, darüber phantasierte er und das wünschte er sich schon so lange. Einfach im Dunkeln liegen und die fernen Geräusche von Berlin hören, den Verkehr, die Sirenen, ein plötzliches Lachen unten auf der Straße, ganz still liegen und wissen, dass die Tür abgeschlossen ist und dass niemand kommen kann, niemand, keine Nachbarn, nicht der Postbote, niemand zum Saubermachen, er würde außerdem sein Mobiltelefon ausschalten, es sollte verdammt noch mal nicht zu diesem Interview zu seinem Sechzigsten kommen, denn wer hatte ihm eigentlich an seinem Fünfzigsten eine sinnvolle Frage gestellt? Ha, da waren sie alle zur Stelle gewesen. Was auch immer ihm das gebracht haben mochte.

Wieder dieser Blödsinn, dieser alberne Verlust von Autorität und Tatkraft, das Gejammer und das Selbstmitleid. Jetzt fuhr er hoch, er stolperte und stürzte, und im selben Moment fiel ihm der Hausmeister ein, drüben in Nr. 12, er hatte ihn doch sogar zweimal gegrüßt, genauer gesagt, den Gruß nicht erwidert, wenn dieses kriechende Gespenst im Treppenhaus aufgetaucht war, mit seinem golumhaften Aussehen und Wesen, den Händen, die sich wie in feuchtkaltem Gebet wanden, dem ausweichenden Blick, dem krummen Rücken, x-beinig und hässlich. Was hatte Margot noch gesagt, er wusste es nicht mehr, nur, dass er gedacht hatte, da hast du den Nagel auf den Kopf getroffen, das tat sie in der Regel, vermutlich war es um schlechtes Karma gegangen, um selbst auferlegte Erbärmlichkeit. Na ja. Plötzlich musste er an den *Zwiebelfisch* denken, daran, dass er bei einer seiner Runden um den Savignyplatz den *Zwiebelfisch* passiert hatte, bei einer der Runden, die er seiner Gesundheit zuliebe eingelegt hatte, ehe er das Hotel aufsuchte, den *Zwiebelfisch*, von den norwegischen Presseleuten und ihren Freunden einfach *Fisch* genannt. Und da war es natürlich nicht so wahnsinnig schwer, sich zu denken, was passiert war, warum dieser Anruf von Henrik Vasser gekommen war, dem Mann in der Berliner Redaktion von *Dagbladet*, er hatte sicher dagesessen und sich dem Trunke gewidmet, und dann hatte er Gedde vorüberkommen sehen, in eigene Gedanken vertieft. Ja, in eigene Gedanken vertieft, denn jetzt konnte sich Gedde nur vage daran erinnern, dass er am *Fisch* vorbeigekommen war, wie in einer Art Traumszene, normalerweise wäre er hineingegangen und hätte ein Glas getrunken, mindestens ein Glas, und das trotz der übergroßen Gefahr, dort auf Norweger zu stoßen, zum Beispiel norwegische Journalisten in dieser Tränke (oder vielleicht gerade deshalb, er war durchaus nicht blind dafür, wozu die Einsamkeit ihn gerade in dieser Stadt getrieben hatte, zum Beispiel, wenn Margot Breivik auf einer ihrer Reisen gewesen war), aber jetzt musste er sich also in einer ganz anderen Welt aufgehalten haben, ohne sich erinnern zu können, was für eine Welt das gewesen sein mochte. Es war wohl nicht ganz unmöglich, dass die kläglichen Erinnerungen an die Buchmesse wieder in ihm hochgeschnellt waren, Verfall, Auflösung, das grelle Licht, die schlechte Luft, die vielen Bücher, auf die sich noch kein Staub hatte legen können. Oder, natürlich – Margot Breiviks plötzlicher Tod. Aber das konnte ja auch egal sein. Er nahm seinen Mantel und verließ das Zimmer.

Unten auf der Straße blieb er stehen, um eine Zigarette zu rauchen, während er das Haus auf der anderen Seite beobachtete, die Haustür, die Fenster, alles wirkte so öde und verlassen, und wie gut wäre es doch, die Zeit, die Wintermonate, dort oben im dritten Stock hinter dieser toten Fassade zu verbringen, zu schlafen, zu vegetieren, Margot Breiviks Büchersammlung zu katalogisieren, Tausende von in Leder gebundenen Kuriositäten und Klassikern, das Gegenteil der Buchmesse, verstaubte und duftende Bände in der Dunkelheit hinter den schweren roten Portieren, eine lange und glückliche Nacht. Aber nun war da eben dieser fehlende Schlüssel, Axel Bluhms Unzuverlässigkeit. Es war eine Seite an Margot Breiviks Sohn, die Gedde bisher niemals aufgefallen war. Hatte er sich im Datum geirrt? Er warf die Zigarette weg und zog das Notizbuch aus der Manteltasche, aber nein, hier fand er das Datum, der 10. Oktober, eingerahmt mit einem blauen Tintenkringel, dazu das Stichwort Berlin am Rand, aber natürlich verhielt es sich so, dass diese beiden Markierungen in seinem eigenen Notizbuch von keiner besonderen Bedeutung wären, wenn Axel Bluhm in einem Notizbuch, oder zum Beispiel in seiner Erinnerung, mit einem anderen Datum operierte, zum Beispiel dem 12. oder 18. Oktober. Und als Gedde sich nun von der Knesebeckstraße und dem Hotel *Heidelberg* entfernte (und in die entgegengesetzte Richtung von Savignyplatz und *Fisch* ging), erschien ihm das, dieses mögliche Missverständnis, als immer wahrscheinlicher, da er bisher Axel Bluhm nicht als unzuverlässig erlebt hatte, eher im Gegenteil, Axel war ihm als pünktlich und zuverlässig erschienen, wie die meisten Deutschen, und mit einem Lächeln um den Mund dachte Gedde: Trotz seiner norwegischen Blutmischung und den leicht chaotischen Genen seiner Mutter. Doch wie dem auch sei, es war inzwischen kurz nach acht (hatte er geschlafen?), da war es an der Zeit für ein Stück Fleisch und die erste Flasche Rotwein des Abends, es musste etwas Schlichtes sein, zum Beispiel Hirsch oder Reh, Hirsch, Reh (dachte er auf Deutsch), zur Not auch ein Stierlein, blutig, eventuell ein Vogel, und vielleicht ein Rioja. Was aus irgendeinem Grund in diesem Teil der Stadt schwer aufzutreiben war, nicht der Rotwein natürlich, sondern das Wild, und das, obwohl die Saison schon längst angefangen haben musste, aber dann war ja da dieser ganze Tinnef, diese Juxrestaurants, von denen hier eins neben dem anderen lag und die Unmengen von Pasta und Meeresfrüchten aus den Pferchen im Mittelmeer anboten, Zuchtschweinerei, er brauchte eine Stunde, um einen einfachen Fasan mit Bleischrot im Fleisch aufzutreiben, aber dem Geschmack nach war der Fasan im Käfig erschossen worden, aus nächster Nähe gemeuchelt, und die erste Flasche, die er auf den Tisch bekam, hatte Kork, gerade so viel, dass es zu keinem Streit mit dem Kellner kam. Das sollte Berlin sein? Ihn erinnerte es an Sørumsund in den achtziger Jahren, aber es hätte keinen Sinn gehabt, das einem abtrünnigen Muslim aus dem Iran oder Irak, vielleicht aus Marokko, vorzuhalten, so dass Gedde, als er dann endlich die Rechnung beglich, das Gefühl hatte, allerlei auf der Leber zu haben, das erfahrungsgemäß später am Abend Probleme machen könnte. Und um zu verhindern, dass Axel Bluhm in irgendwelchen Scheiß hineingezogen würde, falls Geddes Gemüt sich querstellen sollte – er wusste, in welche abstrusen Gefilde sein Weg ihn führen konnte, wenn auf der Piste schon so früh etwas schiefging –, schaute er in der Bar des Restaurants vorbei, die praktischerweise in der Eingangspartie lag und wo er einen einfachen Espresso und einen doppelten Cognac bestellte, auf einen Barhocker glitt und

Axel Bluhm zum zweiten Mal anrief. Aber nix. Abermals war das Mobiltelefon ausgeschaltet, oder es befand sich außer Reichweite, und jetzt fing Claes Otto Gedde an, einen gewissen Gestank wahrzunehmen, ihm fiel ein, wie er in seiner Zeit als Pressehund den Geruch von Leichen im Keller hatte wittern können, von verfaulten Eiern im Nest, von Lügen, all den verdammten Lügen, die überall zu finden waren, Ausflüchten mit Mundgeruch. Er schob die Zungenspitze in den Krater und merkte zu seiner Verwunderung, dass das, was er für ein Stück Fasan gehalten hatte, in Wirklichkeit ein Schrotkorn war, das einfach festsaß, wahrscheinlich sorgfältig festgekaut, aber das musste jetzt warten, jetzt ging es um Axel Bluhm und den Schlüssel. Als also der Barmann mit Kaffee und Cognac kam, schrieb Claes Otto Gedde Axel Bluhms Namen auf einen Bierdeckel, schob den zusammen mit zwanzig Euro über den Tresen und bat um die Nummer des Festnetzanschlusses, so brauchte er sich immerhin nicht selbst mit solchen Aktivitäten abzugeben, stattdessen machte er sich daran, die erste Zigarette des Tages zu genießen, die nach dem Essen.

Die schmeckte zum Glück, wie sich das gehört, Kaffee und Cognac ebenfalls, und der Kellner arbeitete für die zwanzig Euro rasch und effektiv. Gedde dachte: Wie sich das ja eigentlich gehört, wenn man so gut dafür bezahlt wird, eine Telefonnummer zu besorgen. Es dauerte nicht mehr als zwei Minuten, dann saß er da mit Axel Bluhms Nummer, notiert auf ebenjenem Bierdeckel, den er gerade erst weggeben hatte. Und das erste, was er tat, war, diese Nummer in seinem eigenen Mobiltelefon zu speichern, um dann augenblicklich auf Grün zu drücken.

Es war Lara, die sich meldete, und sowie er sich vorgestellt hatte, wusste er es, hörte es in der Stille, die entstand, ehe sie sagte, sie werde Axel holen, kein »Hallo«, kein »Wie geht es denn?«, nein, nur, dass sie jetzt gehen wolle, sich durch die riesige Villa draußen am Wannsee bewegen, um ihren Mann zu suchen und ihm auszurichten, da sei Claes Otto Gedde an der Strippe, er hörte es ganz deutlich: Er war unerwünscht. Ganz einfach. Und wie als Echo dieser Erkenntnis hörte er sie, ein Stück vom Hörer entfernt, aber doch nahe genug, um ihn deutlich verstehen zu lassen, wie sie zu Axel sagte: Da ist er. Was nur bedeuten konnte, dass seine Person in diesem Haus einer Art Bewertung unterworfen worden war, vermutlich erst kürzlich, es war durchaus möglich, dass er das Gespräch der beiden über Claes Otto Geddes Qualitäten oder das Fehlen derselben dadurch unterbrochen hatte, dass er also ebendiese Nummer gewählt hatte. Und dann hatte er ihn plötzlich am Apparat, nicht Claes Otto, nicht Gedde, sondern ihn, den, über den sie gerade noch geredet hatten. Und er sah sie vor sich, sah Lara Bluhm ganz deutlich vor sich, wie sie in diesem unpersönlichen Zimmer in der Villa draußen am Wannsee saß, wie sie dort saß und Axel Bluhm erklärte, warum sie nicht wollte, dass Claes Otto Gedde in der Wohnung der verstorbenen Schwiegermutter, Margot Breivik, übernachtete. Es konnte viele Gründe haben, und Lara gingen nur selten die Worte aus, sie hatte ihn niemals leiden können, und er sie auch nicht, was aber bisher niemals ein Problem gewesen war, es hatte sich auf kurze Sticheleien bei den überaus seltenen Begegnungen bei Margot beschränkt, Jahre hatten dazwischen gelegen, nur kleine feine Degenstiche, es war eine Art Sport gewesen, eine verbale Übung. Aber jetzt war es anders, und das gefiel Claes Otto Gedde gar nicht, jetzt stocherte sie in der Wunde herum, die einfach nicht verheilen wollte, in der alten Verletzung, dem Erlebnis der Abweisung. Und als nun Axel ans Telefon kam, um sich der edlen Kunst der Nebelrede zu widmen, wo er denn sei, wie es ihm gehe, kappte Gedde diesen Gesprächsfaden sogleich. In Wirklichkeit verhalte es sich so, dass er – bisher vergeblich – darauf gewartet habe, dass der Schlüssel zu Margot Breiviks Wohnung in der Knesebeckstraße in der Rezeption des Hotels *Heidelberg* in der nämlichen Straße abgeliefert wurde, gemäß der Abmachung mit ihm, Axel Bluhm, die vor nicht länger als drei Monaten geschlossen worden war, bei Margot Breiviks Beerdigung. Damals waren Claes Otto Gedde und Axel Bluhm eine Abmachung eingegangen, auf wohlklingendem Deutsch, eine mündliche Abmachung und deshalb bindend, dass er, Claes Otto Gedde, die Wintermonate in besagter Wohnung verbringen werde, während er (als Gegenleistung dafür, dass er in diesen Monaten, zum Beispiel von Oktober bis März, dort gratis wohnen könnte) Margot Breiviks umfangreiche Büchersammlung katalogisiere, was Claes Otto Gedde nun ja durchaus nicht vorhatte, aber das konnten weder Axel noch Lara Bluhm auch nur ahnen, weshalb er jetzt die Vorwürfe anbrachte, die ihm als die verletzendsten erschienen, nämlich gebrochene Versprechen und Unzuverlässigkeit, auf Deutsch, zwei grausame Tabus für einen in der Regel durch und durch ehrlichen Mann wie Axel Bluhm, der jetzt eine alternative Auffassung der Wirklichkeit brachte, davon, was geschehen und was gesagt worden sei, nämlich, dass sie

»vage« eine solche Möglichkeit erörtert hätten, und das sagte er mit so viel Glut und Enthusiasmus in der Stimme, dass Gedde begriff, dass Lara gleich daneben stand, während sie ihren schweren Unterkiefer aufmunternd und warnend bewegte, denn dass sie hinter allem steckte, war für Gedde selbstverständlich. Und jetzt fiel ihm auch ein, wie Axel Bluhm, die Korrektheit in Person, vor vielen Jahren einmal, nach einem Eimer Wein und in Anwesenheit seiner Mutter und ihm, Gedde, intime Details über sein Zusammenleben mit Lara vorgebracht hatte, genauer gesagt, Auskünfte über Laras ein wenig eigenartige Physiognomie, diese Sache mit Kiefer und Unterbiss war ja deutlich zu sehen, aber hier war also dazu die Rede von etwas weiter unten, einer überentwickelten Klitoris, einem fleischigen Dingsrich von Größe eines kleinen Kinderfingers, eine offenherzige Darstellung, bei der seine Mutter außer sich geraten war vor Wut, und worauf sie Axel, einen Tag später, dazu aufgefordert hatte, Gedde anzuflehen, er möge doch nie, nie, nie und nimmer. Was Gedde daraufhin auch versprochen hatte, aber jetzt fiel es ihm schwer, wo er Lara so deutlich vor sich sah, wie sie die Lügen und Vorurteile wiederkäute, die sie einst abgesondert hatte, und das mit einer winzigen, aber zugleich riesigen Erektion, in Anbetracht der Tatsache, dass sie Frau war, ja, sogar Mutter, jetzt kratzte sie mit dieser Superklit in seiner Wunde herum, während Claes Otto Gedde vor sich sah, wie Sara Mollberga-Stålnacke über ihre abgemagerte Wade, die Totenwade, kratzte, mit ihren langen Nägeln, an dem Abend in der Limousine auf dem Weg ins *Breder*, und dann hatte er offenbar doch etwas über diesen kleinen Finger gesagt, der mitten auf Laras Muschel saß, oder vielleicht etwas anderes und ebenso Beleidigendes, denn jetzt schrie Axel Bluhm, er könne sich bei sich selbst bedanken, es sei nämlich ans Licht gekommen, dass er, Claes Otto Gedde, zwei Munch-Lithographien aus der Wohnung der Mutter verkauft hatte, und das, als sie noch in der Charité im Sterben lag. Was ja gewissermaßen wahr war, aber nur gewissermaßen, da Gedde gehandelt, oder, genauer gesagt, verkauft hatte, weil er das für den Wunsch der Sterbenden gehalten hatte, deshalb stritt er alles schlankweg ab.

Na gut, dann hätten sie einander nichts mehr zu sagen, meinte Axel Bluhm. Er und Lara würden Berlin bereits am folgenden Tag verlassen (wie zumeist um diese Jahreszeit), um den Winter auf Lanzarote zu verbringen, und den aktuellen Schlüssel könne er als Gegenstand betrachten, der auf dem Meeresgrund lag, eine Auskunft oder genauer gesagt mehrere Auskünfte, die Gedde nicht anders deuten konnte, als dass Axel Bluhm, als der Mann von Ehre, der er nun einmal war, durchaus vorhatte, seinen Teil der Abmachung einzuhalten. Aber dass er selbst nach dem Schlüssel tauchen müsste.

Dennoch schieden sie als Feinde, damit Lara zufrieden wäre.

Ja, denn warum hätte Axel sonst diese Auskunft vorbringen sollen, dass er und Lara die Stadt am nächsten Tag verlassen wollten, wenn nicht, um Gedde zu signalisieren, dass er selbst nichts dagegen hätte, wenn Gedde wie geplant für den Winter in die Wohnung zog, ihrer Abmachung gemäß, und sich dort breitmachte, und nun verstand Gedde ja, wie alles zusammenhing, denn diese Abmachung hatten sie getroffen, Axel und er selbst, während der Beisetzung und der Trauerfeier, ohne andere in die Sache hineinzuziehen. Und dann hatte Axel natürlich, noch am selben Abend, aus Versehen etwas gesagt, die Abmachung Lara gegenüber erwähnt. Der arme Axel, es gab ein Herz in der Brust dieses Mannes, aber sie war natürlich glatt an die Decke gegangen oder hatte ihm das Gesicht zerkratzt und über Munch-Lithographien und solche Dinge herumgequengelt, und deshalb hatte Axel sich diese Erklärung aus den Fingern saugen müssen, dass es nur vages Gerede gewesen sei, damit er in seinem eigenen Zuhause Ruhe und Frieden haben könnte, vielleicht hatte er auch gehofft, Gedde werde sich nicht melden, dass alles, wie so vieles andere, wenn es um Geddes Ideen und Pläne ging, eben Ideen und Pläne bleiben würde, unausgeführte Projekte. Im Grund gab es dazu nicht mehr zu sagen. Er hatte Axel Bluhm immer schon leiden können.

NICHT ADELE LUSTHOFF ANRUFEN!

Also kommen wir doch zu einer Art Ruhe, dachte Claes Otto Gedde zufrieden. Lara Bluhm hinters Licht geführt, und er selbst im Halbdunkel einer Bar im Herzen Berlins, noch einen Drink oder zwei, dann wollte er die Rechnung begleichen und zum Hotel zurückspazieren, er wollte sich nicht aufs Glatteis hinausbegeben, sondern zurück zum Hotel, wo er sich ans Fenster setzen und noch ein oder zwei Gläser trinken könnte, vielleicht eine Flasche Rotwein, ehe er sich auf sein Zimmer zurückzog. Und so kam es dann auch. An diesem Abend kam es so, wie er sich das gedacht hatte, wie er es beschlossen hatte, und als er zwei Stunden darauf in der sauberen Bettwäsche im Hotelzimmer lag, dachte er nun weiter, dass das hier, diese neue Kontrolle über den Handlungsverlauf, wenn er trank, etwas mit dem Alter zu tun habe. Er sei vielleicht nicht sehr viel klüger geworden, aber jedenfalls viel erfahrener. Zugleich war es aber nicht so leicht, bei so geringer Dosis, wie er bisher intus hatte, einzuschlafen, und dann war da ja noch dieses Schrotkorn, mit dem er sich beschäftigen musste, dieses runde Kügelchen, das sich in dem von der verlorenen Füllung hinterlassenen Loch festgesetzt hatte. Die Uhr auf seinem Mobiltelefon zeigte einige Minuten vor halb drei an, und zum zweiten Mal seit dem Zubettgehen sah er nach, ob Anrufe oder SMS gekommen waren, zum Beispiel, während er zum Pissen im Badezimmer gewesen war, aber nichts, gar nichts, nicht einmal ein Vorstoß der Hunde drüben im *Fisch*, denn er wusste es, jetzt, um die Morgenstunde saßen sie dort drüben und zechten, genauer gesagt, auch jetzt. Und dann war es wohl so, dass sie trotz allem einen gewissen Respekt vor ihm hegten (»Nein, zum Teufel, den Gedde kannst du doch jetzt nicht anrufen, ist ja fast halb drei und überhaupt«), aber dann überlegte er, ob er vielleicht selbst Adele Lusthoff anrufen sollte, ihr eventuell eine SMS schicken? Nein.

Na gut, dann nicht. Stattdessen fing er an, den Vortag durchzugehen, so, wie er da unten in Frankfurt am Main verlaufen war, nachdem er schon um halb neun in dem engen Kabuff im Hotel *Bristol* aufgewacht war, denn so war es mit den Jahren ebenfalls gekommen, dass er zu den unchristlichsten Zeitpunkten aufwachte, und das sogar an Tagen nach regulären Seeschlachten, denn es hatte sich durchaus zu einer Seeschlacht entwickelt, nachdem er erleichtert und froh begriffen hatte, dass er wegen der elenden Füllung, die schon bei der Vorspeise, der Kammmuschel, ihren Geist aufgegeben hatte, nicht den zahnärztlichen Notdienst würde aufsuchen müssen.

Vor dem Hotel hatte das klare Herbstlicht die Straße funkeln lassen, über Nacht hatte es geregnet, er erinnerte sich, dass er irgendwo tief im Schlaf Trommeln gegen die Fensterscheiben gehört hatte, jetzt funkelten Bürgersteig und Fahrbahn im Sonnenschein. Es war so schön, dass es weh tat, und das in dieser leicht heruntergekommenen Stadt am Main. Und die Luft so klar und kühl! Und der Himmel so hoch und blau! Er ließ sich in den Tag fallen, ja, so stellte er sich das vor, dass er seitwärts in den Tag hineinfiel, ins Sonnenlicht, und er glitt über den Zebrastreifen und weiter in Richtung Messegebiet, das gigantische Messegebiet, und irgendwo unterwegs schnappte er sich zwei Bananen und eine Flasche Wasser, da er auf das Frühstück gepfiffen hatte, ergriffen von einem akuten Unwillen dagegen, sich in den halbdunklen Eier-und-Speck-Gestank des Frühstücksraums zu bewegen, hinein in Körperausdünstungen, Kaffeedampf und saure Joghurtgerüche, wo das Wetter draußen doch so war, wie es war, kühler sonniger Oktober, und er wollte nur mit offenem Mantel, oder vielleicht sogar mit dem Mantel über dem Arm, dem Mantel über dem Arm und offenem Jackett, immer weitergleiten. Die eine Banane aß er sofort, stopfte sie auf dem Weg zum Messegelände in sich hinein, einer von vielen unterwegs zu dieser internationalen Buchmesse, sie waren leicht zu erkennen, die Buchleute, Verleger, Pressemenschen, Autoren, Übersetzer, dünne Anzüge und Kostüme, denn die großen Hotels in der Innenstadt waren zu Fuß zu erreichen, dünne Anzüge und Kostüme, weil man dort in der Hitze sein würde, in der schlechten Luft, dem grellen Licht und dem ewigen Stimmengewirr den ganzen Tag, es war wichtig, leicht gekleidet zu sein, so beweglich wie möglich, und Claes Otto Gedde dachte, er könne sicher seinen aus purem Reflex mitgenommenen Mantel irgendwo ablegen, hinter den Kulissen des norwegischen Gemeinschaftstandes, wo der Freßsack-Verlag zusammen mit Kagge, Schibsted und anderen kleineren Verlagen vertreten war, und wenn es Regeln gab, die das untersagten, und das war doch vorstellbar, dann hatte er Freunde genug auf der deutschen und französischen Seite der Front.

Wann hatte er zuletzt die Frankfurter Buchmesse besucht? Es musste irgendwann in den achtziger Jahren gewesen sein, überlegte er jetzt, und als er sich immer weiter zwischen den polierten Steinflächen vorarbeitete, den Böden und Wänden, vorbei an den riesigen Aussichtsfenstern, auf Rolltreppen nach oben und nach unten und weiter auf Laufbändern, war es unmöglich, nicht die neuen gewaltigen Dimensionen zu registrieren, zu sehen, wie das ohnehin schon große Messegelände nunmehr angeschwollen war, mit neuen Gebäuden und Hallen. Waren damals auch schon Busse über das Messegelände gefahren? Er konnte sich nicht erinnern. Vermutlich nicht. Und als er immer weiter in dieses neue und erweiterte Messegelände vordrang, glaubte er, kleine Stimmungsänderungen zu erahnen, die sich bis ins Detail nachspüren ließen, wie die Tatsache, dass die früher allgegenwärtigen Würstchenbuden jetzt durch ihr Nichtvorhandensein glänzten, während zugleich Sushibars und Obststände ins Auge stachen; die grünen Bierflaschen, das Handpils, waren durch Gläser mit Stiel ersetzt worden, und immer wieder kam er an Gesundheitszentren vorbei, die neben Obstkörben – Äpfel, Birnen und Apfelsinen – eine reichhaltige Auswahl an frisch gepressten Säften zu schwindelerregenden Preisen anboten, und überall leuchteten die glühenden Zigaretten durch ihr fast totales Fehlen, er spürte die Blicke, als er da auf einer Rolltreppe nach der anderen stand, aufwärts, abwärts, oder auf den Laufbändern von einer Halle zur anderen, die negativ geladenen Blicke, wenn er sich an der Kippe der alten die neue Zigarette anzündete, und das, dachte er, in einem Land ohne Rauchverbot. Und als er dort noch stand und rauchte, während er zugleich an der Banane in seiner Jackentasche herumfingerte, während er sich in Richtung Halle 6 tragen ließ, wo sich angeblich das norwegische Kontingent aufhalten sollte, während er dort stand und rauchte und darüber nachdachte, dass es offenbar auf dem Messegelände erlaubt und zugleich verboten war zu rauchen, entdeckte er eine vertraute Gestalt, die sich unaufhaltsam in Gegenrichtung näherte, die stolz und wie eine Statue dastand, wie er selbst, aber mit dem Unterschied, dass dieser andere vielleicht eines Tages eine Statue bekommen würde, zum Beispiel auf dem Sehesteds plass, William Nygaard, Norwegens einziger Verleger mit annähernd aristokratischem Äußeren, wie man sich einen Verleger der alten Schule doch leicht vorstellen könnte, dort stand er, den Kopf ein wenig zurückgelehnt, wie in Stein gehauen, gewandet in einen diskreten grauen Anzug, der den Eindruck von Stein noch verstärkte, Granit, ein wenig kühl, wie Nygaard leicht wirken konnte, wie er vielleicht auch war, und jetzt kam er Claes Otto Gedde entgegengesegelt, und der hatte keine Möglichkeit, sich dieser peinlichen Situation zu entziehen. Nein, es gab nirgendwo eine Fluchtmöglichkeit. Zum einen hatte Gedde nichts, in dem er jetzt blättern könnte, kein Buch und keine Zeitung, nicht einmal einen Katalog, und er konnte den Kopf auch nicht in eine andere Richtung drehen, zum Beispiel aus dem Fenster schauen, das würde aufgesetzt und gekünstelt wirken. Er würde den Mann mit Interesse an seinem eigenen Spiegelbild einfach nicht spielen können, allein beim bloßen Gedanken daran lief er schon rot an, fing er an, zu glühen, und wenn er das richtig verstanden hatte, gab es dazu absolut keinen Grund, oder es war gerade deshalb, er wurde rot, weil er dazu keinen Grund hatte, weil William Nygaard Norwegens einziger Verleger von einem gewissen Format war, an dem er, Gedde, nichts auszusetzen hatte und das auch nie gehabt hatte, einfach, weil es niemals in Frage gekommen war, den Aschehoug Verlag mit neuen Projekten oder klaren Lügen anzusprechen, klare Lügen für schnelles Geld, und der Grund war und war es immer gewesen, dass Claes Otto Gedde nicht einmal im Traum auf die Idee kommen würde, sich mit William Nygaard zu überwerfen, den er in gewisser Hinsicht für einen Mann seiner eigenen Klasse hielt, im Gegensatz zu ungefähr allen anderen norwegischen Verlegern, die im Großen und Ganzen, wenn er bei Sindre Guldvog eine Ausnahme machte (aber der hatte ja so viele andere Eigenheiten), als frühere

Kommunisten gelten mussten, oder als jetzige Kommunisten hinter allerlei Masken und Verkleidungen, wie Cappelens Anders Heger, Gyldendals Geir Mork, Oktobers Geir Berdahl, oder Kolons Torleiv Grue und, und, und ... Allerdings gab es hier auf diesem Laufband nichts, wohinter er sich hätte verstecken können, Gedde schaute zwei Mädchennacken mit niedlichen schwarzen Wirbeln aus dünnen Haaren an, Chinesinnennacken, Koreanerinnennacken, und diese spitzen Schultern, die keinen Schutz und kein Versteck boten, ihre kleinen Hinterteile weiter unten, eingeklemmt zwischen diesen Chinahintern und etwas Großem, Verschwitzten, das ihm in den Nacken pustete, so konnte er nicht stehenbleiben, hier konnte er den Blick nicht halten, denn William Nygaard hatte ihn längst entdeckt, genau wie Sindre Guldvog am Vortag, er würde sich dieser Begegnung ganz einfach nicht entziehen können, und das Schändliche war, dass er bei aller Bewunderung und allem Respekt vor William Nygaard an der Gewissheit litt, dass selbiger Nygaard natürlich im Bilde war über seine, Claes Otto Geddes, Bocksprünge und mehr oder weniger vollendete Torheiten bei anderen norwegischen Verlagen, ob er nun damit durchgekommen war, wie zum Beispiel mit *Fünfhundert Portionen unnützes Wissen* – oder bei denen er ein glattes Nein geholt hatte, wie es bei »Geddes Toskana« der Fall gewesen war. Nein. Dem hier würde er nicht entgehen. Es würde auch nicht in Frage kommen, das spürte er ganz deutlich, eine scherzhafte Miene aufzusetzen, wie er es geplant hatte, für den Fall, dass er im Fahrstuhl oder auf dem Gang des *Bristols* auf Sindre Guldvog stieße, die Lage forderte nicht dazu auf, er hatte einfach nichts, worüber er ironisch sein könnte, wenn es um ihn und William Nygaard ging, und als er den Rücken gerade machte und dem Blick des anderen begegnete, selbigem Nygaard direkt in die Augen schaute, merkte er, wie seine Mundwinkel sich zu einer unfreiwilligen Grimasse nach oben zogen, ungefähr so, als habe er etwas Klebriges entdeckt, das auf ihn zugesegelt kam, etwas, das ihm den Anzug ruinieren oder unten herum eine Hautkrankheit auslösen könnte. Und zugleich, just in dem Moment, in dem William Nygaard an ihm wie eine Statue auf dem Weg zum Sehesteds plass vorüberglitt, glaubte Claes Otto Gedde, die beiden Wörter zu hören, von denen er niemals sicher feststellen würde, ob Aschehougs Verlagschef diese wirklich gesagt hatte, bei denen es Gedde aber immer erscheinen würde, als seien sie möglicherweise, ja, wahrscheinlicherweise, ausgesprochen worden, in die Wirklichkeit hineingelesen, nämlich: »Ach was!«

Dann war William Nygaard vorbei, und als Claes Otto Gedde sich umdrehte, sah er nur den grauen Anzugrücken, der durch den Gang verschwand, der von dem beweglichen Bürgersteig davongetragen wurde, kleiner und kleiner wurde, und war es nicht typisch, dass er es war, Gedde, der sich umdrehte, nicht einmal, sondern wieder und wieder, und der William Nygaards Rücken in der Ferne zu einem grauen Punkt werden ließ, während dieser Kaiser des Aschehügels sich kein einziges Mal umdrehte, sondern über jegliche Form volkstümlicher Neugier hoch erhaben war, und das, obwohl Gedde noch, wenn auch sehr gegen seinen Willen, seine Gesichtsmaske in wenig glückliche Formen gelegt hatte, in dem Augenblick, in dem die beiden auf einer Höhe miteinander gewesen waren, eine Sekunde, ehe William Nygaard »Ach was« gesagt hatte.

Oder vielleicht nicht »Ach was« gesagt hatte.

Claes Otto Gedde, der noch nie ein Wort mit William Nygaard gewechselt hatte, nicht einmal in seiner Zeit, als er als Journalist bei VG und später beim NRK, Aschehougs Vorstellung der Herbstbücher besuchte, wusste fast nicht, was er glauben sollte, er hatte das Echo dieser beiden Wörter auf dem ganzen Weg zu Halle 6 im Ohr, und zugleich kam es ihm ein wenig unwirklich vor, dass Nygaard sich für diesen Ton entscheiden sollte, ein »Ach was« ohne Einleitung, ohne Kopf oder Schwanz, einfach ein reichlich unnötiges und unhöfliches »Ach was«, falls er nun beschlossen hatte, überhaupt etwas zu Gedde zu sagen.

Na ja.

Oder: Sieh mal einer an!

Das wäre doch auch eine Möglichkeit.

Dass es so gemeint war.

Dann war es ein freundlicher William Nygaard gewesen, der vorübergeglitten war, sieh an, Gedde, du hältst durch?

Aber andererseits: Wäre das Nygaards Stil?

Doch wie dem auch sei, jetzt erreichte er jedenfalls den Übergang von Halle 5 zu Halle 6, wo er nach rechts abbiegen und sich auf die Ebene 0 hinabbewegen musste (wo die Norweger sich typischerweise festgekrallt hatten), und sowie er festen Boden unter den Füßen spürte, nachdem er von dem beweglichen Bürgersteig gestiegen war, begriff er, dass er besser nicht nach dort unten sollte. Was augenblicklich das auslöste, was Gedde als »das destruktive Signal« zu betrachten gelernt hatte, einen negativen Impuls, der ihn dazu brachte, das zu tun, was er nicht wollte, fast zwangsmäßig, weshalb er sich nun mit einem Schaudern in die Menschenmenge begab, die Masse, hinein in Halle 6 und vorbei an einem improvisierten Fernsehstudio. Das ZDF auf Campingtour in Frankfurt, was ihn an vieles erinnerte, woran er nicht erinnert werden wollte, er selbst in der Rolle des Interviewers, zum Beispiel, oder im Gegenteil, in der Rolle des Interviewobjektes, des Meinungsträgers, mit dem grellen Licht im Gesicht. Jetzt saßen sie da, Interviewer und Objekt, und fragten und antworteten, fragten und antworteten, während die Zuhörer mit ihren Tagesrucksäcken und Aktentaschen voller Bücher und Kataloge, Vorträge und Notizblöcke, dabeistanden und glotzten, und kaum war er an diesem kalten Hauch der Vergangenheit vorbei und stand auf der Rolltreppe, die von Ebene 1 zu Ebene 0 führte, und entdeckte von da eine weitere Sushibar, dieses Mal auf einer engen Plattform zwischen den beiden Etagen, und dort, in diesem entsetzlichen Gedränge, dort, auf einem hohen unbequemen Barhocker an einem runden Plastiktisch voller Abfall, Pappe, Papier und leeren Gläsern, sah er Sara Mollberga-Stålnacke rohen Fisch verzehren.

Ach was.

Und so, wie das Licht fiel, konnte er ihre Kopfhaut über dem Ohr sehen und einen Schatten, der sich an einer Halssehne entlangzog, er ließ die Sehne aussehen wie einen Draht, einen scharfen, brutalen Bremsdraht an einem Fahrrad, ganz anders als am Vorabend, die Dunkelheit in der Limousine hatte sie gesegnet, als sie sich zur Seite gebeugt und sich an der Wade gekratzt hatte, dieser wunderschönen runden Wade, die nicht mehr wunderschön rund war, sondern nur ein in dünne Haut gewickelter Knochen, und wie er diese Wade begehrt hatte, diese wunderschönen runden Waden, wie er sich danach gesehnt hatte, seine spitzen Zähne in diese geschwungenen fleischigen Waden zu schlagen, wie er aber stattdessen ein freundliches Nein erhalten hatte (nein, Himmel!), und wie er sich danach gesehnt hatte, mit den Händen durch ihr dickes dunkles Haar zu fahren, aber er hatte ein Nein erhalten (nein, Claes Otto, also wirklich!), und jetzt sah er sie so sitzen und mit Plastikstäbchen rohen Fisch essen, hoch über ihr, in vollem Tempo auf dem Weg herunter zu ihr, und sie selbst in vollem Tempo auf dem Weg aus der Welt, während er an der fehlenden Füllung herumsaugte, und wie er überall an ihr hatte herumsaugen wollen, sie mit seinem Speichel bemalen, aber jetzt stand er da und sank und sank, während er hoffte, dass sie ihn nicht entdecken würde, den Voyeur, der das sah, was er nicht hätte sehen dürfen. Aber natürlich musste sie den Blick heben, als er auf dem Weg zur nächsten Rolltreppe an ihr vorbeikam, und er registrierte zu seinem eigenen Ekel, wie er den linken Arm hob und mit dem rechten Zeigefingernagel auf das Glas seiner Armbanduhr tippte, während er ihr zugleich den Rücken zudrehte und weiterging, sich von der Masse weitertragen ließ, dem Fluss aus Menschen, er, der keine Verabredung hatte, der alle Zeit der Welt besaß und dazu alle Schande, denn ihm fiel Van Morrison ein, ihre erste Bemerkung, die Behauptung, er sehe bei jeder Begegnung mehr aus wie Van Morrison, die hätte sie sich sparen können.

Aber dennoch. Wie traurig. Wie traurig ist es doch, wenn das Leben in diese Phase der Auflösung und des Verfalls übergeht, und er wusste es ja, wenn die Lichtverhältnisse am Vorabend in der Limousine oder auch im *Breder* besser gewesen wären, hätte sich Sara Mollberga-Stålnackes runder Hintern, dieser schwedische Prachtarsch, als etwas ganz anderes erwiesen denn als rund und strotzend, er hatte nur so ausgesehen, weil sie fast auf allen vieren vor ihm ins Auto gekrochen war, in die dunkle Limousine mit dem trüben Licht, und natürlich war da die Erinnerung an alles, was gewesen war, die Erinnerung, die ihm die ganze Zeit durch den Kopf gewirbelt war, an die schöne, schöne Sara Mollberga-Stålnacke, die er begehrt, aber niemals bekommen hatte, nicht für eine einzige Nacht, und jetzt war es zu spät, jetzt fielen ihm Zähne und Füllungen aus, während Saras Beine und Hinterbacken dahinschwanden, zu Karikaturen dessen wurden, was sie einst gewesen waren, während die Zeit ihnen beiden die Haare ausriss.

Ja, traurig, aber nur ein bisschen traurig, mehr auch nicht, es war stiller Sommerregen im Wald, keine Sturmböe und kein Orkan, eine feine Tristesse, die sich vor Geddes innerem Blick als Unwetter erhob, nicht als Sturm, sondern als feiner Regen, Nieselregen, Nebel, das leicht melancholische Nebelhorn irgendwo in ihm selbst, traurig, ein bisschen traurig, ein Tuuuut im Nebel, die Zeit, die nicht nur die Wunden heilt, sondern auch die Haare auf unseren Häuptern ausrupft, sie zählt und beiseite legt, sie im Hotelbett verbirgt, auf dem Flugzeugsitz, in den Ecken von Restaurants und Bars, in Lebensmittelläden, im Taxi und auf der Straße, der Wind, das Wetter, das sich an ihr gütlich tut, und so geht es auch ihm, Claes Otto Gedde, das denkt er, als er nun auf der Ebene 0 ankommt, der Frankfurter Heimat von Norwegern, Schweden, Dänen, Koreanern und Japanern, die Zeit pflückt uns alles ab, Molekül um Molekül. Das sind keine neuen Gedanken, es sind alte Gedanken, aber im Moment wurden sie aktiviert, aktiviert durch Sara Mollberg-Stålnackes ein wenig, wie soll er sagen, hilflose Erscheinung, genauer gesagt, seine eigene Hilflosigkeit angesichts dieser plötzlichen und ziemlich erbarmungslosen Ausgabe von Sara Mollberg-Stålnacke, jetzt beugte sie den Stahlnacken, und das vor seinen Augen, und wenn er ehrlich sein sollte, so kam ihm diese Erkenntnis so jählings, dass er im Menschenstrom innehielt und unwillkürlich die Banane in seiner Tasche umklammerte, wie um sich festzuhalten. Wenn er ganz ehrlich sein sollte, so hatte er noch immer Lust auf sie. Er drehte sich um und schaute zum Absatz zwischen Ebene 1 und 0 hoch, einem Bergsims voller Tauben, durchfuhr es ihn, aber sie war weitergeflogen.

In den folgenden Stunden konnte Claes Otto Gedde in einem ewigen Gerenne zwischen allerlei Ständen unten auf Ebene 0 in Halle 6 beobachtet werden. Von seinem letzten Besuch erinnerte er sich noch an das grelle Licht, an das ewige Stimmengewirr und die schlechte Luft. Es war eigentlich fast genauso schlimm wie damals, obwohl außer ihm niemand rauchte, fast niemand, jetzt hatten Körpergerüche und Schweißdunst die Herrschaft an sich gerissen, und die chemischen Versuche, selbige Gerüche zu vertuschen, Parfüm, Rasierwasser, Deodorants und Spraydünste, aber vor allem quälte ihn der Sauerstoffmangel, der ihn pausenlos nach Luft schnappen ließ. Er konnte sich nicht erinnern, dass es im Zeitalter des Rauchens auch so schlimm gewesen war, aber er war natürlich an die zwanzig Jahre jünger gewesen und hatte sich für seine eigenen Schwindelanfälle viel weniger interessiert als jetzt. Denn schwindlig wurde ihm, schwindlig vom Stimmengewirr, vom grellen Licht, schwindlig von Parfüm und Schweiß, und nicht zuletzt schwindlig von den vielen Körpern, die auf allen Seiten an ihm vorbeiströmten, hin und her in rätselhaften Bahnen, auf dem Weg von und zu Verabredungen und Besprechungen, die ganze Zeit das Mobiltelefon ans Ohr gepresst, er ertappte sich immer wieder dabei, wie er auf sein eigenes Telefon schaute, denn hier in diesem Bienenkorb der Buchbranche würde er das Klingeln nicht hören, aber niemand, niemand hatte sich gemeldet, niemand meldete sich, nicht einmal Odd Einar Olsen, und er merkte, dass er sich ärgerte, denn er konnte sich gut vorstellen, noch anderes zu unternehmen, als auf diesen Laufbändern eilig hin und her zu wandern, aber er gab vor, zu telefonieren, und winkte müde Krethi und Plethi zu, denn sie waren alle hier, all die Echsen aus grauer Vorzeit, Ivar Tronsmo, die Brüder Einarsson und Poul Hedlund, aber es war so lange her, alles war so lange her, er war seit damals so viele seiner eigenen Wege hin und her gewandert, seit damals, als es natürlich gewirkt hatte, bei einem dieser Soldaten der Buchbranche anzuhalten, deshalb winkte er lässig und ging weiter, er hatte Angst, ein vielleicht herablassendes »Ach was« zu ernten, wenn er stehenbliebe, da war etwas in ihren Blicken, ihrem Lächeln, und er selbst stand da mit der Banane in der Tasche. Am norwegischen Gemeinschaftstand jedoch saß Odd Einar Olsen und trank Bier, zwar aus einem Glas, aber immerhin, das erinnerte an früher, worauf Claes Otto Gedde sich setzte.

Bier?

Ja, falls kein Schnaps im Haus ist.

Das hatte man in den alten Tagen gesagt, wenn Norweger sich trafen, ob es nun um die Buchbranche, Diplomatie, Tourismus oder die Presse ging, Frankfurt, Bologna, Berlin, Amsterdam, es spielte keine Rolle, es war eine Färbung, eine gewisse Temperatur, die man der Situation gab, eine Tönung, es bedeutete einfach, dass wir jetzt nicht mehr zu Hause auf dem Felsen im Meer sitzen, jetzt sind wir hier, »jetzt können wir vormittags trinken, ohne dass uns unsere Kinder weggenommen werden«, damals sagte man das so, so drückte man sich aus, das war der Tonfall, aber natürlich sprang Odd Einar Olsen auf wie nach einem rektalen Elektroschock und stürzte hinter die Kulissen, und kehrte mit einer halben Flasche zurück, einer halben Plastikflasche Gammel Dansk, warm und widerlich, als ob Odd Einar Olsen die ganze Nacht die Oberschenkel darum zusammengepresst hätte, und jetzt goss er einen Schwall in ein Plastikglas, von Plastik zu Plastik, dachte Gedde, ehe er vollständig dahinschmolz, denn das hier war gutgemeint. Plötzlich fiel ihm ein, wie er am Vorabend geprahlt hatte, ja, damit geprahlt, wie großartig früher alles gewesen war, hier wie dort, und da hatte Odd Einar Olsen wohl gedacht, die halbe Flasche Gammel Dansk, die er eigentlich für Silvester gekauft hatte, diese Flasche wollte er zur Stelle haben, wenn und falls der alte Gedde am nächsten Tag am Stand vorbeikäme, an ihm, Odd Einar Olsen vom Freßsack-Verlag, sollte es nicht liegen.

Und deshalb saß nun Claes Otto Gedde in Frankfurt, Halle 6, Ebene 0, um kurz nach elf Uhr morgens, mit einem Plastikglas voller Gammel Dansk, während er träge mit Odd Einar Olsen plauderte und ebenso träge durch *Die alte belgische Küche* blätterte, die finnische Ausgabe, die Harri Savolainen soeben am norwegischen Gemeinschaftsstand hinterlegt hatte, unklar, aus welchem Grund, wie Odd Einar Olsen sagte, denn sie sah genauso aus wie die norwegische, deutsche, schwedische und dänische Ausgabe, wenn man von der unverständlichen Sprache absah. Was Gedde sofort zu zwei kleinen Lügen über winzige Veränderungen verleitete, die er heimlich in Zusammenarbeit mit dem Übersetzer gerade für die finnische Ausgabe vorgenommen hatte, so dass *Die alte belgische Küche* also vom Originaltext abwich, und auch von der schwedischen, dänischen und deutschen Übersetzung.

Wirklich? Was denn für Veränderungen?

Das wollte Gedde nicht verraten.

Also, jetzt solle er aber mal einen Punkt machen, Gutegütegedde!

Kommt nicht in Frage!

Wozu denn bloß?

Auch darauf wollte Gedde anfangs nicht eingehen. Er merkte, wie gut es tat, hier zu sitzen und warmen Schnaps zu trinken, den Geschmack von altem dänischen Hustensaft auf der Zunge zu spüren, während er mit selbiger Zunge Ausflüchte formulierte, sich ein wenig kryptisch äußerte. Nein, er wusste es nicht so recht, und der junge Verleger, Odd Einar Olsen, der dort saß und ihn aushorchte, das sei doch nicht zu fassen, bestimmt vertragswidrig, jedenfalls typisch Gedde, Gedde ahnte eine neue Wandersage über sich selbst, und am Ende deutete er an, dass es sich um einen kleinen Dreh bei zwei Rezepten handelte, so dass diese Rezepte, von der richtigen Person gelesen, der richtigen finnischen Person, einer Finnin, konnte er andeuten, als erotische Grüße von ihm, Gedde, fungieren könnten, es gab nur eine Person auf der ganzen Welt, die diese Rezepte als Dank für gute Nächte in einer Blockhütte im tiefsten Karelien deuten könnte, nur einen Menschen, der den Code beherrschte, die anderen Leser würden einfach eine wohlschmeckende Mahlzeit erhalten, wenn auch mit einem etwas anderen Dreh als die Leser in Dänemark, Schweden, Norwegen und Deutschland.

Karelien?

Jetzt kamen immer mehr Menschen vorbei, von denen einzelne sich für kürzere oder längere Zeit setzten, Bier und kleine Weinflaschen erschienen auf dem Tisch, an anderen Tischen wurden Stühle ausgeliehen, es waren Verlagsangestellte aus Norwegen und den anderen skandinavischen Ländern, die sich jedes Jahr hier ein Stelldichein gaben, einige seit über dreißig Jahren, und Gedde merkte zu seiner Zufriedenheit, dass er von vielen die Namen kannte, und dass die meisten sehr gut wussten, wer er war, manche wollten wissen, was er jetzt machte, Radio, Fernsehen, nein, sagte Gedde und wies mit dem kleinen Finger auf *Die alte belgische Küche*, ehe er rasch das Thema wechselte, um zu betonen, dass hier nur von einem Zwischenspiel die Rede sein könne, und er registrierte, dass Odd Einar Olsen, der längst seinen Stuhl Kim Garrel vom dänischen Karlsen überlassen hatte, in der Nähe stand und dieses zeitweise vor Lachen brüllende Ensemble mit einem Lächeln um die Lippen und einem

Glas Wasser in der Hand beobachtete, während er dennoch die Erzählungen darüber, wie es hier unten in Frankfurt gelaufen war, als er selbst auf dem Wohnzimmerboden des elterlichen Hauses seine ersten breitbeinigen Windelschritte machte, voller Spannung anhörte. Ja, aber zugleich mit einem Blick, den Gedde nicht ganz deuten konnte. Es war deutlich zu erkennen, dass er sich über die Geschichten aus der Vergangenheit amüsierte, so wie er sich zweifellos darüber, was am Vorabend über die Vergangenheit erzählt worden war, amüsiert hatte, jung, wie er war, und älter, wie alle die anderen gewesen waren, es war ihre erfahrungsschwere Schlagfertigkeit gegen seine Neugier und sein Suchen, seine Unschuld gegen all das, all diese, mit denen er schon so oft zu allerlei Anlässen zusammengesessen hatte, und die jetzt, in leicht veränderten Ausgaben, vor ihm saßen und alte Skandale aufzählten, während sie tranken und rauchten, immer mehr zündeten ihre Zigaretten an, genau wie in alten Zeiten, darüber hinaus wischten sie sich die Schuppen von ihren zerknitterten Anzügen und Kostümen, Schuppen und Haare und Zigarettenasche, und da es an Aschenbechern fehlte, drückten sie ihre Kippen in einem halbvollen Bierglas mitten auf dem Tisch aus, mit einem rasch ersterbenden Psssssst.

Das ist kein Suff, dachte Gedde, kein Suff, sondern ein guter Tag, er fühlte sich als einer aus der Herde, und das kam nicht so oft vor, er war froh darüber, dass er sich zur Frankfurter Buchmesse hatte locken lassen, nach den langen Sommermonaten in totaler Einsamkeit auf dem belgischen Dorf, und dass er sich klüglich nach dem einen Plastikglas Gammel Dansk an Bier gehalten hatte. Aber sie waren alt geworden, dachte er dann, sie waren alt geworden oder wurden jetzt alt, und um diesen Tisch stand und ging die Jugend, die neue Generation von Verlagsangestellten, mit ihren smarten Anzügen und Röcken, adretten Frisuren und blank geputzten Schuhen und Stiefeln, die, die nie am Stand gekotzt und keinem einzigen Kulturattaché Rotwein ins Gesicht geschüttet hatten, sie waren nicht einmal dabei gewesen, als die Botschaft in Bonn, später Berlin, in jedem Jahr, an jedem Messefreitag, im Hotel *Hessischer Hof* einen Empfang veranstaltet hatte, damals war es immer hoch hergegangen, damals, als alle, fast ausnahmslos, Alkohol getrunken hatten, von dem Moment an, an dem sie morgens aufstanden, bis lange, nachdem sie sich am nächsten Morgen mit irgendwem schlafen gelegt hatten. Ja, das war strahlend schön gewesen, dachte Gedde, und apropos strahlend, es war an der Zeit, Druck abzulassen, und als er aufgestanden war und den Weg durch den Bücherdschungel antrat, der ihm von mehreren ausführlich erklärt worden war, bemerkte er zu seiner Zufriedenheit, wie gut und sicher er noch immer, mit fast sechzig, einen leichten Morgenrausch im Griff behalten konnte, er hatte das Gefühl, wie ein Wind in Richtung Toilette über den Läufer zu schweben. An all das dachte Claes Otto Gedde in dieser schlaflosen Stunde, anderthalb Tage später im Hotel *Heidelberg* in Berlin, und er dachte dann weiter an die seltsame Tatsache, dass das, was später mit dieser lustigen Runde am Tisch des norwegischen Gemeinschaftstandes geschehen war, ihm von Odd Einar Olsen acht Stunden später bei einem Essen in Zweisamkeit hinterbracht werden sollte, nur er und Odd Einar Olsen in einem italienischen Restaurant draußen in

Sachsenhausen, da Gedde aus mehreren Gründen zu der lustigen Runde nicht mehr zurückgekehrt war. Zum einen fühlte er sich plötzlich ein wenig unwohl, sicher war das das fehlende Frühstück, und so erschien es ihm als das Sinnvollste, sich in einer der Klozellen niederzulassen, was sich als überaus gescheit erwies, und zum anderen, weil es ihm später als angebracht erschien, zu einem kleinen Nickerchen ins Hotel zurückzukehren, was er sich durchaus gestatten konnte, denn er hatte auf der Messe keinerlei Verpflichtungen, sondern sollte nur »zugänglich« sein, falls Presse auftauchte, was an sich bedeutete, dass Odd Einar Olsen mit seinem Segen ein oder zwei Journalisten zu dem erwähnten Essen in Sachsenhausen hätte mitbringen können, woraus also nichts wurde, da die norwegische Presse, mit Ausnahme von *Aftenposten*, in diesem Jahr durch Abwesenheit glänzte, und *Aftenposten*, wie er erfuhr, hatte anderes vor als just an diesem Abend mit Gedde über *Die alte belgische Küche* zu sprechen.

Als also Odd Einar Olsen allein in dem italienischen Restaurant erschien, ohne auch nur einen einzigen Journalisten, bestand Geddes erste Reaktion darin, ihm die Leviten darüber zu lesen, wie man ein Buch wie dieses vermarktet, es war doch immerhin auch für die schwedische, dänische, finnische und deutsche Presse interessant, aber angesichts von Odd Einar Olsens bleicher Maske, als dieser am Tisch Platz nahm, beschloss er, einen niedrigeren Gang einzulegen, jedenfalls bis auf weiteres.

Denn Odd Einar Olsen sah wirklich elend aus. So elend, dass Claes Otto Gedde ihm sofort seinen eben erst begonnenen Gin Tonic hinschob und den Onkel in sich hervorholte, eine ruhige Stimme, während er dem Kellner signalisierte, dass er noch einen Gin Tonic brauchte, und dann kam es auch schon, dann quoll es aus Odd Einar Olsen heraus, dass er nur wenige Minuten, nachdem Gedde den norwegischen Gemeinschaftsstand verlassen hatte, hatte beobachten müssen, zum ersten Mal in seinem Leben, wie ein anderer Mensch dieses Leben verließ, und das zu furchtbarem Geschrei und Getue, ihm zitterten die Hände, hatte Gedde denn nicht die SMS erhalten, warum hatte er sich am Telefon nicht gemeldet, er hatte doch immer wieder versucht, anzurufen, Gedde sah sich sein Nokia an, tot, Akku leer, auch das noch, aber dann musste er Odd Einar Olsen zwei behutsame Backpfeifen verpassen, so ging das doch verdammt noch mal nicht, die Leute glotzten schon, und der Kellner schien mit dem Servieren eines weiteren Drinks zu zögern, jetzt beriet er sich mit jemandem, den Gedde für den Oberkellner hielt.

Und also. Wer denn nun gestorben sei?

Es erwies sich als schwierig, das in Erfahrung zu bringen, da Odd Einar Olsen das Geschehen offenbar noch nicht im Geringsten verarbeitet hatte. Claes Otto Gedde stellte sich vor, wie sein junger Verleger, dieses Kind, nach diesem Geschehnis über die Messe oder durch Frankfurts Straßen geirrt war, ohne Kontakt zu irgendwelchen Erwachsenen, außerdem kannte er wohl nur wenige dieser Trinker, und der Tote, wie er nach und nach begriff, war kein Norweger gewesen.

Jetzt kam immerhin der Kellner, allerdings mit wenig begeisterter Miene und ganz ohne einen neuen Gin Tonic auf sie zu, was Gedde augenblicklich in Wut versetzte, jetzt war er nur für Odd Einar Olsen da, und er empfing den Kellner mit der Entschiedenheit eines Nashorns, denn wenn er eins nicht ertragen konnte, und wenn er eins verdammt noch mal niemals zu ertragen lernen wollte, dann das unprofessionelle Auftreten von Hotel- und Restaurantangestellten, und deshalb las er dem Kellner auf tönendem Deutsch und laut wie die Hölle die Leviten, auch wenn, wie ihm plötzlich aufging, es streng genommen nur er selbst und Odd Einar Olsen gewesen waren, die geschrien und gerufen sowie Backfpeifen ausgeteilt und empfangen hatten.

Aber zu spät. Denn mitten im Raum, zum Entsetzen aller, stand er plötzlich wie festgemauert da, gefangen in einer Falle aus schweißdunstenden Muskeln, verkeilt im Griff des Kellners, den Kopf zu Boden gedrückt, er bekam keine Luft, schrie aber trotzdem, während der Kellner, genauer gesagt, der kombinierte Kellner und Türsteher, der Rausschmeißer und Schläger vom Balkan, ihm erklärte, der Drink, den er mit Odd Einar Olsen geteilt habe, gehe aufs Haus.

Bei einem neuen Drink in einer Kneipe weiter hinten in der Straße kam schließlich das, was kommen musste, nämlich Odd Einar Olsens Schilderung dessen, was sich einige Stunden vorher am norwegischen Gemeinschaftsstand abgespielt hatte, wieder und wieder, ungefähr wie am Vorabend, als Olsen erklärt hatte, wieso und warum sie sich alle in einer Limousine befanden, aber jetzt war es also die Schilderung des Entsetzlichen, das (wie sich herausstellte) Flemming Heide von *Dansk Gyldendal* widerfahren war, ein Herzinfarkt, der ihn jählings aus dem Leben gerissen hatte, und das vor aller Augen. Wieder und wieder erzählte Odd Einar Olsen, wie Flemming Heide mitten in einer Lachsalve aufgesprungen war, versucht hatte, aufzuspringen, aber nur halbwegs vom Stuhl hochgekommen war, ehe er mit Gebrüll rückwärts fiel und den Tisch mitriss, Flaschen und Gläser, ein donnerndes Chaos, und das brüllende Lachen der anderen erreichte neue Höhen, denn sie mussten doch davon ausgehen, dass Flemming Heide sich so früh am Tag schon betrunken hatte, das war ja fast wie in alten Zeiten, sie lachten und lachten, bis ihnen aufging, dass Flemming Heide sterbend vor ihnen lag, während er Arme und Beine heftig bewegte und ihm Schaum vor den Mund trat.

Entsetzlich.

Aber noch schlimmer, konnte Odd Einar Olsen berichten, noch viel schlimmer, es mochte sich unlogisch anhören, aber so war es, noch schlimmer war es gewesen, als ein Arzt, der sich zufällig am Stand des finnischen Verlags Tammi aufgehalten hatte, einen Wiederbelebungsversuch startete, bei dem die Anwesenden hören konnten, wie Flemming Heides Rippen brachen, und das bei dem entsetzlichen Lärm, den Schreien, die der Mann vor Schmerz und Todesangst ausstieß. Gedde ließ den jungen Verleger reden, da er sich selbst sehr gut erinnern konnte, wie er zum ersten Mal einen Menschen hatte sterben sehen, das war ebenfalls nicht sonderlich ruhig abgelaufen, und auch wenn er die ganze Zeit in seiner Phantasie Flemming Olsen durch den Kellner ersetzte, der sie aus dem italienischen Restaurant auf die Straße geworfen hatte, war es nicht schwer für ihn, Odd Einar Olsen das Mitgefühl zu erweisen, das er verdiente, das der Situation entsprach, denn Gedde war damals allein mit dem Sterbenden gewesen, und das im finstersten Angola. Er erinnerte sich an die Einsamkeit, die ihn gequält hatte, und daran, wie sehr er sich eine beschützende Hand gewünscht hatte, weshalb er jetzt Odd Einar Olsens Hand fasste und in seiner behielt, lange, sehr lange, und von Essen konnte natürlich nicht mehr die Rede sein, nur von einem winzigen Schälchen mit gemischten Nüssen.

In dieser Nacht, so gegen halb drei, nachdem er den Chef des Freßsack-Verlags zu Bett gebracht und danach einige Stunden in der Hotelbar verbracht hatte, bat Claes Otto Gedde nicht um Sara Mollberg-Stålnackes Gunst, schließlich war sie doch zum dritten Mal verheiratet, sondern um eine einzige Liebesnacht in aller Freundschaft, da, wie er sagte, sie doch beide bald sterben müssten, worauf sie ihm den ehemals behaarten Kopf streichelte und mit einem kleinen Lachen und mit einem Nein antwortete.

Am nächsten Tag nahm Gedde den Zug nach Berlin.

GEMÜTLICHKEIT HOCH DREI

Spät war er eingeschlafen und erwachte früh, er hatte kaum geträumt und erinnerte sich an nichts. Der geringe Alkoholkonsum des Vortages ließ ihn zudem mit einem Lied auf den Lippen aus dem Bett steigen, und er sang unter der Dusche, sang im Fahrstuhl und unten, in dem gemütlichen Lokal, das im Hotel *Heidelberg* Rezeption und Kneipe ausmachte, ja, gemütlich war das richtige Wort, er erwartete die Eier im bedeckten Korb, dort lagen sie und glühten seiner Hand entgegen, und er nahm sich drei, drei Eier zusammen mit Käse und Schinken, frischen Brötchen und schwarzem Roggenbrot, und auf die Frage, was er denn trinken wolle, antwortete Gedde Kaffee und Mineralwasser, und wer fragte da denn wohl, wenn nicht eine Frau in den besten Jahren mit Busen und Hintern, und da konnte er sich doch nur zurücklehnen und das Leben wie einen lauwarmen Fluss durch seinen Rumpf fließen lassen. Die Eier waren weichgekocht und wunderbar, der Kaffee frisch aufgebrüht, stark und göttlich, der Schinken salzig und leuchtend rosa, und durch das Fenster, über Tischdecke und Teller, über Kaffeetasse und Glas, fiel das scharfe Oktoberlicht herein, klar, rein und erfrischend wie das Mineralwasser, das er aus der Flasche ins Glas fließen ließ, von Glas zu Glas, wie es in Frankfurt von Plastik zu Plastik gewesen war, Herrgott, warmer Schnaps, ja, sogar der Tod am Gemeinschaftsstand, während er selbst mit Scheißen befasst gewesen war.

Gemütlich? Gedde verleibte sich diese Gottesgaben ein, Eier, Schinken, Käse und Brot, er aß und trank mit gewaltigem Appetit und machte sich zugleich allerlei Gedanken über Gemütlichkeit jeder Art, Seiten des Daseins, denen er früher im Leben weniger Gewicht beigemessen hätte als jetzt, die er, genauer gesagt, in seiner Zeit als Journalist und Fernsehmoderator für albern gehalten hatte, ja, er hatte die Rolle des Nationalzynikers Gedde gespielt, des Gedde, den die meisten wohl zu kennen glaubten und vielleicht sogar fürchteten. Aber jetzt, im Alter, nach der Arbeit an der *Alten belgischen Küche*, Gemütlichkeit, Behaglichkeit, Freude, ja, Dankbarkeit für die weich gekochten Eier und die knusprigen Brötchen sowie den

Anblick von einerseits der Straße draußen hinter den großen Fenstern und andererseits der drallen Wirtin und ihren zwei mindestens ebenso drallen, ja, üppigen Zimmermädchen, wie sie da am Tisch neben dem Bar- und Rezeptionstresen saßen, kettenrauchten und Kaffee tranken, dieses kleine Tableau aus Gegenständen und Menschen, in einem Lokal, an dem sich seit den frühen fünfziger Jahren niemand mehr zu schaffen gemacht hatte, mitten in Berlin. Das war groß, das war das Große im Kleinsten, die Sonne im Alltag, und plötzlich tauchten in ihm zwei Erinnerungsbilder auf, so dicht hintereinander, dass es gleichzeitig wirkte, das eine waren Povl Dissings Worte zu Benny Andersens Musik, bald ist der Kaffee fertig, das Leben ist gar nicht so schlecht, ein Lied, das er in einer Livesendung im Radio verspottet hatte, das er insgeheim aber bis zur Grenze der tränenseligen Sentimentalität liebte, was war er doch unreif gewesen, verstockt und hoffnungslos, jetzt dagegen ... Das andere waren drei dicke Frauen, die Kaffee tranken und Zigaretten rauchten, während sie plauderten, der Anblick des blauen Drachen, der über ihrer gebleichten Haarpracht zur Decke aufsteigt, und dann hörte er Povl Dissings brüchige Stimme, während er, Gedde, zugleich in der Bar des Hotels *Borg* in Reykjavík saß, zusammen mit seinem Freund, dem Journalisten und Übersetzer Bjarni Gunnarsson, und das in der Sekunde, nachdem besagter Bjarni Gunnarsson Claes Otto Gedde erklärte hatte, dass es in Island keine Gemütlichkeit gebe. Nein, meinte Bjarni Gunnarsson, es gab keine Gemütlichkeit. Man trank und träumte, schlug sich und vögelte, man tat so ungefähr alles, was man auch an anderen Orten auf dem Globus unternahm, aber gemütlich machte man es sich nicht. Und das sei durchaus ein Übersetzungsproblem. Bjarni Gunnarsson, der zu jenem Zeitpunkt seinen Posten als Journalist der Zeitung *Morgunblaðið* gekündigt hatte, um stattdessen eine Vollzeitbeschäftigung als Übersetzer und Trinker anzustreben, war auf ein ärgerliches Problem gestoßen, nämlich auf das Wort »gemütlich«, als er einen norwegischen Roman in ein isländisches Gewand hüllen sollte. In diesem Roman machte es sich die Hauptperson nämlich dauernd gemütlich, allein und zusammen mit Freunden und Verwandten, aber diese Gemütlichkeit, was immer die nun sein mochte, wirkte auf einen Isländer total unverständlich. Konnte man wohl »es sich gemütlich machen« mit »entspannen« übersetzen? Das mit der Entspannung wäre für einen isländischen Leser nämlich verständlich, auch wenn es nichts war, dem man sich täglich widmete. Nein, meinte Gedde, der für einen Moment in einer ärgerlichen Klemme gelandet war, als er nun versuchen musste, zu beschreiben, was man denn eigentlich so treibt, wenn man es sich gemütlich macht, allein oder zusammen mit Freunden, ja, vielleicht sogar mit vollkommen Unbekannten – was (zu Gunnarssons Erschrecken) ja ebenfalls möglich sei. Gedde hatte es mit einem Bild versucht, einer Situation, die seiner Ansicht nach bei einem Isländer Widerhall finden müsste, nämlich: die Arbeit ist für diesen Tag erledigt, zum Beispiel, eiskaltes Fischen auf offener See, dann nach Hause, und dort: der gute alte Lehnstuhl am Kamin, ein gutes Buch und ein ebenso gutes Glas Rotwein. Aber nein, Feierabend, schön und gut, meinte Bjarni Gunnarsson, ein gutes Buch und ein Glas Wein ebenso, aber seiner Meinung nach war man dann ganz einfach mit der Arbeit fertig und hatte Feierabend, danach las man ein gutes Buch und trank dabei Wein. Aber mit Gemütlichkeit habe das ja wohl nichts zu tun.

Gedde hatte darüber gestaunt, dass er, als Mann der Sprache, keine befriedigende Definition des Begriffes Gemütlichkeit liefern konnte, und nicht einmal ein Beispiel dafür, worin sich Gemütlichkeit von Wohlfühlen unterschied, obwohl er ja ein inneres Verständnis der unterschiedlichen Werte dieser beiden Begriffe hatte, ihrer unterschiedlichen Temperaturen. Und jetzt, während er sich das dritte Ei des Morgens zu Gemüte führte, während er zugleich als wortlose Bestellung die leere Kanne hochhob, kam ihm der Gedanke, dass die norwegische Gemütlichkeit, die in Island also unverständlich war, ein rein norwegisches Phänomen sein mochte, das nur von Norwegern verstanden und erlebt werden könnte, aber dann fiel ihm wieder Benny Andersens Lied über die Morgenstunde mit Nina im Bad und dem Kaffee ein, der bald fertig war, und da war es doch im Grunde klar, dass zumindest die Dänen die Kunst der Gemütlichkeit beherrschten, und es stellte sich dazu noch die Frage, ob sie in dieser edlen Kunst die Norweger nicht sogar ausstachen, denn es war doch Dänemark, wohin Norweger fuhren, wenn sie es sich richtig gemütlich machen wollten, zum Beispiel kurz vor Weihnachten mit warmer Leberpastete und Gänsebraten. Und plötzlich fiel ihm ein, dass gerade die Sache mit der dänischen und der norwegischen Gemütlichkeit später an jenem Abend in der Bar des Hotels *Borg* zur Sprache gekommen war, in Reykjavík, und dass Bjarni Gunnarsson, blau und streitsüchtig, die Behauptung aufgestellt hatte, dass das Wort Gemütlichkeit sich erst in den Wortschatz der Norweger eingeschlichen hatte, nachdem sie ihre eigene Sprache auf den Schrotthaufen der Geschichte geworfen hatten, die ursprüngliche nordische Sprache, die heute nur noch in Island gesprochen wird, und im Isländischen gebe es keinen Platz für ein Wort wie Gemütlichkeit, die alten Wikinger hätten es sich niemals gemütlich gemacht, so wenig wie er, Bjarni Gunnarsson, es sich jemals gemütlich gemacht habe, und er deutete mehr als nur an, dass Gemütlichkeit ein Schwulenwort sei, ein Ausdruck für Verfall und Dekadenz, ein verweichlichter Zustand, der weit über echte Ruhe nach ehrlicher Arbeit hinausreiche. Und als Claes Otto Gedde jetzt vor seinem inneren Auge dieses kleine isländische Nagetier sah, wie es an jenem Abend in der Bar des *Borg* gesessen hatte, während sein langer Pony ihm vor den stechenden Blick fiel, brach er in ein jähes Lachen aus, worauf die drei Frauen, die eine kam gerade mit einer neuen Kanne Kaffe auf ihn zu, ihn unsicher anlächelten. Übrigens, dachte Gedde dann, sei es seltsam, dass die Norweger, diese protestantischen Spielverderber, es sich gegenseitig überhaupt gestatteten, es sich gemütlich zu machen, und er kam zu dem Schluss, dass sie Gemütlichkeit vermutlich kennengelernt hatten, als sie die Aktivitäten der dänischen Beamten studierten, als barfüßige Kätner, die auf den Zehenspitzen durch Bleiglasfenster schauten, hinter denen die Dänen zu Tische saßen und ihre eigentlichen Gottheiten anbeteten, Schnaps und Schweinebraten.

Aber wie dem auch sein mochte: Niemand hatte über Nacht oder in den Morgenstunden im Hotel *Heidelberg* einen Schlüssel abgeliefert, von einem Schlüsselbund ganz zu schweigen. Das konnte sie ihm versichern, und das entlockte ihm die Antwort, gerade diese Angelegenheit sei abgeschlossen, das Ganze sei ein Problem, das nicht mehr existierte, und das wiederum erinnerte ihn an die Aufgabe dieses Tages, nämlich, wenn nicht den besagten Schlüssel herbeizuschaffen, dann doch zumindest einen identischen, damit er sich in Margot Breiviks Hinterlassenschaft zur Ruhe betten könnte. Aber zuerst wollte er es sich mit dem Kaffee und den ersten fünf Zigaretten dieses Tages gemütlich machen.

Die Idee, Margot Breiviks prachtvolle Wohnung in Berlin als eine Art Winterquartier zu beziehen, war als jähe Eingebung im Flugzeug aus Brüssel entstanden, als er drei Monate zuvor, im Juli, auf dem Weg zu Margot Breiviks Beerdigung gewesen war. Es musste das Alter sein, das begriff er jetzt. Nach all dem Verfall, durch den er unten in Frankfurt gewatet war, war es ein unbewusster Wunsch nach einer langen finsteren Nacht gewesen. Oktober, November, Dezember, Januar, Februar, Schlaf, Schlaf und stille Ruhe, in den großen Räumen, hinter heruntergelassenen Jalousien, es sollte nur ihn geben, Claes Otto Gedde, zusammen mit seinen Gedanken und Erinnerungen, so inkognito wie überhaupt nur möglich, er wollte nicht einmal Adele Lusthoff anrufen, er hatte auch nicht vor, auch nur an einem einzigen Faden in dem Kontaktnetz zu zupfen, das er im Laufe der Jahre gerade in Berlin geknüpft hatte.

Und – das begriff er jetzt – keine Gemütlichkeit, eher schon ein aktives Traumleben. Schlaf und Traum, nach diesem langen und entsetzlich heißen Sommer, in dem er in seinem belgischen Quartier, Nacht für Nacht, Woche um Woche, unter Schlaflosigkeit gelitten hatte. In Berlin wollte er andere Saiten aufziehen. Einzelne Male hatte er sich gefragt, ob dieser Wunsch nach einer mehrere Monate langen Nacht, in der Dunkelheit und allein, auf irgendeiner Art von Depression beruhen mochte, aber er war zu keiner Klarheit gelangt. Alles in allem fühlte er sich gar nicht so schlecht, eigentlich besser als seit vielen Jahren, und dieser Rausch, den er sich jeden Tag bei der Arbeit gönnte, ab und zu auch während der Arbeit, war hell und geprägt von Optimismus und klaren Gedanken. Es war anders gewesen, damals, als er noch einen Klapperschluck gebraucht hatte, als er vom Morgen an durch den ganzen Tag hindurch getrunken hatte, damals hatten Schwarzsicht und Panik ihn auf Abgründe und tiefe Flüsse zutreiben können, aber jetzt kam eine solche Aktivität ihm fremd und unwirklich vor, mit seinen bald sechzig Lenzen war er der destruktiven Phase entwachsen, und jetzt verlockte ihn nicht einmal ein kleines Bier, solange die Uhr noch nicht nach zwölf anzeigte.

Auf der anderen Straßenseite sah er nun den kleinen Mann, den er für den Hausmeister der Nummer 85 hielt und der das Haus verließ und in Richtung Savignyplatz ging, und das mit einem Gang, der zum zweiten Mal an diesem Morgen bei Gedde ein plötzliches Lachen auslöste, der Mann schien über die Straße zu schleichen, sich von einem Tatort zu verdrücken, und Gedde dachte, es müsse sich um irgendeine Kinderkrankheit handeln, mit der etwas schiefgegangen war, oder vielleicht etwas Angeborenes, eine Prise multiple Sklerose, die die Ähnlichkeit mit Gollum noch verstärkte, wie er in Peter Jackson Filmtrilogie über den *Herrn der Ringe* erschienen war, ein

Projekt, das Claes Otto Gedde als Gastkritiker bei RTL zu seiner Freude hatte verreißen dürfen, vor allem aufgrund von Elijah Woods Darstellung des Frodo als leicht zurückgebliebenes Mitglied der Hobbitsippe, aber auch, weil er von Anfang an die Verfilmung dieses großartigen Werkes negativ gesehen und den Daumen nach unten gedreht hatte. Und da Gedde jetzt Kaffeekanne Nummer 2 geleert und noch nicht so richtig Lust auf Zigarette Nummer 4 hatte, eigentlich war ihm von dem vielen Kaffee ein wenig schlecht, oder lag es an den drei Eiern, erhob er sich, nahm seinen Mantel und verließ das Hotel *Heidelberg*. Draußen in der frischen Herbstluft verflog die Übelkeit und zu seiner eigenen Unterhaltung machte Gedde sich daran, den kleinen Mann zu verfolgen, leicht zurückgelehnt und mit diesem trippelnden Gang, der ihm im Laufe der Jahre selbst so viel Spott eingebracht hatte, der sogar von einem der neuen jungen Schlingel vom NRK parodiert worden war, was Gedde wütend und stolz zugleich gemacht hatte, was auch der Grund dafür gewesen war, weshalb er sich geweigert hatte, diese Angelegenheit der Presse gegenüber zu kommentieren.

Ei, hier laufen wir nun, dachte Gedde, da vorn schleichst du dich durch den Tag, und hier hinten wandere ich auf Zehenspitzen, und ich will etwas von dir, aber das weißt du noch nicht. Nein, davon hast du keine Ahnung, aber wir werden uns schon einigen, du und ich, und vielleicht erinnerst du dich nicht einmal, dass ich deine Grüße nie erwidert habe, die wenigen Male, Jahre lagen dazwischen, wenn wir uns im Treppenhaus der Knesebeckstraße 85 begegnet sind, ich auf dem Weg zu oder von Margot Breivik, du auf irgendeiner abenteuerlichen Expedition zu einer Glühbirne, die ausgewechselt werden musste, oder vielleicht einem verstopften Klosett. Er verspürte Zuneigung zu diesem kleinen Mann, das merkte er deutlich. Manchmal war er dicht hinter ihm und konnte den dünnen Nacken betrachten, der aus dem Kragen der billigen Daunenjacke herausragte, die fettigen Haare und den eingefallenen Hosenboden, dann blieb Gedde wieder etwas zurück, mit dem Gefühl, durch eine Kamera zu blicken, jetzt meldete sich der alte Fernsehreporter in ihm, und der würde sich immer wieder melden, solange noch Leben in ihm war, jetzt war er wieder da, und Gedde wusste, er hätte eine zwanzigminütige Dokumentation über ebendiesen ein wenig schiefen Rücken machen können, diesen schleichenden Gang, durch die Straßen von Berlin, während das Leben, das Leben der anderen, sich auf allen Seiten entfaltete, Huren, Geschäftsmänner, Touristen, Punks und Penner, Zuwanderer und Polizisten, auf den Straßen Berlins, Europas neuer Hauptstadt, mit diesem erbärmlichen Jammerlappen in einer Art verzerrter Hauptrolle, in der er sich durch die Stadt stahl und schlich. Ein Spiel. Aber mehrere von Geddes Projekten, Dokumentarfilme, Artikel und Interviews, hatten sich eben durch das Spiel entwickelt, oder mit dem Spiel als Ausgangspunkt, deshalb beobachtete er hellwach alles, was um ihn herum passierte, merkte sich Menschen und Straßen, jetzt ging es die lange Kantstraße entlang, weiter gen Osten, während er sich fragte, wohin der kleine Mann unterwegs sein mochte, was sein Vorhaben sein könnte, denn der Gang des anderen hatte etwas Zielstrebiges, trotz des leichten Handicaps, diese kleine Seele wollte etwas, davon war Gedde überzeugt. Und ganz richtig, am Ende der

Uhlandstraße betrat Gollum mit gewaltiger Entschiedenheit einen Tabakladen, etwas in seiner Haltung verriet es Gedde, just diesen Tabakladen zu betreten, war etwas, das der Zwerg oft tat, vielleicht jeden Tag, wahrscheinlich jeden Tag, glaubte er, der Reporter in ihm ahnte das nicht nur, das hier war der Gang der Gewohnheit, aber das Seltsame war, dass die beiden jetzt seit etwas über einer halben Stunde unterwegs waren und sicher zehn, fünfzehn Läden dieser Art passiert hatten, Läden, die Tabak und Zigaretten jeder Art führten, Schnaps, Limonade und Mineralwasser, Illustrierte und Zeitungen, es musste Tausende von solchen Verkaufsstätten hier in der Stadt geben, aber der kleine Mann hatte diese aufsuchen wollen, und schon kamen Gedde Phantasien von der unendlichen Verliebtheit des kleinen Mannes in die Verkäuferin in diesem Laden, es würde sich doch hervorragend machen in der kleinen Dokumentation, von der er jetzt ahnte, dass er sie wirklich drehen würde, vielleicht in Zusammenarbeit mit NKRs Mann hier in der Stadt – zum Teufel mit dem NRK, es gab genug andere, er stand draußen in einem besseren Ruf als in Norwegen –, ja ja, so träumte und phantasierte Gedde, wie er sich schon so oft in seine Produktionen hineingeträumt und phantasiert hatte. Und was, wenn sich die Angebetete hinter dem Tresen als eine enorme Walküre mit gewaltigen Eutern und rotgemalten Lippen entpuppte. Aber so war es nicht, das sollte sich bald herausstellen, und es war vielleicht auch gut so, denn es wäre wohl schwierig geworden, den kleinen Mann dazu zu bringen, sein Privatestes und Intimstes, diese heimliche Liebe, im Fernsehen auszubreiten. Und wie schon so oft in solchen Situation, wenn Gedde sein Kameraauge einschaltete und sich durch die Zufälligkeiten in den europäischen Städten oder den europäischen Dörfern treiben ließ, erwies sich die Wirklichkeit großzügiger als die Phantasie, überhaupt war es das, was Gedde als sein wichtigstes Kapital betrachtete, dass das Glück, das Gespür für das Glück, dass die guten Geschichten zu ihm kamen, und was könnte noch besser sein als der kleine Mann und die große Frau? Natürlich, dass der kleine Mann seinen täglichen Gang durch die Stadt machte, durch die Weltmetropole Berlin, um sich just in diesem Tabakladen in der Uhlandstraße ein Rubbellos zu kaufen. Nicht zwei, oder zum Beispiel fünf Rubbellose, sondern ein einziges. Seine tägliche Chance. Schön. Deshalb gab Gedde jetzt vor, das Schaufenster zu betrachten, das eine türkische Wasserpfeife, drei Flaschen unterschiedlicher Liköre, eine verstaubte Grünpflanze und eine Pyramide aus Zigarettenstangen enthielt, während er in Wirklichkeit den kleinen Mann beobachtete, der nun zwischen dem Tresen und einer schmalen Regalplatte an der Wand einherlief, zwischen Zeitungsgestellen und dem Kühlschrank, einer schmalen Platte mit Aschenbechern und Lottoscheinen, und dort legte er sein eines Rubbellos hin, um dann mit tiefem Ernst eine altmodische Hornbrille aufzusetzen, sich mit einem vielbenutzten Zippo eine Zigarette anzuzünden und eine Münze aus der Hosentasche zu ziehen. Diese Münze bewegte er in bemerkenswertem Tempo zwischen den äußersten Gliedern von Zeige- und Mittelfinger, während er mit der anderen Hand die Zigarette zu seinen Lippen und wieder fort von diesen lenkte, ehe er sie plötzlich im Mundwinkel hängen ließ, das Los packte und das tat, wozu er gekommen war, er kratzte so lange auf dem Los herum, bis die geheimen Ziffern zum Vorschein kamen, und im nächsten Augenblick knüllte er das Los zusammen und ließ es in einen Papierkorb fallen, der zu ebendiesem Zweck auf dem Boden bereitstand, um die vielen Nieten des Tages zu sammeln, worauf er schnurstracks, ohne den Verkäufer (einen jungen Knaben) auch nur anzusehen, den Laden verließ und mit demselben schleichenden Gang, der ihn hergebracht hatte, den Heimweg antrat.

Ob er wohl in den sechziger Jahren einmal in diesem Laden gewonnen hatte?

In einer möglichen Dokumentarszene, vielleicht einem Kurzfilm, wie dem auch sein mochte, jetzt merkte Gedde plötzlich, wie ihn die Gleichgültigkeit überkam, die Lustlosigkeit, vielleicht auch der Zweifel daran, dass das ein Grund sein könnte, seine Zeit zu vergeuden, außerdem war er nach Berlin gekommen, um sich ins Bett zu legen, und nicht, um mit Bild und Ton durch die Gegend zu rennen. Statt also weiter über diese rubbellose Geschichte nachzudenken, dem Mann gar nach Hause zu folgen oder ihm unter freiem Himmel einen gewissen Schlüssel abzuverlangen, was unklug wäre, schließlich war er für ihn irgendein Fremder auf der Straße, streifte Gedde nun ohne Zweck und Ziel durch Berlin und ärgerte sich darüber, dass er versucht hatte, sich einen Beischlaf mit Sara Mollberga-Stålnacke zu erbetteln, aber vor allem darüber, dass sie ihn auf diese herablassende Weise abgewiesen hatte, sie hatte mit einem leicht resignierten Nein auf den Lippen seinen Hinterkopf gestreichelt, einem Nein, das auf Schwedisch noch ärger verletzte, einem Neee. (Mein Kleiner.) Denn er war zwar betrunken und sie war fast nüchtern gewesen, aber jetzt, nüchtern wie ein Pastor, glaubte er doch, nicht unrecht gehabt zu haben, denn Tatsache war schließlich, dass sie beide bald sterben würden, nachdem sie das einzige Leben gelebt hatten, von dem sie mit Sicherheit wussten, dass es ihnen hier auf Erden beschieden war. Wie lange hatte er schon keinen Sex mehr gehabt, ohne im Voraus bezahlen zu müssen? Er wusste es nicht, und es machte auch nicht viel aus, dass es ziemlich lange her war. Es konnte lange Phasen geben, in denen ihm allein schon die Vorstellung von körperlicher Nähe, davon, sich nackt mit einem anderen Menschen in einem Bett herumzuwälzen, äußerst zuwider war. Es ging aber darum, dass er derzeit keine solche Phase durchlebte, sowie um die Tatsache, dass die stahlnäckige Prüderie ihn nicht weniger enttäuschte, das Ganze war kleinlich und unnötig, und er hatte, seit er ihr zu Beginn der siebziger Jahre erstmals begegnet war, immer Lust auf sie gehabt, selbst jetzt noch, nachdem sie sich einen Bremsdraht unter die faltige Haut des Halses hatte legen lassen, er hatte von ihren festen Waden, ihren Oberschenkeln und ihrem Hintern geträumt, von allem, was die Zeit in Ruinen verwandelt hatte, und wenn er nun getreulich bei seinem Begehren blieb und willens war, ihr seinen männlichen Enthusiasmus zu zeigen, bekam er nur abermals ein müdes schwedisches Nee, nach all diesen Jahren der Freundschaft und des Respekts, zumindest hatte er ihr Respekt erwiesen und sie als Freundin betrachtet. Bei Margot Breivik war es anders und weniger kompliziert gewesen, da ihre physische Erscheinung hier auf Erden – nicht einmal, wenn er sich in einen kräftigen Rausch versetzte –, in ihm nicht einmal eine einzige sexuelle Saite hatte anschlagen können, und das war zweifelsohne einer der Gründe für die langen und guten Gespräche, die sie in ihrer gemeinsamen Zeit gehabt hatten, ja, so dachte Gedde, denn die Erinnerung an sie versetzte ihn in feierliche Stimmung.

Das Telefon klingelte. Es war Odd Einar Olsen, der sich noch immer in Frankfurt aufhielt und der offenbar nach dem traumatischen Erlebnis am norwegischen Gemeinschaftsstand fachliche Hilfe bekommen hatte, denn das hier war der frohgemute Bursche mit dem zerzausten Schopf, der eifrige und optimistische Verleger, als den ihn Gedde kennengelernt und den er selbst als Paten für sein letztes Kochbuch ausersehen hatte, *Die alte belgische Küche*, das jetzt, das konnte Odd Einar Olsen mit jugendlichem Jubel berichten, sowohl in *Bergensavisen* als auch im *Hamar Arbeiderbladet* positiv erwähnt worden war, also zwei blöden kleinen Lokalzeitungen, dachte Gedde, aber das behielt er für sich, nicht zuletzt, weil er sich auf seiner Wanderung gerade ein wenig einsam fühlte und durchaus gern mit irgendwem geplaudert hätte, sicher war es die Erinnerung an Margot Breivik, die ihn in diese Ecke gedrängt hatte.

Was er so mache? Na ja, nun sei es so, dass *Dagbladet* sich auf ihn gestürzt hatte, kaum, dass er in Berlin aufgetaucht war, kaum hatte er den Zug verlassen, schon waren sie zur Stelle gewesen, aber er müsse erst überlegen, er habe nichts versprochen, dort sei jedenfalls im Hinblick auf *Die alte belgische Küche* nichts zu holen, denn ein eventuelles Thema, eine mögliche »Kiste«, würde erst kurz vor Weihnachten gesendet werden, und dann wäre das Schicksal des Buches ja schon entschieden, dann lachten sie ein wenig über die »Kiste« und über Henrik Vasser, Guggenvassers Sohn, und Gedde wollte schon zwei Anekdoten über ebenjenen Guggenvasser zum Besten geben, aber da unterbrach Odd Einar Olsen die Verbindung, nachdem er noch mitgeteilt hatte, dass er eine Viertelstunde im Rückstand lag, was einem Termin »mit der Türkei« geschuldet war, und dann stand Gedde an einer Straßenecke und stellte sich vor, wie Odd Einar Olsen über einen Großbildschirm mit der gesamten türkischen Bevölkerung kommunizierte, dieser aufgeblasene kleine Trottel.

Um drei Uhr kehrte Gedde ins Hotel zurück, nachdem er zuerst im *Fisch* zu Mittag gegessen hatte, dort war nicht ein einziger norwegischer Journalist zu sehen gewesen, jetzt hatte sogar VG beschlossen, nach Sinken der Auflage und Einsparungsbeschlüssen ihren Korrespondenten samt Fotograf zurückzurufen, es ging an allen Fronten zum Teufel, aber zum Teufel war es wohl immer schon gegangen, an etwas anderes konnte er sich nicht erinnern, bei keiner der nach und nach zahlreichen Branchen, die er auf dem Weg zu seinem sechzigsten Geburtstag gestreift hatte, auf der ganzen Strecke hatte es Gequengel und Geseufze gegeben, und bald würden die Rechtspopulisten in Norwegen den ganzen Kuchen an sich reißen, ein Gedanke, der Gedde zum dritten Mal an diesem Tag ein lautes, wieherndes Lachen entlockte, zum Erstaunen der übrigen Anwesenden.

Nachdem er bezahlt hatte, überquerte Gedde die Straße, ohne auch nur den Mantel anzuziehen, er ließ den Mantel einfach hängen, obwohl ihm hinterhergerufen wurde, »Hallo, der Mantel«, er winkte, ohne sich umzudrehen, bewegte die Hand in der Luft, Sekunden später studierte er die Namensschilder neben dem Eingang von Haus Nummer 85, und plötzlich fiel ihm ein, dass der Hausmeister Heribert Gassmus hieß, es war ihm vollständig entfallen, aber sowie er den Namen schwarz auf weiß neben dem Klingelknopf sah, fiel ihm ein, dass er und Margot Breivik bisweilen Witze über den Namen des Hausmeisters gerissen hatten, denn er musste doch, selbst in deutschen Zusammenhängen, reichlich seltsam wirken, und jetzt staunte Claes Otto Gedde darüber, dass er den Namen Heribert Gassmus nicht mit dem kleinen Spieler in Verbindung gebracht hatte, den er eine Stunde zuvor an diesem Tag verfolgt und auf den er sich konzentriert hatte, aber der Name war ihm also vollständig entfallen gewesen, aus seiner Erinnerung verweht, und jetzt drückte er energisch mit dem Zeigefinger auf den Klingelknopf und stellte sich zugleich Lara Bluhms überdimensionale Klitoris vor, und als ob Heribert Gassmus schon neben seiner Gegensprechanlage parat gestanden hätte, erklang fast sofort ein leicht hitziges »Ja?«.

Gedde gab sich zu erkennen.

Gedde?

Ja, Gedde.

Pause.

Claes Otto Gedde im Auftrag von Axel und Lara Bluhm.

Es erklang ein Summen aus dem Schloss und Gedde lief die Treppe zum zweiten Stock hoch, wo Heribert Gassmus im Türspalt wartete, mit einer Miene, die schwerlich anders genannt werden konnte als abweisend, ja, geradezu misstrauisch.

Gedde erklärte die Lage. Dass er als Landsmann und Freund der verstorbenen Margot Breivik die Aufgabe übernommen habe, ihre umfangreiche Bibliothek zu katalogisieren, und dass er nach Berlin gekommen sei, um in ihrer Wohnung im dritten Stock zu wohnen und zu arbeiten, aber es habe bei der Übergabe des Schlüssels ein Missverständnis gegeben, da Margot Breiviks Sohn Axel Bluhm sich im Datum geirrt habe und bereits in sein spanisches Winterquartier gereist sei, ohne den Schlüssel, wie abgemacht, im Hotel *Heidelberg* zu hinterlegen. Und nun sei er gekommen, um sich den Reserveschlüssel zu erbitten, den der Hausmeister doch haben müsste, ja, von dem Gedde wusste, dass er ihn hatte, denn schließlich hatte er, Heribert Gassmus, sich Zutritt zu Breiviks Wohnung verschafft, nachdem sie sich einige Tage lang nicht gezeigt hatte und auch nicht ans Telefon gegangen war, das sei ja bekannt, darüber sei bei der Beerdigung gesprochen worden.

Diese Geschichte »kaufte« Heribert Gassmus »ihm nicht ab«, wie er sagte, er als Bewohner einer Stadt, die seit dem Fall der Mauer Banditen und Schwindler jeglicher Art anzog, und jetzt wollte er die Tür schließen, aber diesen Schachzug hatte Gedde vorausgesehen, und nun presste er sich zum lautstarken Protest des anderen in die

Diele, und dann standen sie da und starrten einander an, Heribert Gassmus mit der altmodischen Lesebrille auf der Nase und herunterhängenden Hosenträgern, wütend und ängstlich zugleich, und in der Wohnung war jemand, offenbar eine alte Dame, die eine Erklärung dafür haben wollte, was hier eigentlich vor sich ging.

So, und jetzt mal mit der Ruhe.

Das aber wollte Heribert Gassmus nicht. Heribert Gassmus wollte rufen und schreien, aber da machte Gedde sich über ihn her wie ein wütender Dachs und hielt den kleinen Mann, der kleiner als er selbst war, im Schraubstockgriff fest, während er zugleich Heribert Gassmussens rechte Hand in dessen Mund presste und ihn auf diese Weise zum Schweigen brachte, zwei kleine Männer, zitternd vor Muskelanstrengung, und Geddes Lippen dicht am rechten Ohr des anderen: In Margot Breiviks Nachlass fehlten zwei Munch-Lithographien.

Raus mit der Hand, um eine Antwort zu gestatten.

Er habe doch niemals. Gedde solle das ja nicht versuchen.

Habe er niemals! Er habe ja nachweislich die Wohnung betreten, als Frau Breivik krank geworden war.

Aber sonst habe er nie.

Nie?

Nie.

Aber Gedde wusste es doch. Wenn eine Frau von Margot Breiviks Kaliber, eine entdeckungsreisende Exzentrikerin mit buddhistischem Glauben und tiefster Überzeugung aus ihrer Wohnung mitten in Berlin getragen wurde, bereits vom Tode gezeichnet, dann stellte diese Wohnung für einen kleinen Hausmeister mit Hornbrille und einer

Schwäche für Rubbellose eine solche Versuchung dar, dass er niemals, niemals, niemals seine Neugier bezwingen könnte, solange sein Karma ihm einen Schlüssel zu just dieser Wohnung anvertraut hatte, dieser wundersamen Wohnung, diesem Zuhause, zu dem ihm in all diesen Jahren konsequent der Zutritt verwehrt worden war, obwohl er doch den Schlüssel besaß, für irgendeinen Notfall, einen absoluten Notfall, plötzliche Krankheit oder Tod, wie es dann ja auch kam, wie die Wirklichkeit es fügen sollte, es für ihn bereitlegen.

Er habe nie. Niemals sonst.

Und dann gebe es da oben wohl keine Fingerabdrücke, außer an der Tür und am Bett?

Er wisse ja nicht einmal, was eine Lithographie sei.

Aber Gedde übernahm die Aufgabe, ihm das zu erklären und ihm die ökonomischen Aspekte dieser beiden Lithographien zu schildern, worauf Heribert Gassmus in seinen Armen zu zittern begann, Gedde versprach deshalb, er werde die Verantwortung für die beiden verschwundenen Munch-Lithographien übernehmen, gegen die Herausgabe des bereits erwähnten Schlüssels. Aber nun schien ein elektrischer Stoß Heribert Gassmus zu durchfahren, mit einem heftigen Ruck versuchte er, sich aus Geddes Zugriff zu befreien, während er zugleich die Gelegenheit nutzte, um nach der Polizei zu brüllen, was Gedde in Zorn versetzte, er riss dem kleinen Mann die Hornbrille ab und stopfte sie ihm in den Mund, und dann kippten sie beide auf den Teppich, der im Laufe der Jahre einwandfrei etliche Liter Katzenpisse aufgesaugt hatte, es stank nach Ammoniak, dass die Augen nur so brannten, und Gedde presste das Gesicht des anderen in diesen Teppich, hörte die Hornbrille brechen, während er sogleich Gassmussens rechten Arm bis zwischen seine Schulterblätter bog, und nun weinte der kleine Mann vor Schmerz und Verzweiflung, gedemütigt in seinem eigenen Heim, wie er nun war, während Gedde aber um keinen Millimeter nachgab, so wie er das sah, hatte er sich für vieles zu rächen, auch wenn es natürlich nicht hundert Prozent fair war, Heribert Gassmus die Rechnung für alle Abweisungen zahlen zu lassen, die Gedde in letzter Zeit hatte einstecken müssen, vor allem für Sara Mollberga-Stålnackes Neee, aber jetzt könnte es für eine Weile reichen, und dann war es ja auch so, dass diese Situation, wie er hier Heribert Gassmus mit eisernem Griff festhielt, nicht wenig an die erinnerte, der er selbst in dem italienischen Restaurant in Frankfurt ausgesetzt worden war, nur mit umgekehrtem Vorzeichen, und das ließ ihn noch fester zupacken, und nun schluchzte Heribert Gassmus, er werde ihm den Schlüssel geben.

Was?

Er werde den Schlüssel bekommen.

Worauf sich ein seltsames Naturphänomen offenbarte. Ganz hinten im Gang tauchte eine menschliche Gestalt auf, so unwahrscheinlich im Verhältnis zu dem, was man im Alltag normalerweise vor die Augen bekommt (Gedde dachte später oft: eine Comicfigur, die sich in Fleisch und Blut gewandelt hatte), eine Frau, kaum mehr als eins fünfzig groß und fast genauso breit, die sich per Rollator ruckweise näherte, während sie lautstark nach einer Erklärung dafür verlangte, was hier eigentlich vor sich ging, und hinter ihr, hocherhobenen Schwanzes, kamen zwei Katzen, die aussahen, als ob sie sich nach genau derselben

Diät ernährten wie ihr Frauchen. Claes Otto Gedde, der sich mit älteren Frauen immer schon gut verstanden hatte, schließlich war er bei zweien von der Sorte aufgewachsen, stellte sich so höflich vor, wie es in dieser Lage nur möglich war, er spürte ja, dass in dem schlaffen Paket unter ihm noch immer viel Wille war, er gab nicht nach. Er erklärte, er sei gekommen, um die Verantwortung für Margot Breiviks Wohnung zu übernehmen, in die durchaus nicht eingebrochen worden war, und ein Gefallen verdiene einen Gegengefallen, und er brauche also einen gewissen Schlüssel, da er vorhabe, während der Wintermonate Breiviks Bibliothek zu katalogisieren, und dann wiederholte er, dass er, Gedde, die Sache mit den vermissten Munch-Lithographien mit Axel Bluhm klären werde, zu lautstarken Protesten desjenigen, den Gedde jetzt mit Sicherheit für den Sohn der alten Dame halten konnte, einen wenig geliebten Sohn, nach dem Blitzen in ihren Iltisaugen zu urteilen, und da und dort wusste er, dass sie für diesen Winter die Seine war, wenn sie ihrem eigenen Sohn Schlechtes zutraute, vermutlich mit gutem Grund und aus langer Erfahrung, und nun schrie sie, er solle mit Schreien aufhören, und der Sohn gehorchte sofort, kassierte aber dennoch zwei schallende Ohrfeigen, sowie er auf die Füße gekommen war, als Gedde ihn endlich losließ, was der Herr Hausmeister nicht so wahnsinnig schwerzunehmen schien, offenbar hatte er das auch früher schon mitgemacht.

Aber er habe nichts aus Margot Breiviks Wohnung entfernt, weder vor noch nach ihrer Überführung ins Krankenhaus, da blieb er fest, das wollte er nicht auf sich sitzenlassen, und so ging es weiter, in einer monotonen, psalmodierende Stimmlage, bis Gedde sagte, es könne jetzt reichen. Niemand, weder er noch jemand anderes, habe auch nur angedeutet, Heribert Gassmus habe irgendetwas aus Breiviks Wohnung entfernt, weder Munch-Lithographien noch etwas anderes, beispielsweise wertvolle Bücher, Gemälde oder Antiquitäten, das habe niemand gesagt, Gedde habe nur die Tatsache erwähnt, dass es zu keinem Zeitpunkt in der Wohnung einen Einbruch gegeben habe, und dass er, Heribert Gassmus doch als Einziger einen Reserveschlüssel besaß, abgesehen von dem Sohn, der die Lithographien ja als vermisst gemeldet hatte, in einem Gespräch mit seinem guten Freund Claes Otto Gedde. In diesem Fall gebe es nur zwei Dinge, die sich auf keine Weise bestreiten ließen, nämlich der Name dessen, der den Reserveschlüssel hatte, und die bedauerliche Tatsache, dass die Lithographien verschwunden waren, und als das gesagt war, schlug die kleine fette Mutter ihrem Sohn zweimal mit der flachen Hand aufs rechte Ohr, worauf er mit einem verzweifelten Stöhnen und mit der zerbrochenen Brille in der Hand ins Nebenzimmer segelte und die Tür hinter sich zuzog.

Gedde deutete ein Lächeln an, und wie erwartet lächelte sie nicht zurück, aber er registrierte, dass diese kleine Investition auf dem Konto angekommen war, sie hatte ihn gesehen, hatte ihn lächeln sehen, und jetzt schloss er die Augen halb und hob die Nase, indem er den Kopf ein wenig in den Nacken legte, nein, sagen Sie jetzt nichts, lassen Sie mich raten, liebe Frau Gassmus, sind das selbstgemachte Kohlrouladen? Denn er wusste, dass das der Fall war, es duftete durch den harschen Katzengestank nach guten altmodischen Kohlrouladen, ja, das sei doch nicht der Rede wert, meinte sie, aber er meinte das Gegenteil, und dann standen sie da und warfen sich Bälle zu, jonglierten sozusagen ein wenig mit Kohlrouladen, ehe Gedde plötzlich weiter hinten im Gang einen Spiegel entdeckte und vorsichtig mit dem Zeigefinger über den Rahmen fuhr, immer wieder, hin und her, dieses »Stück«? Wo habe sie das denn aufgetan?

Diesen alten Müll?

Gedde bot sofort zweihundert.

Nein, jetzt solle er aber einen Punkt machen, da müsse sie doch lachen, wie sie sagte, und er sah, dass sie es versuchte, äh, nein, dieser alte Spiegel hänge dort schon seit, sie wusste es nicht, nein, jetzt dürfe er sich mit einer alten Frau keine Scherze erlauben, und nun müsse er aber zum Essen bleiben. Und er drückte ihr zwei Euro-Scheine in die Hand, zwei frischgebügelte Hunderter, die sie staunend anstarrte, ehe er dann mit einer leicht ehrerbietigen Bewegung den Spiegel von der Wand nahm, nein, wer hätte das gedacht, und das mitten im dicksten Berlin! Aber zum Essen könne er nicht bleiben, das wäre doch nicht richtig, in Anbetracht seines wenig willkommenen Eintreffens nur Minuten zuvor, worauf er sein Bedauern aussprach, dass es zu einem Handgemenge gekommen war, und nahm die Schuld dafür ganz und gar auf sich, aber er sei überarbeitet, total erschöpft, er verspüre einfach das gewaltige Bedürfnis, nach oben in Margot Breiviks riesiges Doppelbett zu gelangen, er könne jetzt keine weiteren Hotelbetten ertragen, sagte er, er habe mehr als zweihundertfünfzig Reisetage im Jahr, und jetzt müsse Schluss sein, was habe er da gesagt, zweihundertfünfzig Reisetage im Jahr? Ja, und da sei es vielleicht kein Wunder, dass er ein wenig schnell hochgegangen sei, als ihr Sohn eben im Türspalt so hochnäsig aufgetreten sei, und in dem Moment, in dem er das sagte, schaute Heribert Gassmus auf den Gang heraus, und Gedde fielen zwei Dinge auf, nämlich, dass die Brille repariert war, vermutlich mit Uhu-Alleskleber, so roch es jedenfalls, und dass der kleine Mann ihm ein Schlüsselbund darbot, drei Schlüssel, baumelnd an einem Ring, den er sich über das oberste Glied des kleinen Fingers geschoben hatte. Es sah aus, als wolle er Pfötchen geben, ein homosexueller Pudel, dachte Gedde, der sich auch in seinen wildesten Phantasien den Hausmeister nicht als Schwulen hätte vorstellen können, aber jetzt wusste er nicht so recht, was er glauben sollte, oder ob er überhaupt irgendetwas glauben sollte, deshalb begnügte er sich damit, sich die Schlüssel zu schnappen, und im selben Moment ging ihm auf, dass diese kleine Geste, der Schlüsselring am kleinen Finger, ein verkorkster kleiner Versuch gewesen war, Arroganz zu zeigen, eine Art hilflose herablassende Haltung nach dem, was sich Minuten zuvor hier auf dem Gang abgespielt hatte. Dass er zudem gehört hatte, wie seine Mutter Gedde zum Essen eingeladen hatte, war außerdem klar, da er nun darauf bestand, einen Termin zu haben, er werde »unterwegs einen Happen einwerfen«, aber ehe er ging, hängte er den Spiegel wieder zurück.

Sie hieß Rosel Gassmus und führte Gedde in eine Küche, in der militärische Ordnung herrschte, ja, preußischer Geist und Stil, und wo auf dem großen Eichentisch vor dem Fenster schon für zwei gedeckt war, Porzellan und geputztes Silber, und also dieser wunderbare Duft von Kohlrouladen und gekochten Kartoffeln, der ihn an seine eigene Kindheit in Frogner in Oslo erinnerte, er sah keinen Grund, das für sich zu behalten, eher war das Gegenteil der Fall, und als es gesagt war, zitterte ihre dicke Unterlippe, Gedde dachte, dass hier, in dieser Wohnung, Lobesworte wohl so selten aufträten wie Gabelweihen in norwegischen Wäldern, hier galt es, nicht zu übertreiben, er merkte ja, dass sie auf der Hut war. Aber zugleich war sie neugierig, erstaunt und voller Bewunderung, als er mitten in der Mahlzeit (»Nun nehmen Sie doch noch eine, Herr Gedde!«) in einem zufälligen Nebensatz andeutete, dass er neben vielem anderen auch als Verfasser von Kochbüchern tätig sei, zuletzt von *Die alte belgische Küche*, ein Buch, das jetzt in Norwegen, Schweden, Dänemark, Finnland und Deutschland auf dem Markt sei, und als er ihre Zweifel und ihr Misstrauen ahnte, zog er ein Mobiltelefon hervor, gab Harald Becks Nummer ein und bestellte ein Exemplar per Kurier in die Knesebeckstraße 85, für Rosel Gassmus, nicht Heribert Gassmus, sondern Rosel Gassmus. Aber nun, in dem Moment, als ihr aufging, dass er möglicherweise die Wahrheit gesagt hatte, waren ihr die Kohlrouladen, mit denen sie ihn gefüttert hatte, nur noch peinlich, ja, hatte sie ihn doch geradezu dazu genötigt, noch mehr zu essen. Es sei ihr so unangenehm, ach und weh, aber nun sagte Gedde freundlich, aber bestimmt, »Hören Sie auf«, er legte seine Hand auf ihre, wie es bei Bekannten und Fremden seine Gewohnheit war, und er sagte, »Schluss!«. Denn was war wohl die alte belgische Küche, wenn nicht solide Bauernkost, ja, Rind in dunklem Bier, Coq au Vin und Waterzooi? Doch, doch, meinte sie, aber belgisch sei nun einmal belgisch, so wie französisch französisch sei und italienisch italienisch, während deutsch eben deutsch sei und bleibe, das lasse sich nicht leugnen, und Gedde, der die deutschen Minderwertigkeitskomplexe nach der letzten großen Niederlage immer gehasst hatte, wechselte nun von bestimmt auf schroff und verlangte, sie solle ihm assistieren, sich bei seinem nächsten Projekt seinem Redakteurskommando unterstellen, nämlich bei der alten preußischen Küche, Grünkohl mit Kasseler, Wurst und Speck, Rinderrouladen, Birnen, Bohnen und Speck, und und und ... Und sie riss ihre Hände aus seiner, klatschte zweimal hinein, dann schlug sie verängstigt dieselben Hände, ihre kleinen roten Hände, vors Gesicht und blieb so sitzen und wiegte sich hin und her, denn hatte man jemals solchen Wahnsinn gehört, sie sollte ein Kochbuch machen, dabei hatte sie doch nur die Volksschule, und auch das nur knapp, wie sie sagte. Sie glaubte schon jetzt, das Hohngelächter aus ihrer Heimatstadt in Pommern zu hören, und das war Wasser auf Geddes Mühlen, kam sie wirklich aus Falkenberg, er merkte, dass er jetzt daran glaubte, an die alte preußische Küche, und an die Zusammenarbeit mit Rosel Gassmus, Gedde & Gassmus, sie würde in dieser Nacht wach liegen, dachte er, und die halbe Arbeit machen, und er würde dann die Rezepte, die sie ihm brächte, bis Weihnachten aufschreiben können, obwohl er doch vorhatte, so viel zu schlafen wie überhaupt nur möglich. In Margot Breiviks Wohnung. Das würde kein Problem sein. Sie brachte ihm aus der altmodischen Speisekammer kellerkaltes Bier, er wollte es selbst holen, aber das ließ sie nicht zu, und er registrierte, dass sie hier in der Küche ihr Gehgerät nicht benutzte, das stand neben der Küchentür, es ging nicht schnell, aber es ging, sie schien sich hier auf der Piste zwischen Herd, Speisekammer und Küchentisch sicherer und stärker zu fühlen, und was war übrigens aus dem kleinen bissigen Wesen geworden, das sich vor kurzem noch draußen auf dem Gang gezeigt hatte?

Er sagte, er werde Herrn Gassmus bei der nächsten Gelegenheit um Entschuldigung bitten.

Daran solle er nicht mehr denken.

Er sagte, er sei von der Unschuld des Sohnes überzeugt.

Da war sie sich nicht so sicher, auch wenn sie sich kaum vorstellen konnte, dass er genug Phantasie hätte, ein Bild zu stehlen, und dann lachten sie ein wenig darüber, aber nur ein wenig, hier hielt sich Gedde zurück, auch wenn es natürlich nicht schwer gewesen wäre, die Sache weiterzuspinnen, einige Witze darüber zu reißen, wie wäre es mit einem schönen Schraubenschlüssel oder einem Schraubenzieher mit Licht im Schaft, aber das sagte er nicht, er begnügte sich, wie die Mutter, mit einem behutsamen kleinen Lachen, so früh in ihrer Freundschaft stellten die Beschränkungen des Sohnes eine klare Grenze dar, auch wenn sie ihn vor Geddes Augen so munter geohrfeigt hatte. Das war spontan geschehen, das war doch nicht schwer zu verstehen, etwas anderes wäre es, wenn er, ein Außenstehender, sich hier mit Witzen versucht hätte. Da war es besser, sich mit einem gelassenen kleinen Lachen zu begnügen, einer Zwei auf einer Skala von Eins bis Zehn, und dann lieber die Rolle des Anwalts zu übernehmen, der sich für den Sohn engagieren würde, falls Axel Bluhm Schwierigkeiten machte, was Gedde, das konnte er nicht oft genug betonen, stark bezweifelte, da er selbst doch schon die Verantwortung für die Geschehnisse übernommen hatte, wie immer die ausgesehen haben mochten. Aber natürlich: Es machte ihr mehr zu schaffen, als sie hier zugeben konnte, auch wenn die Ohrfeigen nicht gerade diese Besorgnis zum Ausdruck gebracht hatten, denn wie er wohl verstehen konnte, und er verstand es gut, würde so etwas, der Verdacht allein schon, dass ein Übergriff geschehen sein könnte, sich hier im Haus wie die Pest verbreiten, nein, das könne er sich ja denken, und er habe es sich sicherlich schon längst gedacht.

Aber er würde also Ordnung schaffen, alles klären, er kannte Axel Bluhm und nicht zuletzt kannte er Lara Bluhm, und als er diesen Namen sagte, Lara Bluhm, sah er das Funkeln in Rosel Gassmussens Blick, nur für eine kurze Sekunde, aber es war purer Hass, purer lauterer Hass, deshalb begnügte er sich mit der Bemerkung, er, mit seinem Wissen um Lara Bluhms Vergangenheit und Gewohnheiten, habe vielleicht eine Vorstellung davon, was mit den beiden Lithographien geschehen sein könnte, nicht mehr als das, nur ein »Vielleicht«, damit er bei einer späteren Gelegenheit noch etwas zu bieten hätte. Das Einzige, was bisher feststand, war, dass weder Gedde noch Frau Gassmus Lara Bluhm liebten, und das Schöne war, dachte er, dass auch sie sich zurückhielt, kein Wort darüber sagte, wie sie über Lara dachte, was doch andeuten könnte, dass auch sie etwas in der Hinterhand haben wollte, falls sich das als notwendig erweisen sollte.

Aber nun sei für den Moment genug Süßholz geraspelt worden, entschied er, und als er sich erhob und sich bedankte, für das Essen und das ertragreiche Gespräch, wusste er, dass er genau die Hilfe gefunden hatte, die er aller Wahrscheinlichkeit in der kommenden Zeit brauchen würde, denn mit solchen Dingen kannte Claes Otto Gedde sich aus.

Wann er einziehen wolle?

Das wisse er noch nicht so ganz. So bald wie möglich. Für den Moment logiere er im Hotel gegenüber.

DURCH DEN BARDO

Aber er ging nicht über die Straße zum Hotel, er ging nicht auf die Straße und um die Ecke zum *Fisch*, und er rief auch nicht Adele Lusthoff an, stattdessen nahm er die Straße auf die Weise in Besitz, dass er »sich herumtrieb«, wie er gern sagte, er ließ sich durch die Straßen treiben, es war ein warmer Abend, und deshalb ließ er sich mit offenem Mantel und offenem Sinn durch die Straßen treiben, weder froh noch niedergeschlagen, sondern mit einem Gefühl von Margot Breiviks Nähe, ja, von der Anwesenheit der Toten an diesem Abend, diese Vorstellung trug er auf seinen kurzen Beinen mit sich herum, straßauf, straßab, vorbei an Kneipen und Bars, Restaurants und Wohnhäusern, er glaubte, Margot Breiviks etwas heisere Stimme zu hören, nein, er erinnerte sich daran, wie Margot Breivik im Sessel vor dem Fenster ihrer Bibliothek saß und von ihren vielen Reisen erzählte, oder das Grunzen, das sie ausstieß, wenn er von seinen vielen Reisen erzählte, und er war weder unglücklich noch froh, aber bisweilen steckte das Weinen ihm im Hals, wenn er an das Gespräch dachte, das er soeben geführt hatte, das Gespräch, das er fälschlicherweise als »gut« bezeichnet und wofür er sich bedankt hatte, denn es war nicht gut gewesen und auch kein Grund, sich zu bedanken, es war sozusagen als eine Art Schlackenprodukt entstanden, weil er beschlossen hatte, und das mit Fug und Recht, den Schlüssel zu holen, den Axel und Lara Bluhm ihm verweigert hatten, dieses kleinen Metalldings, das zwischen diesen vielen törichten oberflächlichen Betrachtungen und Margot Breiviks Schlupfwinkel auf Erden stand, und während er nun durch die Straßen ging, schlenderte, ein wenig benommen von dem vielen Essen und dem vielen Bier, tauchte die alte Todesregel in seiner Erinnerung auf, die er in all diesen Jahren seiner Begegnungen mit Margot Breivik hatte lernen müssen, und jetzt sagte er sie auf, als er sich halb im Tran durch Berlin bewegte, er gab sie ihr, der Toten, Margot Breivik, aber auch Flemming Heide von *Dansk Gyldendal* und sich selbst, dem langsam Sterbenden, er gab sie Heribert Gassmus und dessen Mutter Rosel Gassmus, *Buddhas und Bodhisattvas aller zehn Richtungen,* über Zebrastreifen, Brücken und vorbei an mit Graffiti bedeckten Mauern, *ihr, die ihr Liebe seid, ihr, die ihr Mitleid seid, ihr, die ihr das Auge der Weisheit seid,* und alle Dummheit, Zynismus, Unwissenheit und Hass, *ihr, die ihr die Zuflucht alles Lebenden seid, geleitet von Mitleid, kommt an diesen Ort,* kommt nach Berlin, zum Kurfürstendamm und zur Friedrichstraße, nach Spandau, Zoo und Prenzlauer Berg, *nehmt diese Opfergaben entgegen, die euch dargeboten werden und die vom inneren Auge gesehen worden sind,* Äpfel und Birnen, Apfelsinen und Bananen und jede Menge Gemüse, hier liegen sie in ihren schräggestellten Kisten und Körben auf dem Bürgersteig vor den Türkenläden, und alles, was er sich vorstellen konnte, sich erträumen, Gold und Weihrauch, kleine Schädel, Haizähne und Oberschenkelknochen von Ross und Stier, *nehmt diese Opfergaben, ihr, die ihr Mitleid und wissende Erkenntnis seid, die ihr in Liebe für andere tätig werdet, die ihr mächtig seid, in Kraft und Sicherheit, in allem, was der Gedanke nicht erfassen kann, ihr, die ihr Mitleid seid, Margot Breivik geht jetzt jenseits dieser Welt einher, sie lässt diese Welt hinter sich zurück, sie wandert jetzt weiter,* so, wie ich selbst weiterwandere, innerhalb der Grenzen dieser Welt, straßauf, straßab, über Plätze und durch Parks, treppauf, treppab, *sie durchlebt schwere Stunden, sie hat keine Freunde, niemanden, auf den sie sich stützen könnte, sie hat keine Zugehörigkeit, keinen Beschützer, das Licht, dieses Licht dieses Lebens erlischt, sie wandert zu neuen Wirklichkeiten, in eine bedrohliche Dunkelheit, sie stürzt in Abgründe, sie verirrt sich in einem dichten Wald, sie wird von der Kraft bedingter Handlungen verfolgt, sie geht durch eine weite öde Landschaft,* und das alles ist auch mein eigenes Inneres, das alles und viel mehr, wie der ständige Durst und der Appetit auf Frauenfleisch, sie wandert weiter ohne festen Boden, *sie betritt ein Schlachtfeld, sie wird gefangen von den Dämonen der Unwissenheit, die Helfer des Herrn des Todes jagen ihr furchtbare Angst ein,* und mögen mir selbst meine eigenen Untaten vergeben werden, mein bedrohliches Auftreten und meine grenzenlose Dummheit, meine Gewalt und mein leeres Gerede, meine Kochbücher und meine Fernsehproduktionen, *gelenkt von bedingten Handlungen tritt sie in die eine bedingte Existenz nach der anderen ein, ohne Kraft, die Zeit ist gekommen, da sie allein gehen muss, ohne jemanden, auf den sie sich stützen kann, ihr, die ihr Mitleid seid, seid eine Zugehörigkeit für Margot Breivik, die ohne Zugehörigkeit ist, kümmert euch um sie, stützt sie, rettet sie aus der endlosen Finsternis des Zwischenzustandes, zieht sie fort aus dem kräftigen Wind der bedingten Handlungen, rettet sie vor der großen Angst vor dem Herrn des Todes, helft ihr, sich aus den endlosen Irrwegen des Zwischenzustandes zu befreien,* so wie ich auf der Erde um Kraft und Stärke bei der Begegnung mit der Idiotie und den Sackgassen dieser Welt bitte, *ihr, die ihr Mitleid seid, haltet das Mitleid nicht zurück, helft ihr, lasst sie nicht auf die drei schädlichen Lebensformen zutreiben, vergesst nicht euer früheres Versprechen, sondern lasst die Kraft des Mitleids strahlen, Buddhas und Bodhisattvas, haltet die Kraft des Mitleids und die ausgestreckte Hand für Margot Breivik nicht zurück, umarmt sie aus Mitleid, lasst kein lebendes Wesen unter der Übermacht der schädlichen Handlungen verweilen, mögen die drei Kostbarkeiten zu einer Zugehörigkeit für alle im Leid des Zwischenzustands werden,* und so weiter, wieder und weiter, straßauf, straßab, während er eine Zigarette nach der anderen rauchte und die glühenden Kippen in den Verkehr warf.

SCHLOSS UND GROTTE

Und er sah sie vor sich, einsam und allein, wie sie durch das weite und offene Tal des Todes durch das schwelende Licht wanderte, dieses Licht, das aus erträumter Materie fließt, wie Eiter aus einer Wunde, Illusionen, Halluzinationen, die aus der Landschaft strömen, die die Gedanken und Träume der Toten lesen, wie Margot Breivik es in diesem Zustand oft selbst erlebt hatte, im Tod, während sie noch unter den Lebenden weilte, wie sie ging, fast wie in Jotunheimen oder auch Tibet oder den Alpen, ja, so hatte sie sich das vorgestellt, aber in einem Schattenbild, einem Negativ, jetzt befreit von den großen Füßen und den kräftigen Beinen, Oberschenkeln und Waden – und so, dachte Gedde, kann ich mir auch Tante Astoria vorstellen, beide Frauen auf dem Weg ins Tal des Todes, aber jede für sich, allein, wie sie es auch für den größten Teil ihres Lebens gewesen waren, ehe der Tod sie heimsuchte, zuerst Tante Astoria, bereits 1976, dann Margot Breivik, jetzt, dreißig Jahre später, und das Seltsame war, dass beide allem Anschein nach auf den Spuren einer dritten Frau wandelten, Alexandra David-Néel, mit der sie sich unabhängig voneinander so intensiv beschäftigt hatten, als sie noch am Leben waren, obwohl Tante Astoria ihren christlichen Glauben nie ganz abgelegt hatte, soviel Gedde wusste, Tante Astoria hatte allem allen Anschein nach ihren Kinderglauben behalten, wenn auch mit einem markanten Einschlag guter alter Theosophie, während Margot Breivik den Schritt in den Buddhismus gewagt hatte, so dass es vor allem ihr zu verdanken war, wenn er aus dem Tibetanischen Totenbuch zitierte, obwohl das alles für ihn, Gedde, nur mahnende Phrasen waren, Reihen von Wörtern, wenn auch mit einem gewissen Gewicht, da sie das Gegenteil der vielen Oberflächen darstellten, auf denen er sonst herumsurfte, Glaube, Tradition, Geschichte und Erfahrung, als Gegengewicht zu Zynismus und der Torheit des Augenblickes, die sich sehr gut in dem zusammenfassen ließ, was der *Fisch* repräsentierte: Alkohol und Verfall, Verwirrung und Fehltritte, denn das begriff er jetzt, dass er den *Fisch* ansteuerte, den *Zwiebelfisch*, wo er schon so oft gesessen und sich und seine Absichten verleugnet hatte, ganz zu schweigen davon, wie er andere und ihre Absichten, Träume und Pläne lächerlich gemacht, gesagt und geschrieben, verdreht und verzerrt, ausgespuckt und aufgespießt hatte, und einmal hatte er sogar eine sturzbesoffene Frau auf der Herrentoilette gevögelt, bis sie vor Langeweile eingeschlafen war. Und als er endlich ankam, als er nach viel Wenn und Aber und mit langen Umwegen den *Fisch* erreichte, ja, da wusste er nicht recht, weder ein noch aus, denn er wollte nicht hinein und er wollte nicht vorübergehen, aber er war durstig wie eine Bierkutscher, und mit dem entsetzlichen Dämon der Angst auf den Schultern, der erbarmungslosen Sehnsucht nach Gesellschaft, ging er vorbei, zuerst einmal, dann noch einmal, während er unmerkliche Blicke durch die Fensterscheiben warf, obwohl er keine Ahnung hatte, wie Guggenvassers Sohn aussah, fett oder dünn, groß oder klein, blond, schwarzhaarig oder kahl, aber dann war da endlich jemand, der seinen Namen in die Nacht schrie, so dass er seine Schritte Richtung Hotel beschleunigte, ohne sich etwas anmerken zu lassen, und glücklicherweise und leider wurde er auf halber Strecke eingeholt, es war Henrik Vasser, Guggenvassers Sohn, der dort auf dem Bürgersteig stand und ihn festhielt, als er ihn sah, hatte er ihn sofort erkannt, Nase, Augen, die ganze Erscheinung, Haltung und Stimme: Gedde!

Nein, er wisse nicht so recht.

Komm jetzt auf ein Glas!

Nöööö …

Ach, komm, ein Glas.

Er habe Arbeit, die wartete.

Und so weiter, hin und her, bis Gedde vorgab, sich geschlagen zu geben, und Henrik Vasser in den *Fisch* folgte, in dieses Inferno aus Rauch und Stimmen, Lachen und Klagen und Essensgeruch aus der Küche, ja, bis ins Innere des *Fisches*.

Wo Gustav (und schon bald Gus) Lunde, NRKs Korrespondent, samt einem breiten Lächeln an einem Fenstertisch wartete, einem Ist-das-wirklich-wahr?-Lächeln gleich, der Freude des jungen Kalbes über die Begegnung mit dem Alphatier höchstpersönlich, dachte Gedde, denn dieses Lächeln kannte er aus besseren Tagen, von damals, als er im Künstlerhaus und im *Tostrupkjeller* in Oslo Hof gehalten hatte, triefnasse Seminare, voller Lachen und Antworten, die wie ein Gewehrschuss in der Wand saßen. Ach, das war alles so lange her, diese ganze Einsamkeit und Resignation, die zwischen damals und jetzt lagen, und deshalb ergriff er die Hand, Gustav Lundes Hand und schüttelte sie, zwei Stück NRK, Vergangenheit und Zukunft, vereint in einem zitternden Augenblick hier in dieser legendären Kneipe mitten in Berlin, wo im Laufe der Jahre so viel geschehen und vorgefallen war, hier und in der *Dicken Wirtin*, ein Stück weiter die Straße entlang, und sowie er in Gang war, bemerkte er, wie ihm übel wurde, und er bemerkte die vorwurfsvollen Blicke von Tante Astoria und Margot Breivik aus dem Jenseits, aber da half nun nichts, der Würfel war gefallen, und er ließ die jungen Leute nach mehr Wein schreien, während er selbst auf den Stuhl glitt, den Henrik Vasser von einem Nachbartisch herübergezogen hatte, und ehe Gedde sich's versah, merkte er, wie ein Wort das andere gab, der Sommer in den Ardennen, die langen heißen Nächte, und er selbst am Gartentisch unter den Apfelbäumen, Fledermäuse und Rezepte für Fisch und Vogel und Vieh, Bier und fette Soßen, seine glückliche und selbstgewählte Landflucht, den Winter auf Zypern, den Frühling in Italien, den langen Sommer in den Ardennen, verdammt. »Nach da oben« wollte er nie wieder, er nickte mit dem Kopf gen Norden und sagte »da oben«, und das wollten die anderen verdammt noch mal auch nicht, wenn sie es vermeiden könnten, und dann erschlugen sie die eine Anekdote mit der anderen, das Land, wo alles anders ist, Bauern und Hosenschisser, verdammte Milliardäre, EU-Hasser, selbstgerechte Arschlöcher, alberne Friedensmakler (»Wisst ihr noch, das Oslo-Abkommen, Jungs?«), und was zum Teufel wollten sie in Afghanistan, wenn sie nicht einmal bei den Samen für Ordnung sorgen konnten?

Und so verging an jenem Abend die Zeit.

Bis er sich gegen halb fünf auf die entsetzlichen vierhundert Meter zum Hotel *Heidelberg* machte, mit hohem Wellengang und argem Gegenwind, und mit einem einzigen Gedanken im Kopf: Er wollte Heribert Gassmussens Willen dem seinen unterwerfen. Als er also nach vielen scharfen Kurven endlich das Hotel erreichte und durch das Fenster sah, dass die Nachtwache ihm entgegenkam, es war noch eine von diesen drallen Frauen, an denen das *Heidelberger* Universum so reich war, winkte er ab, überquerte in seinem legendären Trippelgang die Straße und hörte sie rufen, aber er achtete nicht auf sie, nein, er achtete nicht auf sie, sondern schloss energisch die Nummer 85 auf, wo er in dem dunklen Gang stehenblieb und seinen eigenen Herzschlägen lauschte, und dem Atem, der ihm jetzt so unendlich fremd erschien, als atme durch ihn ein anderes Wesen.

Was hatte er eigentlich über Guggenvasser gesagt? Oder besser: Was hatte er Henrik Vasser über dessen Vater erzählen lassen? Er wusste es nicht, aber als er hier in dem stockfinsteren Treppenhaus stand und den gewaltigen offenen Raum über sich spürte, ein Pilger in einer Kathedrale mitten in der Nacht, nahm er eine große Leerc wahr, die Leere von etwas, das im Laufe der Stunden verschwunden war, in denen er im *Fisch* getrunken und doziert hatten, und mochte Gott ihn strafen, wenn er auch nur mit einem Wort erwähnt hatte, wie sie seinerzeit Guggenvasser mit dieser kleinen Staßennutte gedemütigt hatten, die sie dafür bezahlt hatten, dass sie behauptete, ihn zu lieben, damals in Paris, eine Woche lang, zwei Wochen, drei, während sie hinter Guggenvassers schmalem Rücken lachten und lachten und aufmerksam seinen Geständnissen über die junge Studentin lauschten, die das Schicksal ihm, Guggenvasser, über den Weg gesandt hatte, die junge Frau, die er liebte und die unglaublicherweise seine Liebe erwiderte, bei all seinen Fehlern und Mängeln und seiner etwas gebrechlichen Erscheinung. Wie seltsam und unvorstellbar gemein ihm das jetzt vorkam! Und woher kam dieses Echo, das Geräusch massiver Türen, die ins Schloss fielen, abgeschlossen wurden, der Gestank von Pflegeheim, Windeln und Sonntagsbraten, wenn er nicht Henrik Vasser dazu verlockt hatte, einen frischen Bericht über den Zustand des Vaters zu liefern, und das als Witz, in lustiger Runde? Wenn es also stimmte, wenn das

Thema Guggenvasser im Laufe des Abends zur Sprache gebracht worden war ... Was als Möglichkeit betrachtet werden musste. Er spürte das Gewicht des Schlüsselbundes, wiegte es in der Hand, er legte die drei Schlüssel zwischen seine Finger und ballte die Faust, so wie er das so oft gemacht hatte, wenn er sich unsicher fühlte, zum Beispiel in einer Taxischlange in Oslo oder in gewissen Gegenden von Moskau oder Hongkong, die geballte Faust in der Hosentasche, während die Schlüssel hervorragten, eine einfache und wirkungsvolle Waffe, aber was er jetzt damit wollte, überstieg sein Begriffsvermögen, denn es war so still hier, so friedlich, und alles, was mit Heribert Gassmus zu tun hatte, sollte bis zum Morgen warten, oder genauer gesagt, bis später am Tag, denn jetzt musste er schlafen, das spürte er, und als er nun auf den Fahrstuhlknopf drückte und das metallische Klappern da oben hörte, hoch über sich, ging ihm auf, dass es ein vertrautes und liebes Geräusch war, und das, obwohl er in der Regel die Treppe genommen hatte, in all den Jahren, in denen er durch dieses Haus gegangen war, ja, gegangen, die Treppen hoch und herunter, in allen möglichen Zuständen, aber jetzt senkte sich ihm der Fahrstuhl entgegen, begleitet von diesem metallischen Scheppern, das sein Gehirn als vertraut, freundlich, positiv geladen deutete. Und da, Licht und offene Tür. Hinein mit ihm und den Finger auf den einst so weißen Knopf mit dem schwarzen E gedrückt, dann der Ruck im Fahrstuhl, der enge Raum, sein Gesicht in dem alten Spiegel, der glotzende Blick unter der schweißnassen Stirn, die Haarbüschel, die weiche Nase, und hatte er ihr nicht zweihundert für den Spiegel gegeben, den ihr Sohn mit großer Selbstverständlichkeit wieder an die

Wand gehängt hatte, aber jetzt musste alles warten, er hatte einen Ozean an Zeit, einen ganzen Winter, nichts eilte, es war nicht einmal sicher, dass irgendetwas wichtig war, außer dem Schlaf natürlich, der langen Nacht auf Erden, die vor ihm lag, den Träumen und den Gedankensprüngen.

Er kam nicht hinein. Der Schlüssel passte nicht.

Ruhig jetzt.

Der Schlüssel zur Haustür. Der Schlüssel zum Briefkasten. Der Schlüssel zu Margot Breiviks Wohnung.

Aber der passte nicht.

Er war so müde. So durch und durch müde.

Schlief Heribert Gassmus jetzt mit einem Lächeln um die Lippen?

War das möglich?

Die Vorstellung, mit dem Fahrstuhl nach unten zu fahren, die Straße zu überqueren und sich ins Hotel *Heidelberg* zu begeben, wirkte auf ihn abstoßend. Wie eine Niederlage, als ob er angekrochen käme, nach der sicher lässigen Handbewegung, als die Nachtwache ihn einlassen wollte. Zum zweiten Mal an diesem Tag. Zuerst »Hallo, Ihr Mantel!«, dann »Hallo, hier lang, Gedde«, während er den Schlüssel zu Haus Nummer 85 hervorzog und die Tür aufschloss, obwohl er doch ein Zimmer hatte, für ein Zimmer im Hotel *Heidelberg* bezahlte, was der Nachtwache sicher so allerlei Gedanken machte, wo sie doch die ganze Zeit saß und nicht allzu viel zu tun hatte, was war eigentlich mit diesem Gedde los, was sollte dieses ewige Gewinke?

Andererseits: Er kam sich ein wenig zu alt vor, um auf der Fußmatte einer verstorbenen Freundin zu schlafen.

Da verlief witzigerweise eine Grenze. Und als diese Erkenntnis getroffen war, schien etwas von der Verzweiflung loszulassen, (denn er sah es jetzt ein, dass es sich um Verzweiflung über die Lage handelte, in der er sich befand). Hier stand er mit dem Schlüssel. Aller Wahrscheinlichkeit nach stand er hier mit dem Schlüssel zur Hintertür der Wohnung, denn sicherlich wäre es ganz in Margot Breiviks Sinn, das Beste daraus zu machen, wenn sie nun schon den Schlüssel einem Typen wie Heribert Gassmus geben musste, dem Hausmeister, einem Hausmeister, den sie nicht einmal leiden mochte, ja, da gab sie ihm verständlicherweise nur den Schlüssel zur Hintertür, Boten werden gebeten, den Hintereingang zu nehmen, Boten und Hausmeister und anderer Pöbel, denn so war sie eben gewesen, eine, die gewisse Sitten und Gebräuche einer anderen Zeit beibehielt, das hatte zu ihren bezaubernden Eigenarten gehört. Ja, so musste es sein. Hier stand er mit dem Schlüssel zur Hintertür in der Hand. Das Problem war nur, dass selbige Hintertür sich logischerweise am anderen Ende des Hauses befand, an der Hintertreppe, der Treppe, die man durch die Hintertür erreichte, der Tür zum Hinterhof, ja, der Hintertreppe, denn hier gab es keinen Fahrstuhl und würde er eine solche Treppe jetzt noch bewältigen können, in der Form oder genauer gesagt dem Zustand, in dem er sich befand? Darüber konnte er nichts mit Sicherheit sagen, dachte er, es war wie bei so vielen anderen Dingen, den allermeisten, er musste sich an die Aufgabe heranmachen, an die Herausforderung, sehen, ob das Eis trug, denn der bloße Gedanke an das Hotel, nein, er wollte jetzt Margot Breiviks Wohnung in Besitz nehmen, er wollte jetzt nicht anderswo hingehen, sondern mit dem Fahrstuhl nach unten fahren, dann fast hinaus auf die Straße, denn es war ja klar, dass er nicht auf dem Weg ins Hotel war, hier ging es um die Hintertreppe, und er begab sich in den langen Flur, der durch das Haus führt, vorbei an Mülleimern und Fahrrädern, in Richtung Hinterhof, wo sich jetzt das graue Morgenlicht über die Fassaden senkte, »sich setzte«, dachte er, als er sah, dass das Licht sich im Hinterhof »setzte«, sich senkte, sich setzte; die braun angestrichene Tür in dieses hintere Treppenhaus war natürlich verschlossen, ein Katastrophengefühl, für eine kurze Sekunde oder zwei, ehe er den Schlüssel der Haustür probierte, der passte auch hier, wie deutsch, wie praktisch und logisch, aber was für eine steile Treppe! Und wie unendlich müde er war. Und dann so eine steile Treppe. Und so müde! Es war, so kam es ihm nun vor, fast, wie wieder ein kleiner Junge zu sein, zum Beispiel ein Pfadfinder, auf Skiern, auf dem Fahrrad, auf dem Marsch durch den Wald, kurz vor der Grenze der eigenen Fähigkeiten, halb ohnmächtig, weil er nicht aufgeben wollte, wenn kein anderer aufgab. Wer jetzt aufgab, würde das noch jahrelang aufs Butterbrot geschmiert bekommen, aber hier, jetzt, niemand außer ihm, aber dennoch dasselbe Gefühl von damals, aus den Knabentagen, hier darfst du nicht aufgeben, nicht jetzt, vor den Augen der anderen, und dann erinnerte er sich deutlich an die spöttische Miene, die Tante Astoria und Margot Breivik hatten aufsetzen können, wenn sie meinten, die Lage erfordere das, die feinen Augenbrauen als gespannte Bogen auf der Stirn, und die Mundwinkel zu einem Lächeln nach unten gezogen, das schwerlich anders als herablassend bezeichnet werden könnte, ihr blauer beziehungsweise brauner Blick, und dann war es vielleicht das, was ihn jetzt quälte, dass er im tiefsten Herzen fürchtete, sie könnten ihn jetzt sehen, ihn die ganze Zeit sehen von ihrem Ort außerhalb der Zeit, dieser Zeit, und dass die Toten in Zeit und Raum blicken könnten. Woran er nicht glaubte, nicht einmal jetzt, in seinem Vollsuff, wie man das wohl nennen durfte, jedenfalls ganz schön blau. Aber jetzt musste er an etwas anderes denken als an diese steile Treppe, es war wirklich eine Hölle von Treppe, und noch hatte er nicht einmal den ersten Stock erreicht, es ging so langsam, und er hatte die ganze Zeit Angst, nach hinten wegzukippen, und sah sich bereits mit dem Hals in einem komischen Winkel ganz unten bei der braunen Tür liegen, während seine Seele die Wanderung durch den Bardo antrat, die finsteren Wälder, die Dämonen, die ihm eine Heidenangst einjagten, mit anderen Worten war es paradox: Um die Treppe hochzukommen, um die Steigung zu der Hochebene zu bewältigen, wo er für die Nacht sein Zelt aufbauen konnte, musste er an etwas anderes denken, während es zugleich von entscheidender Bedeutung war, sich dieser Treppe bewusst zu sein, wenn er auf ein Überleben hoffen wollte. Und was hatte Margot Breivik ihm noch darüber erzählt, über solche Klettertouren, wenn sie durch wildfremdes Gelände in der tibetischen Wildnis gewandert war, in den Fußstapfen ihres Vorbildes Alexandra David-Néel? Viel, sie hatte viel darüber zu berichten gehabt, dachte Gedde, so allerlei, aber nicht das hier, das ertrug man einfach nicht, das war doch langsame Folter, und die ganze Zeit war er kurz vor dem Einschlafen, und als er dann den zweiten Stock erreicht hatte, fasste er einen Entschluss, nahm sozusagen Anlauf, füllte die Lunge mit dumpfer Luft und jagte sich die Treppe zum dritten hoch, rasch, rasch, mit Messern in beiden Waden, Sternen und schwarzen Löchern im Kopf, ehe er mit fremden Geräuschen im Mund vor Margot Breiviks Hintertür zusammenbrach, wo ein Hund sich in der Wohnung mit lautem, ärgerlichem Bellen zu Wort meldete. Und er dachte: Das hast du nicht verdient, Claes Otto Gedde. Das ist mehr als das, was erwartet werden kann, selbst nach dem ganzen Scheißgerede im *Fisch*, der Verleumdung und Verspottung Guggenvassers und womit er sonst noch in den Stunden herausgerückt sein mochte, in denen er sich mit den beiden jungen Journalisten aus Akersgate und Marienlyst unterhalten hatte. Aber war er zu weit gegangen, oder hatte er noch einen Stock vor sich? Der Hund hatte jetzt die Hintertür erreicht und kratzte und fiepte auf der anderen Seite, während er in regelmäßigen Abständen laut bellte, er arbeitete sich verzweifelt durch das alte Holz, weil er wissen wollte, wer da zu Besuch kam, um diese Tageszeit, wo sonst hier im Haus nicht viel geschah. Und natürlich, das musste ja so kommen, dachte Gedde, als er die Stimmen aus der Wohnung hörte, leg dich wieder hin, Rex, pst, aber du musst doch begreifen, Erkenbod, dass das hier, pst, hab ich gesagt, ins Körbchen, dass das Tier nicht einfach so steht und, pst, pst, wenn nicht ... jemand da draußen!

Und er selbst auf allen vieren.

Und konnte sich nicht aufrichten, nicht so schnell nach der entscheiden Explosion an der Stelle, die er für die letzte Treppenstufe gehalten hatte.

Und der Schlüssel in der Tür.

Und die Tür, die sich mit einem Ruck öffnete.

Und der Hund, der sich auf ihn stürzte und ihm mit einer übel riechenden Zunge das Gesicht leckte.

Was er hier zu suchen habe? Um diese Zeit?

Tja.

Zu seinem Entsetzen spürte er, wie der andere, sicher dieser Erkenbod, ihn jetzt packte, eine starke Pranke auf jeder Schulter, wodurch Erschrecken durch Empörung abgelöst wurde, als der andere, Erkenbod, mit unbegreiflicher Kraft Gedde auf die Beine riss, zugleich die Arme um ihn legte, ihn im Schraubstockgriff festhielt, so wie er vor etlichen Stunden Heribert Gassmus gehalten hatte, und abermals dachte Gedde an Strafe für seine Schandtaten und negativen Gedanken, nicht die Strafe durch einen denkenden und handelnden Gott, sondern ganz einfach eine Strafe aufgrund irgendeiner kosmischen Gesetzmäßigkeit, Gutes aus Gutem und Böses aus Bösem, und so wie es Heribert Gassmus aus Geddes Zugriff fortgestrebt hatte, so strebte es jetzt Gedde fort aus Erkenbods Zugriff, und so wie Heribert Gassmus früher am Abend ohne jegliche Chance gewesen war, ergab sich jetzt auch Claes Otto der Übermacht, was ihm in vielerlei Hinsicht wie eine Erleichterung vorkam. Einfach so dazuhängen, zwischen diesen Bärentatzen, und dem Hund zuzuhören, der bellte, und der Frau, die dieses und jenes sagte, die drohte und flehte, es war nicht so leicht, alle Details zu erfassen, was war das auch für ein Dialekt, war sie Schweizerin oder hatte sie einen Sprachfehler, stimmte etwas mit ihrer Stimme nicht, Wolfsrachen, als ob das ein Grund zu lachen wäre, aber lachen musste er, er lachte am Hals des fremden Mannes und sah dabei Sara Mollberga-Stålnackes lange zähe Halssehne vor sich, wie die sich ihm in Frankfurt gezeigt hatte, ein zwischen Ohr und Brust gespannter Stahldraht, bebend unweiblich, und jetzt war er derjenige, der bebend dastand, eingesperrt in diesem Griff, während er sich kaum als Mann fühlte, aber lachen konnte er immerhin, er lachte und lachte am Hals dieses fremden Mannes, der allem Anschein nach, wenn Gedde richtig gehört hatte und sich richtig erinnerte, Erkenbod hieß.

Und der Hund, der immer weitermachte, der sprang und leckte und bellte und fiepte.

Und die Frau, die drohte und lockte.

Das alles dauerte und dauerte, diesen Eindruck hatte Claes Otto Gedde ganz und gar, aber dann stellte er zu seinem Erstaunen fest, dass ein Wind aufkam, ein winzigkleiner Wind im schlaffen Segel der Sprache, er registrierte, wie die Sprache, die deutsche Sprache, zu ihm zurückkehrte, ja, es verhalte sich nun so, und Margot Breivik und ihre Wohnung, das Katalogisieren der Bücher, aber jetzt so müde, so restlos erschöpft nach einigen Gläsern im *Fisch*, im *Zwiebelfisch*, und jetzt war der andere mit Lachen an der Reihe, ein Zimmermannslachen, »komm her!«, und dann wurde er die Treppe hochgetragen, er hatte sich also um eine Etage vertan, es ging noch einen Stock höher, aber das hätte er kaum geschafft, nein, ganz sicher nicht, und so getragen, wie ein Kind von diesem Riesenmann, gelangte er zum zweiten Mal auf der Fußmatte vor Margot Breiviks Wohnung an, aber diesmal vor der Hintertür, und mit der rechten Hand in der Hosentasche, er konnte mit Zeige- und Mittelfinger deutlich die geriffelte Kante des Schlüssels ertasten, und dann setzte Erkenbod ihn vorsichtig ab, und Claes Otto sah Erkenbod zum ersten Mal, nicht nur die Umrisse des Riesen, sondern den brutalen Mund und die fast zusammengewachsenen Augenbrauen, und vor allem die Überraschung im Blick des anderen, als er sich an die Brust griff und in einer Art erstarrten Verbeugung stehenblieb, mit halb heraushängender Zunge, er schwankte von Seite zu Seite und drückte sich in einer fremden Sprache aus, einer Sprache aus jener Zeit, als es normal gewesen war, Erkenbod zu heißen und zu Fuß die endlosen Moore Vorpommerns zu durchqueren. Und zum zweiten Mal in seinem fast sechzig Jahre langen Leben zwang Claes Otto Gedde sich zur Nüchternheit. Eine Nacht viele Jahre zuvor hatte er unten in Skillebekk getrunken, zusammen mit Eilef Torgersen, einem ehemaligen Kollegen vom NRK, und dessen Gattin Tora, es hatte verhältnismäßig harmlos angefangen, mit Lammbraten und Cognac, zuerst eine Flasche, dann noch eine, und als auch die geleert war, hatten sie sich über die Jahrgangsweine hergemacht, die Eilef auf seinen vielen Dienstreisen in alle Welt gesammelt hatte, was die Gattin für töricht und unnötig zugleich gehalten hatte, dazu (so vermutete Gedde später) hatte er wohl irgendetwas gesagt, das sie verstimmt, ja, wütend gemacht hatte, und dann war es so gekommen, dass auch Eilef wütend geworden war, so dass die Stimmung nach und nach gänzlich unangenehm geworden war, sie beruhigten sich zwar, aber bald knallte es wieder, sie waren in einen Teufelskreis geraten, und deshalb hatte Gedde gegen Morgen beschlossen, der Sache ein Ende zu machen und sich nach Hause zu trollen, was zu jener Zeit eine geliehene Zweizimmerwohnung in Torshov gewesen war. Als er aber ein Taxi bestellen wollte, erfuhr er, dass die Wartezeit über eine Stunde betrage. Das war eine Stunde, die die Gesellschaft, so wie sie sich entwickelt hatte, mit Weinen, Vorwürfen und Drohungen, ganz einfach nicht ertragen könnte, so wenig, wie er um ein Gästebett bitten dürfte, deshalb beschloss Gedde zur allseitigen Erleichterung, zu spazieren. (Ich gehe zu Fuß!) Dass es Probleme damit geben könnte, unterwegs ein Taxi zu erwischen, überschritt zu diesem Zeitpunkt Geddes Fassungsvermögen, schließlich war er an das Leben in den großen europäischen Städten gewöhnt, Paris, Amsterdam, Berlin, aber das hier war Oslo, so wie die norwegische Hauptstadt sich um die Mitte der achtziger Jahre nun einmal darstellte, dazu waren es mehr als zwanzig Grad unter Null, klarer Frost, spiegelglatt, eine feine Glasur auf dem Asphalt, und als er hundert Meter durch den Drammensvei gegangen war, begriff er, dass er zum Zeugen von etwas wurde, das er bisher nie erlebt hatte, er hatte nicht einmal davon gehört, und das, obwohl er doch in dieser Stadt geboren und aufgewachsen war, sogar in dieser Gegend. Die Stadt war tot, kein Mensch, außer ihm selbst, kein Auto, nichts, und die Straßen so glatt, dass er im Laufe der wenigen Meter, die er nun hinter sich gebracht hatte, dreimal fast auf die Nase gefallen wäre. Darüber hinaus war da noch diese Kälte, die bereits mit kaltem Brand in den Füßen drohte, Frostbeulen im Gesicht und in der Lunge, und er selbst so blau, dass er schwankte. Die Lage war lebensgefährlich. Und als diese Erkenntnis getroffen war, als sich in ihm die Gewissheit festgesetzt hatte, dass er wirklich mit jedem Schritt sein Leben riskierte, ja, auch, wenn er stillstand, hatte Claes Otto Gedde bemerkt, wie die Promille aus ihm hinausströmten, und später im Leben, wenn er über dieses Seltsame berichtet hatte, das ihm in jener Winternacht unten in Skillebekk widerfahren war, hatte er es gern so ausgedrückt: Ich habe mich zur Nüchternheit gezwungen. Ja, er hatte sich gezwungen, nüchtern zu werden. Mit einer Wachheit, die er seiner Erinnerung nach niemals, weder vorher noch nachher, besessen hatte, ging er in tiefer Konzentration den langen Weg nach Torshov, und als er endlich zu Hause angekommen war, war er dermaßen kristallklar gewesen, dass er zwei Flaschen Rotwein mit heißem Wasser und Zucker trinken musste, um überhaupt einschlafen zu können.

Und jetzt passierte das offenbar wieder. Diesmal nicht aufgrund der Gefahr des eigenen Todes, sondern weil er den Ernst in Erkenbods halb heraushängender Zunge und einer inzwischen bläulichen Gesichtsfarbe ahnte, dem Schwanken von einer Seite zur anderen, und der seltsamen Stille, die jetzt auf der Hintertreppe herrschte, nachdem Hund und Frau sich in ihre Gemächer zurückgezogen hatten, er glaubte, sich an eine Tür erinnern zu können, die zugeschlagen wurde. Aber zum Glück, war es nicht das Herz, es war der Rücken, es war Erkenbods Rücken, der ausgerastet war, der deutsche Riese hatte sich an Claes Otto Gedde einfach verhoben, als er ihn zuerst auf die Füße gerissen und ihn dann einen Stock höher getragen hatte, und das hatte er nicht ausgehalten, offenbar zu seiner eigenen Überraschung, denn die wurde jetzt von seinem Gesicht ausgestrahlt, es war nicht zuerst Schmerz, sondern die Überraschung, vom eigenen Rücken dermaßen verraten zu werden. Er kam nicht weiter. Gedde sah, dass er versuchte, den Fuß zu heben, sich aufzurichten und den Fuß zu heben, aber das half nichts, er verharrte in seiner gebeugten Haltung, und mit beiden bepantoffelten Füßen fest auf dem graugestrichenen Bretterboden. Es ist wohl noch immer so, dass ein Gefallen einen Gegengefallen verdient, dachte Gedde leicht resigniert, während er das Schlüsselbund aus der rechten Hosentasche zog und konzentriert den richtigen Schlüssel ins Schloss bugsierte, während er ein Stoßgebet zu Gott schickte, dass dieser Alptraum bald seinem Ende zugeführt werden möge.

Was Gott glücklicherweise nicht vollkommen ablehnte. Denn auch wenn der Schlüssel nicht gerade wie durch lauwarmes Öl glitt, so gab es doch kaum einen Zweifel daran, dass der Schlüssel am richtigen Ort war, die Tür glitt auf, und sofort erreichte der Geruch von Moschus und kaltem Zigarettenrauch Geddes Nasenlöcher, was zu einem Gefühlsgemisch aus Sentimentalität und Erleichterung führte, denn er hatte diesen freundlichen Duft Margot Breiviks doch schon so oft wahrgenommen, in sich aufgenommen, viele, viele Male im Laufe der Jahre, und er war jetzt so müde, dass er im Stehen hätte einschlafen können. Was ihn wieder an Erkenbod erinnerte, noch immer ohne Nachnamen, der dort mit dieser verdutzten Miene hinter ihm stand und nicht mehr vom Fleck kam.

Gedde machte Licht, gelbes Licht, das gewissermaßen in der stickigen, muffigen Luft hing, halb physisch wie Plasma, leichte Nebelschleier über der blau gemalten Täfelung und dem großen Gemälde von Katrine Beeren, *Buddha zu Pferde*, zwei Paaren von Margots Schuhen, dem Schirmständer aus Bambus und den Stapeln aus zusammengebundenen Zeitungen und Zeitschriften, die dicken

Teppiche bis zur Küchentür, und dem immer stärkeren Geruch nach Moschus und längst gerauchten Zigaretten.

Und dann sprach Erkenbod abermals zu ihm in einer Sprache, die er verstehen konnte, mit der klaren Aussprache des Preußen, er sprach über Schmerz und Unzulänglichkeit, darüber, etwas nicht zu schaffen, und das um diese Tageszeit, er fluchte und bat Gedde um die Hilfe, die er glaubte, nun beanspruchen zu dürfen, drohte sogar ganz grundlos mit Schlägen, vielleicht sicherheitshalber, dachte Gedde, der jetzt zu müde zum Sprechen war, und sich stattdessen der mühsamen Aufgabe widmete, Erkenbod Schritt für Schritt in Margot Breiviks früheres Heim zu führen, Schritt für Schritt musste er zu den halbherzigen Protesten des anderen Erkenbods Beine heben, denn der wollte doch hinein, trotz dieser unerträglichen Schmerzen, die Gedde ihm immer dann zufügte, wenn er einen Fuß hob und ihn vor den anderen setzte. So schritten sie beide, vornübergebeugt, Erkenbod vorweg, Gedde hinterher, in Margot Breiviks Wohnung, wie zwei buddhistische Mönche im Gebet.

GNOSSIENNES

Und es begab sich dann, als er erwachte – im Laufe des Vormittags erwachte er und schlief ein, erwachte und schlief ein –, dass es die Nähe der Tanten war, die er spürte, die von Tante Natalie und Tante Astoria, nicht die von Margot Breivik, und das, obwohl er doch in ihrem Bett lag, das war ihm zumindest zeitweise bewusst, und die Geräusche von der Straße, von der Knesebeckstraße, schienen aus der Balders gate in Nedre Frogner in Oslo zu stammen, halb im Traum, wie er ja war, waren es Geräusche aus seiner Kindheit und Jugend, immer, wenn er in den Schlaf hineinglitt, standen ihm die Bilder von damals klar vor Augen, Sommer, Winter, Frühling und Herbst, das altehrwürdige Mietshaus, in dem er aufgewachsen war, die großen Zimmer, und die Birke im Hinterhof vor dem Küchenfenster, Sommer, Winter, Frühling und Herbst, er sah sich selbst an dem großen Flügel sitzen, und er hörte Tante Astorias melodiöse Stimme, eins-und-zwei-und-drei-und-vier-und, eins-und-zwei-und-drei-und-vier-und, während seine schmalen Finger über die gelblichen Tasten glitten und nach und nach die Ergebnisse der Visionen großer Männer hervorlocken konnten, Beethoven, Mozart, Chopin, Brahms, sie hatte ihm gedroht, Tante Astoria, hatte ihm die Fähigkeiten aufgezwungen, die er ihrer Meinung nach seiner angeborenen Begabung schuldig war. Und die ganze Zeit, während Tante Astoria nur zu seinem Besten mit ihm wütete, eins-und-zwei-und-drei-und-vier-und, hatte Tante Natalie wie ein Schatten ihrer eigenen Schwester auf dem Sofa gesessen, mit einem Blick, den er im späteren Leben als leicht zurückgeblieben bezeichnen sollte, kein Wort, nur dieses vage Lächeln, wie aus einer längst dahingeschwundenen Zeit, und jetzt, dachte er, waren das alles nur noch Erinnerungen und innere Bilder. Ja, fast ein wenig sentimental, wie er dort lag, um dann im tiefen Schlaf zu verschwinden, sich in die Katakomben des Bewusstseins sinken zu lassen, immer wieder stundenlang fort zu sein, bis er am Ende einigermaßen gutgelaunt und nüchtern zu den

Klängen von Saties *Gnossiennes* erwachte. Was nicht zu fassen war, da er sich zweifellos nicht mehr in irgendeiner Form von Zwischenzustand befand, sondern in dem Teil des Daseins, in dem die Realitäten sich abspielten, allein in Margot Breiviks Wohnung, aber dann fiel ihm Erkenbod ein, den er halb gebeugt über einem Diwan im Musikzimmer zurückgelassen hatte, ehe er selbst in Margots Schlafzimmer getaumelt war, und nun hatten diese melancholischen Klänge in Geddes Ohren noch weniger Glaubwürdigkeit, denn eine solche Zärtlichkeit, eine solche Sensibilität konnte er mit diesem deutschen Riesen einfach nicht in Verbindung bringen, er erinnerte sich an dessen Hände, groß wie Spaten, an Drohungen und Verwünschungen, den brutalen Mund und die fast zusammengewachsenen Augenbrauen, einen Verbrecher, so wie Verbrecher in Comics und auf den Titelbildern von altmodischen Knabenbüchern aussahen. Er blieb im Bett liegen und ärgerte sich. Jawohl. Trotz der melodiösen Schönheit, die zu ihm hereindrang, blieb nun Gedde, mit gutem Grund, wie er meinte, liegen und ärgerte sich, denn so hatte er sich den Auftakt zu seinem Winteraufenthalt in Margot Breiviks Wohnung in Berlin nicht vorgestellt, und Gott mochte wissen, dass es ein Auftakt und ein Aufenthalt waren, die er sich vorgestellt hatte, oft und gern ausgemalt, seit er im Juli die Nachricht vom Tod seiner Freundin gehört hatte, dort unten im belgischen Dorf. Zu jenem Zeitpunkt war der Besuch in Frankfurt in seinem Terminplan noch nicht aufgetaucht, und wenn Gedde sich also die Reise nach Berlin vorstellte, dann mit Ausgangspunkt in Brüssel oder Oslo. Am liebsten Oslo, nachdem er *Die alte belgische Küche* der norwegischen Presse vorgestellt hatte, zum Beispiel in der Pianobar des Osloer *Bristol*, eine Buchvorstellung, die auch ein Wiedersehen mit mehreren seiner ehemaligen Kollegen aus der Tagespresse bedeuten würde, zumindest hatte er sich das so vorgestellt, er selbst und alte Freunde, bei norwegischen Schnittchen und kaltem Bier, und vielleicht, nein, ganz sicher, zwei, drei Fernsehauftritte in verschiedenen Unterhaltungssendungen und Boulevardmagazine, auch hier zusammen mit Menschen, die er kannte und mit denen er schon zusammengearbeitet hatte, ehe er Kurs auf Deutschland und Berlin nahm, entweder mit der Kielfähre oder dem Flugzeug, aber dann hatte im September Odd Einar Olsen angerufen und über Probleme mit der Druckerei in Litauen geklagt, über unvermeidliche Verspätungen, und hatte schließlich vorgeschlagen, die Buchvorstellung auf der Frankfurter Buchmesse stattfinden zu lassen, denn »alle« würden doch dorthin fahren. Was Gedde auch nicht zu bezweifeln brauchte, da es in den alten Zeiten so gewesen war. Aber das Ergebnis war, dachte er jetzt, dass die Presse sein Buch überhaupt nicht erwähnt hatte. Das war das eine. Schlimmer jedoch war seine Ankunft in Berlin, die doch zuerst wie geplant verlaufen war, Bahnhof Zoo, Buletten und Bier, alles wie geplant, alles wie immer, und jetzt auch mit der Erwartung dieser »langen Nacht« in Margot Breiviks Wohnung, Atempause, Auszeit, Durchgang seines Lebens von der Kindheit bis jetzt, da er bald sechzig würde, er hatte sogar mit dem Gedanken gespielt, einzelne Aufzeichnungen und Notizen zu machen, für den Fall, ja, es wäre doch vorstellbar, es war nicht unwahrscheinlich, dass irgendein Verleger ihn zur Feier des Tages kontaktieren würde, auch wenn das wohl kaum Anders Heger von Cappelen wäre, und (das begriff er plötzlich) auch nicht William Nygaard von Aschehoug, da der ihn wohl kaum mit einem schlichten »Ach was« begrüßt hätte, um dann einfach vorüberzusegeln, wenn er mit dem Gedanken an eine mögliche Gedde-Biographie gespielt hätte. Aber dann war er eben sofort bei seinem Eintreffen in der Stadt erkannt worden, wogegen er im Grunde ja gar nichts hatte, das Resultat war allerdings, dass nicht nur ein Journalist, sondern gleich zwei von seiner Anwesenheit wussten, ja, sie wussten sogar von seinem möglichen »Projekt«, und dann war da dieses Interview, von dem er nicht so recht wusste, wie er sich dazu stellen sollte. Und schlimmer noch: Axel Bluhms gebrochenes Versprechen, das gemeine Verhalten, das jener an den Tag gelegt hatte, als er die früher vereinbarte Herausgabe des Schlüssels verweigert hatte, ja, er hatte sich nicht einmal dazu herabgelassen, diesen Verrat vorher anzukündigen, um ihm, Gedde, die Demütigung zu ersparen, ihn anzurufen und ein klares Nein vor den Latz geknallt zu bekommen, und das, während Lara, diese Superklit, aller Wahrscheinlichkeit nach mit einem zufriedenen Grinsen neben ihrem Mann stand. Mit dem Resultat, dass er sich jetzt nicht nur mit dem Hausmeister überworfen hatte, sondern dass er sich ziemlich weit in einem gemeinsamen Projekt mit der Mutter des nämlichen Hausmeisters verfangen hatte, und dann kam noch dazu, dass im Musikzimmer aller Wahrscheinlichkeit nach ein Mann mit Hexenschuss saß und Satie spielte. Kurz gesagt, im Laufe dieses Tages würden alle Hausbewohner erfahren, dass Claes Otto Gedde jetzt in Margot Breiviks Wohnung hauste, was so ungefähr das Allerletzte war, was er sich wünschte. Nein, so hatte er sich das nicht vorgestellt. Im Bahnhof Zoo aus dem Zug steigen, gern in der Dämmerung oder nach Einbruch der Dunkelheit, die Menschen, die Gerüche, der hastige Atem, den Berlin zu jeder Zeit ausstrahlte und den er nie klar definieren oder sich oder anderen erklären konnte, die Buletten, das Bier und der scharfe Senf, ein fetttriefendes Ritual, ein Willkommensfest, eine Feier der Begegnung des Selbst mit der Stadt, denn für Gedde war Berlin die STADT in Großbuchstaben, nicht Paris, nicht New York, nicht London oder Moskau, sondern Berlin, mit den saftigen ungesunden Buletten, die er sich immer einverleibte, wenn er mit dem Zug ankam, und dann in neun von zehn Fällen am Bahnhof Zoo ausstieg, ja, dann waren Buletten und Bier angesagt, und später würde er auf seinen kurzen starken Beinen zum Savignyplatz gehen, um dann nach rechts in die Knesebeckstraße und zum Hotel *Heidelberg* abzubiegen, wo Axel Bluhm, zuverlässig, wie er war, den Schlüssel zur Wohnung seiner Mutter, wie verabredet, hinter dem Tresen hinterlegt hatte, zum Beispiel in einem grauen Briefumschlag, auf den sein, Geddes, Name mit eleganter Füllfederhalterschrift geschrieben war. Worauf Gedde mit seinen Koffern im Schlepp die Straße überqueren, die Haustür aufschließen und mit dem Fahrstuhl in den vierten Stock fahren würde, um die Wohnungstür aufzuschließen, ohne auch nur einem der übrigen Hausbewohner begegnet zu sein, weder auf dem Gang noch unten noch im Fahrstuhl auf dem Weg nach oben. Er wollte von Zimmer zu Zimmer gehen und die große Leere genießen, er wollte diese Zimmer begrüßen, ihnen für alles danken, was sie schon an Geselligkeit und

Zusammensein bereitgehalten hatten, aber vor allem wollte er jetzt ihre Leere preisen, das totale Fehlen anderer Menschen als ihm selbst, jetzt, da seine Freundin Margot Breivik nicht mehr da war, sich auf ihrem Weg zu einem neuen Mutterschoß durch den Bardo mühte. Vielleicht eine Flasche Wein. Vermutlich eine Flasche Wein. Dann der Schlaf. Die lange Nacht.

Er stand auf. Es war kalt im Zimmer. Dem graublauen Licht, das aus dem Hinterhof ins Zimmer fiel, konnte er entnehmen, dass schon Nachmittag war, und aus dem Musikzimmer erklang noch immer Satie, aber jetzt die *Sarabandes*, so wehmütig,, dass seine Verärgerung in Windeseile verflog, während er sich anzog und sich sagte, dass es nicht im Sinne Margot Breiviks wäre, den Wendungen, die sein Leben nun einmal nahm, negativ zu begegnen, vor allem, wenn das Leben, wie in diesem Fall, ein vollkommenes unerwartetes Konzert anbot, ausgeführt von einem, der wohl in vielerlei Hinsicht als sein Retter bezeichnet werden konnte, einer, der aus reiner Güte dafür gesorgt hatte, dass er hierher gelangte, wenn das nun auch ganz anders vor sich gegangen war als geplant.

Dachte Gedde. Und verließ das Schlafzimmer, folgte dem langen Gang und betrat dann das Musikzimmer, wo Erkenbod in vollständig unnatürlicher Haltung auf dem Klavierhocker saß, das rechte Bein gerade zur Seite gestreckt, gekrümmt über den Tasten und mit geschlossenen Augen, Satie mit bemerkenswerter Zartheit interpretierte, wenn man seine physische Erscheinung und die Tatsache bedachte, dass er die Pedale nicht benutzen konnte.

So verging einige Zeit.

Gedde stand mucksmäuschenstill da und lauschte, während er registrierte, dass der Pianist vorsichtig lächelte, ja, es war wirklich ein vorsichtiges Lächeln, zu dem sich seine Lippen kräuselten, und Gedde nahm es als Hinweis darauf, dass der andere sein Kommen gehört hatte, obwohl er noch keine Schuhe trug, sondern sich auf Socken umherbewegte. Und kaum hatte er gedacht, es werde zu kalt, er müsse in die Schuhe kommen, da beendete der Deutsche das Konzert, und legte beide Hände in den Schoß, wie Gedde sich das angewöhnt hatte, wenn er die Freitagskonzerte zu Hause in der Balders gate als begabter Knabe beendet hatte, während Tante Natalies und Tante Astorias Freundinnen ihre eigenen Hände zu höflichem, gefasst lautlosen Applaus benutzten, er hatte mit den Händen vor seiner strotzenden Männlichkeit dagesessen, weil er beim Spielen immer diese Phantasie hatte, die Vorstellung, dass er die Töne unter ihre Röcke strömen ließ, und zwischen die feuchten roten Lippen, die ihre Kleider verbargen, während sein eigener Zustand versteckt, das heißt, von seinem eigenen Fleisch und Blut verdeckt werden musste, wenn er, ehe der Applaus verhallte, aufstehen musste, neben den Flügel treten und sich verbeugen, wie es im astorianischen Heim Sitte war.

Gut! Sehr gut!

Ach, nicht der Rede wert.

Was Claes Otto Gedde an Rosel Gassmussens Geringschätzung ihrer Kohlrouladen am Vortag erinnerte und an die Folgen seines beharrlichen Lobes. Deshalb verfolgte er das Thema nicht weiter, sondern stellte sich vor, auch wenn er sich vage erinnerte, das schon nachts getan zu haben, er machte es vor allem, damit der andere sich ebenfalls vorstellte, denn Erkenbod war doch der Vorname des Mannes und sie waren nicht per du.

Er heiße Erkenbod Effert. Zahnarzt.

Sieh an, Zahnarzt?

Ja. Das mit dem Rücken passiere ab und zu.

Habe er denn wenigstens ein wenig schlafen können? Auf dem Diwan?

Ach ja, mehr als nur ein wenig.

Aber seine Frau mache sich vielleicht Sorgen?

Es sei nicht seine Frau, sondern seine Schwester. Sie mache sich keine Sorgen.

Und dann folgten einige Sätze von eher kryptischer Art, die bei Gedde den Verdacht erregten, dass Herrn Efferts Schwester Hiltraut durchaus daran gewöhnt war, dass ihr Bruder die Hintertreppe zu dieser Wohnung benutzte, wenn auch nicht immer, so doch immer öfter, ja, ab und zu.

Nun machte sich in Claes Otto Gedde Unmut breit. Nicht in erster Linie, weil Margot Breivik ihm diese Bekanntschaft vorenthalten hatte, nicht mit einem einzigen Wort hatte sie erwähnt, dass sie mit irgendwelchen Nachbarn verkehrte, ganz im Gegenteil, sie hatte den Eindruck erweckt, die seien Luft für sie, und der einzige, den sie in all den Jahren überhaupt je erwähnt hatte, war Heribert Gassmus gewesen, der Hausmeister, und das in sarkastischen Wendungen, den hatte sie offenbar nicht leiden können, was ja auch nicht so wahnsinnig schwer zu verstehen war. Nein, der Unmut beruhte in erster Linie darauf, dass er jetzt, nachdem er zunächst Herrn Efferts Klavierkünste gelobt und sich dann dessen Klagen über die Rückenschmerzen, die »kamen und gingen«, angehört hatte, und über die Gattin, die gar keine Gattin war, sondern seine Schwester, noch dazu mit Vornamen, dazu die Meldung, dass die Hintertreppe in den vierten Stock und zu Margot Breiviks Wohnung vertrautes Gelände sei, sich mit Effert auf eine Weise verbunden fühlte, an der er kein Interesse hatte, eher war das Gegenteil der Fall, da es doch seine Absicht war, sich in diesem Winter in der Wohnung so inkognito wie überhaupt nur möglich aufzuhalten. Das hier sollte schließlich sein tibetanisches Kloster in Berlin sein. Und dennoch, dennoch registrierte er jetzt, wie die Außenwelt bereits schon an ihm riss und zerrte, wie die Auskunft des anderen über dessen Metier, Zahnarzt, ihn schon dazu anstachelte, seinen eigenen Lebenslauf vorzutragen, wenigstens Teile desselben, nein, nein, nein, aber doch, und ehe er sich's versah, sprudelte es aus ihm heraus, hatte er seine eigenen Rückenleiden in Verbindung zu Erkenbod Efferts Rückenleiden gesetzt, auch seine, Geddes, Rückenschmerzen, waren von der Art, die »kam und ging«, hörte er sich sagen, ehe er sich zum Gott weiß wievielten Mal daran machte, zu berichten, wie er vor vielen Jahren, als einziger Journalist, zusammen mit Vertretern von Elton Johns norwegischer Plattenfirma, den sternhagelvollen Popstar vom Flughafen Fornebu abgeholt hatte, wo sie so ungefähr mit dem Kinn auf den Knien gesessen hatten, und welche entsetzliche Schmerzen dieser Ausflug ihm beschert hatte. Worauf Erkenbod Effert »Yellow Brick Road« anschlug.

Journalist? Musikjournalist?

Unter anderem, unter sehr vielem anderen, und Gedde hasste sich selbst, als er das jetzt sagte, als er Elton John

»Elton« nannte und dafür sorgte, durch Nebensätze Verbindungen zu deutschsprachigen Fernsehsendern wie ARD, NDR, 3Sat und nicht zuletzt Arte zu konstruieren, aber er konnte es sich nicht verkneifen, nein, das ging einfach nicht. Umso schlimmer war es, dass Effert nicht sonderlich beeindruckt zu sein schien, er sah nicht oft fern, wie er sagte, er zog Literatur und Musik vor, in beiden Fällen die Klassiker, Stendhal, Dostojewski, Mozart, Schubert, ja, und Goethe natürlich, vor allem Goethe, aber er kannte auch seinen Hamsun, auch wenn er von dieser Generation doch eher auf Mann setzte, vor allem die beiden ältesten, die Brüder Heinrich und Thomas.

So einer war er also, dachte Gedde, ein Bildungsdeutscher, einer, der sich gern als kulturelles Schwergewicht darstellte, diesen Typus kannte er nach all diesen Jahren, in denen er kreuz und quer durch Deutschland gereist war, er war sogar auf Exemplare dieser Art gestoßen, die er gemocht und mit denen er eine Freundschaft aufgebaut hatte. Aber Erkenbod Effert? Wohl kaum. Zumindest nicht unter solchen Umständen, da er ja nicht in Berlin war, um Kontakte zu knüpfen, eher im Gegenteil.

Aber verhielt es sich denn nicht so, fragte Gedde, verhielt es sich denn nicht so, dass der Alltag von Erkenbod Effert das Seine verlange, wo er doch Zahnarzt war, wenn auch seine Schwester nicht auf ihn wartete, die Patienten konnten doch wohl kaum dieselbe passive Haltung einnehmen.

Nein, so verhalte es sich nicht.

Im Gegenteil. Effert schleppte sich jetzt zu dem alten Diwan, wo er es sich zu Geddes erneutem Unmut auf vertraute Weise gemütlich machte, krümmte sich zusammen und murmelte dabei irgendeine Schmähung seiner eigenen Patienten, offenbar hatte er sie allesamt satt, dann schloss er die Augen und bat Gedde gähnend um eine Decke. Ja, das hier hatte er offenbar schon häufiger gemacht, das ging deutlich daraus hervor, wie geschickt er sich in die weiche Umarmung des Diwans sinken ließ, trotz des kaputten Rückens, und aus dem gebieterischen Tonfall, mit dem er seinen Wunsch vorbrachte, nein, den Befehl, in eine Decke gehüllt zu werden, noch dazu, während er gähnte. Hier fühlte er sich wohl.

Gedde zog sich in das geräumte Wohnzimmer zurück, eine Decke war nirgendwo zu sehen, und er hatte auch nicht vor, sich nach einer Decke umzusehen, wenn ihm etwas auffiele, das auf irgendeine Weise an eine Decke erinnern könnte, würde er es verstecken, es im tiefsten Grunde eines von Margot Breiviks vielen tiefen Kleiderschränken versenken, aber er sah nur Margots Bücher, gefüllt Regale vom Boden bis zur Decke, Bücher und Gemälde und antike Möbel, ein Vermögen an Antiquitäten und Kunst, und auf dem Boden eine Schicht aus Teppichen aus Tibet, Indien, Afghanistan, alle gekauft auf Margots vielen Reisen, sie hatte über die Geschichte jedes einzelnen Teppichs einen Vortrag halten können, nicht nur über seine Herkunft und wie und wo sie ihn aufgetan hatte, sondern auch über die Entstehung des Teppichs, über den Handel, mit Feilschen und dem ganzen Prozedere, aber auch über die Entstehung des Teppichs, Kinderhände, das Färben mit verschiedenen Typen von Urin und Pflanzenteilen, seinen Weg durch Gebirgspässe und Hochebenen, durch tiefe Täler und Schluchten, getragen auf Kamelrücken, Pferderücken, oder einfach zu dicken

Ballen auf Ladeflächen und Anhängern zusammengerollt, Fahrzeuge kurz vor dem Auseinanderbrechen, und gefährlich, gefährlich, ohne Bremsen oder Luft in den Reifen, Wegelagerer und plötzliche Schneestürme.

Es klingelte an der Tür. Ein sanftes Signal, das er, wie ihm plötzlich aufging, auf dieser Seite der Tür noch nie gehört hatte, niemals vom Inneren der Wohnung her, wie immer das auch möglich sein mochte, nach all den Jahren, all diesen Besuchen, aber Tatsache war, dass sie niemals, nicht ein einziges Mal in ihren Gesprächen unterbrochen worden waren, weder tagsüber noch nachts, so unvorstellbar ihm das jetzt auch vorkam, ja, fast unnatürlich, um nicht zu sagen übernatürlich, denn sie hatte einen großen Bekanntenkreis gehabt. Ein sanftes Ding Dong, wie von einer mit Filz belegten Glocke, Ding Dong, wieder und wieder als eine Art beharrlicher Stöße gegen sein Trommelfell; ihm ging auf, dass diese Person dort draußen Ansprüche an seine Anwesenheit erhob, verlangte, dass er zu Hause war, es konnte nicht die Rede davon sein, dass er sich zum Beispiel durch die Straßen der Stadt treiben ließ, in einer Kneipe saß oder Bekannte besuchte, nein, er war hier, da war sich die Person draußen sicher, und jetzt sollte er ganz brav die Tür öffnen und sich zu erkennen geben, was er aber durchaus nicht vorhatte, deshalb ging er mit entschiedenen Schritten hinaus auf den Gang und riss die Tür sperrangelweit auf, denn so hatte die Natur ihn nun einmal geschaffen.

Welche Qualitäten und besonderen Eigenschaften Hiltraut Effert auf Erden mit auf den Weg gegeben worden waren, konnte er nach der kurzen Begegnung auf der Hintertreppe in der vergangenen Nacht nicht wissen, er konnte sich nicht einmal an ihre Gesichtszüge erinnern, erinnerte sich nur vage an einen Schatten hinter Erkenbrod, einen seltsamen Dialekt, eine etwas kratzige Stimme, möglicherweise beeinflusst durch jahrelangen Umgang mit Zigaretten, aber als er jetzt ihr leicht vorgeschobenes Kinn und die verkniffenen Lippen betrachtete, die wie zwei blassrosa Striche durch das unschöne Gesicht verliefen, wagte er, auf eine nicht unbedeutende Standhaftigkeit zu tippen, ja, eine Sturheit, die auf gewisse Weise gut zu der Art passte, in der sie die Klingel behandelt hatte, die beharrlichen Stöße, aber die blauen Augen waren seltsam mild, ja, sie strahlten vielleicht eine gewisse Dummheit aus, wie sie da so dicht bei dem scharfen Nasenbein saßen, und, dachte Gedde, sie hatte fast keine Augenwimpern. Nun wollte sie wissen, was aus ihrem Bruder geworden sei.

Das wisse er nicht, hörte er sich sagen.

Das wisse er nicht?

Nein.

Und dass, obwohl gerade Auskünfte über die Anwesenheit ihres Bruders im Musikzimmer, auf dem Diwan, ohne auch nur eine Decke, diesem unerwünschten Besuch doch ein schnelles Ende bereiten könnten. Er war ziemlich sicher, wenn er diesen kleinen Terrier auf den Riesen in der Wohnung losließe, würde er sich selbst innerhalb von ein, zwei Minuten in dem Zustand von Einsamkeit befinden, den er sich so sehr wünschte. In einer gänzlich Erkenbod-Effert-freien Zone.

Er sah, wie ihr Blick über seine Schulter und weiter durch die Diele zum Wohnzimmer schweifte.

Er sei also nicht hier?

Nein, und jetzt müsse er, Gedde, sich wieder seiner Arbeit widmen. Er habe viel zu tun, gab er ihr zu verstehen, es eile zudem, falls ihr Bruder auftauchen solle, werde sie das als Allererste erfahren. Das könne sie als Versprechen betrachten.

Aber jetzt wollte sie der Wirklichkeit, die er da skizziert hatte, widersprechen, denn Erkenbod habe ihn in der vergangenen Nacht ja nach oben gebracht, nach oben getragen, wie sie sagte, und er sei nicht zurückgekehrt, am Ende habe sie sich schlafen gelegt, und als sie erwacht sei, sei er noch immer nicht zurück gewesen, was er, Gedde, also dazu zu sagen habe?

Na ja …

Außerdem liege Erkenbods Mobiltelefon dort unten, zusammen mit seiner Brieftasche.

Gedde wurde wütend: Wollte sie jetzt etwa die Wohnung durchsuchen? Sich davon überzeugen, dass Erkenbod Effert nicht gefesselt und geknebelt unter einem Bett lag? Oder geschlachtet und zerstückelt in der Badewanne?

Nein, nur eben …

Jetzt verspürte er Zuneigung zu ihr, das kam ganz unerwartet, eine genauso unerwartete und plötzliche Zuneigung, wie sie ihn im Fall Odd Einar Olsen einige Tage zuvor in Frankfurt überrumpelt hatte. Er zog sein Mobiltelefon aus der Hosentasche und bestand darauf, ihre Nummer einzugeben, damit er sie verständigen könne, sowie Erkenbod Effert sich in physischer Gestalt manifestierte, falls das also passieren sollte, was er sich doch zu bezweifeln gestattete. Dennoch, an Gedde sollte es nicht liegen.

Nach einigem Wenn und Aber bekam er die Nummer.

Als er kurz darauf die Tür zuschlug und ins Musikzimmer zurückkehrte, um … – ja, er wusste nicht ganz, wozu –, war Erkenbod Effert verschwunden.

VORBEREITUNGEN

Was Claes Otto Gedde dazu veranlasste, den Teil seiner Selbst zu aktivieren, den er gern als den Mann der Tat bezeichnete, die Gelegenheit beim Schopfe zu packen, die Lage zu seinem Vorteil zu wenden, den Mantel anzuziehen, die Hintertreppe hinunterzulaufen, alles in einer einzigen langen ununterbrochenen Bewegung, der Mantel, die schleichenden Schritte, die Tür zugeschlagen, Klatsch, dann warten und lauschen. Nichts. Unten auf dem Treppenabsatz vor der Wohnung der Geschwister Effert blieb er abermals stehen und lauschte, um dann zur Tür zu gehen, Ohr an die Tür, und jetzt glaubte er, von drinnen Stimmen zu hören, ferne Stimmen, aber ob die von Hiltraut und Erkenbod stammten, oder zum Beispiel von einem Fernseher oder Radio, war unmöglich zu sagen, ihm fiel ein, dass er auch nicht wusste, ob die Geschwister die Wohnung noch mit anderen teilten, mit mehreren, ihre zweisame Existenz war nur ein Eindruck, und der brauchte ja nicht viel wert zu sein. Das Einzige, was im Grunde von Bedeutung war, war, dass er jetzt, nach allerlei Hin und Her, ganz allein über Margot Breiviks Wohnung verfügte, jetzt war er endlich dort, wo in seiner Vorstellung die lange Winternacht vor sich gehen sollte, die Stille, die selbstgewählte Einsamkeit, aber essen musste er, schlichte Kost, Linsen und Hackfrüchte, Essen für die erste Woche, damit er es sich in seinem Reich gemütlich machen konnte, er wollte in dieser ersten Woche nicht ausgehen, er wollte im Bett bleiben und sich in Schlaf und Träumen suhlen, der Alkohol konnte warten, alles andere konnte warten, nur eine Woche voller schläfriger Phantasien jetzt nach dem wenig erfolgreichen Aufenthalt in Frankfurt, er würde nicht ans Telefon gehen, nicht die Tür öffnen, falls Hiltraut oder andere auf die Idee kämen, zu klingeln, er würde Hiltraut per SMS mitteilen, er halte sich nicht mehr in Berlin auf, es sei zu viel gewesen, zu hektisch, nicht wie geplant, nach einer Woche würde er sehen, was passierte, ob er sich zum Beispiel entschied, zurückzufahren, er war ja trotz allem nicht in Erklärungsnöten, jedenfalls nicht ihr gegenüber, und es ärgerte ihn, dass er jetzt hier die Treppe hinunterging und sich das alles erklärte, wieder und wieder sogar.

Aber hätte es nicht ein wenig besser gehen können? Hätte es nicht so gut gehen können, dass es ihm erspart geblieben wäre, im Türspalt im Erdgeschoss auf die kleine stumpfe Nase von Rosel Gassmus zu stoßen, auf den stechenden Blick über der stumpfen Nase, als sie lächelnd dastand und auf ihn wartete, mit rotem Zahnfleisch und Nagelzähnen lächelte, während der Essensgeruch aus dem Wohnungsinneren auf ihn einströmte und durch ihre leicht schüttere Frisur gefiltert wurde. Dort stand sie und wartete auf ihn, und wie hatte er vergessen können, dass solche Frauen, lebenslange Bewohnerinnen solcher Häuser, die Zukunft aus fernen Schritten auf der Treppe lesen, durch Mauerwerk und morsches Holz sehen können; dort stand sie und wartete auf ihn, denn sie hatte gewusst, dass er unterwegs war, seit der Sekunde, in dem er beschlossen hatte, die Wohnung zu verlassen, das war unangenehm und ein wenig traurig, deshalb grüßte er sie jetzt überschwänglich und bedauerte in Gedanken, dass die deutsche Sprache, so reich sie auch sein mochte, nichts so Grundlegendes wie das norwegische »Danke fürs letzte Mal« enthielt, denn genau dieser Ausdruck fiel ihm jetzt ein, »Danke fürs letzte Mal, Frau Gassmus«, stattdessen sagte er guten Abend, und ehe er sich's versah, saß er am Essenstisch der Gassmuse, wo in aller Eile für ihn gedeckt wurde. Und dennoch, dachte Gedde, war etwas passiert, das begriff er, als die Mutter Heribert die Zeitung entriss und das Essen servierte, an diesem Abend Rinderrouladen, etwas war mit Heriberts Einstellung zu Geddes Wesen und Person geschehen, er ahnte eine Art Suche hinter der beleidigten Haltung, einen Anflug von Versöhnlichkeit, und natürlich: Auf dem Küchentisch lag *Die alte belgische Küche*, ein Exemplar, das er sofort mit einer Widmung für Heribert und Rosel Gassmus versah, was der Alten ein gutes Stück hinein in die Mahlzeit die Sprache verschlug, bis er, Gedde, die Soße mit Superlativen würzte. Ach ja, es gab nicht so viel, was so ganz viel besser war, und außerdem bekam er eingemachte Birnen mit Sahne, und die Birnen, konnte Rosel berichten, kamen aus Greifswald, und schon musste sie an eine auf Hornhai basierende Fischsuppe denken. Denn natürlich hatte sie fast die ganze Nacht hindurch nachgedacht, genau wie Gedde das vorhergesehen hatte, sie hatte an ihre Kindheit in Falkenberg gedacht und an die Gerichte, die dort auf den abgenutzten Küchentisch gekommen waren, es war schlichte, aber sättigende Kost gewesen, und wenn sie ab und zu unsicher wurde, und am Wert der Bauernkost in etwas so Erhabenem wie einem Buch zweifelte, war Gedde sofort mit seinen Versicherungen zur Hand, dass es gerade das Schlichte sei, das er bei einem solchen Projekt betonen wollte, sie könne es ja selbst an der Auswahl sehen, die er in Belgien getroffen habe, was sie natürlich getan hatte, sowie das Buch im Haus gewesen war, irgendwann zwischen neun und zehn Uhr an diesem Morgen hatte ein Fahrradkurier das Buch gebracht, ein Mann in enger kurzer Hose à la Jan Ullrich, was dem Haumeister aus irgendeinem Grunde ein kurzes, bellendes Lachen entlockte, unklar, aus welchem Grund, denn er kommentierte die Sache nicht weiter.

Claes Otto Gedde war nach der Mahlzeit müde und träge. Er ließ durchblicken, dass er fast die ganze Nacht hindurch gearbeitet habe, das sei eben so, wenn er erst in Gang gekommen war, er arbeite in harten Stößen, habe immer in harten Stößen gearbeitet, aber jetzt sei er leider bei den praktischen Angelegenheiten um den Papierkrieg herum angelangt, er bedankte sich herzlich für die Mahlzeit, noch eine wohlschmeckende Mahlzeit, aber nun müsse er in die Stadt, um die notwendigsten Dinge einzukaufen, ja, die allereinfachsten wie Tee und Kaffee, Brot und Käse, Eier, Milch und Butter, denn dort oben hätten sie natürlich nur leere Schränke hinterlassen, wogegen ja auch nichts zu sagen sei. Bald darauf kamen die drei zu einer Abmachung, die darauf hinauslief, dass der Hausmeister die Angelegenheit und ähnliche Angelegenheiten in der Zukunft durch eine angemessene Erstattung erledigen könne, und das, ohne dass nämlicher Hausmeister auch nur irgendeine Bemerkung machte, es wurde eine Liste aufgestellt, Gedde bestand darauf, für alles zu bezahlen, und am Ende gab Rosel sich geschlagen, und die Abmachung wurde mit einem Schnaps besiegelt.

Ach, wie er das sofort bereute! Wie er jetzt diese umgängliche Seite seiner Persönlichkeit beklagte, denn warum zum Teufel konnte er nicht zweimal in der Woche in den Laden gehen, vielleicht sogar nur ein einziges Mal, Eier, Milch, Käse, es könnte sich doch sogar als angenehme Abwechslung von der Gedankenarbeit entpuppen, von der er doch ahnte, dass sie kommen würde, die Möglichkeit, Erinnerungen und existentielle Betrachtungen um des, im wahrsten Sinne des Wortes, täglichen Brotes willen beiseite schieben zu können, und zudem hatte er Heribert Gassmus jetzt eine Art Überhand über sich gegeben, hatte sich (noch dazu gegen Bezahlung) in ein Abhängigkeitsverhältnis zu diesem schlichten Mann gebracht, der jetzt sicher zu den unmöglichsten Zeiten vor der Tür stehen würde, auf Befehl der Mutter, geh doch mal kurz rauf zu Gedde und frag, ob er irgendetwas braucht, nein, nein, nein!

Nein, so durfte es nicht kommen, würde es nicht kommen, und als er sich kurz darauf zu der steilen Hintertreppe und den Anstrengungen zurückzog, die ihn dort erwarteten, hatte er das Echo seiner eigenen Worte im Ohr, die Waren vor die Tür geliefert, die Wohnungstür, und nicht auf die Klingel drücken, ja nicht auf die Klingel drücken, einfach die Waren auf die Matte legen!

Doch, es war eine steile Treppe, daran konnte es keine Zweifel geben, es handelte sich um eine außergewöhnlich steile Treppe, in nüchternem Zustand so steil wie in hartem Suff, und in Gedanken übernahm Gedde jetzt Margot

Breiviks Wanderkleidung, solide Stiefel für Berg und Hochebene, dicke Strümpfe, Kniebundhose, Pullover und Anorak, er gönnte sich sogar eine winzigkleine Gebärmutter, weil seine alte Freundin oft Schmerzen in just diesem Organ erwähnt hatte, wenn sie von ihren fast unmenschlichen Angriffen auf die schlimmsten Steilhänge in Tibet oder Afghanistan berichtet hatte, ja, auch in Norwegen, Gebärmutter und Waden schmerzten, als er endlich die Wohnungstür aufschloss und sah, wie die Hochebene sich vor ihm ausbreitete, die wunderbare Stille in sich aufnahm, und den Duft von Moschus und längst gerauchten Zigaretten, der aus Moos und Flechten aufstieg, die in den Farbstoffen der weichen Teppiche aufgegangen waren, als er auf die Knie fiel, sich auf den Rücken drehte und liegenblieb und zur Decke des Himmels und der Sonne des Leuchters aufschaute, satt und wohl, jetzt endlich glücklich, dass das meiste so war, wie es sein sollte, so wie er sich den Herbst und Winter in Berlin vorgestellt hatte, als er noch in der belgischen Sommerhitze gesessen und die alte Küche des Landes beschrieben hatte, mit Hilfe anderer Bücher zum selben Thema in deutschem und französischem Gewand, dazu mit Internet und freier Phantasie.

Da piepste eine SMS herein, er hatte sich diesen Ausdruck zugelegt, dass diese Nachrichten »hereinpiepsten«, er hatte sich an dieses Phänomen nie gewöhnen können, nicht einmal nach mehr als zehn Jahren mit dem Mobiltelefon in der Tasche, er zuckte immer wieder zusammen, wenn eine solche Meldung hereinpiepste, und er staunte weiterhin über die seltsame Tatsache, dass seine Neugier immer auf eine ganz andere und viel intensivere Weise angestachelt wurde, wenn eine SMS hereinpiepste, als wenn das Telefon ganz normal klingelte und einen eingehenden Anruf meldete.

Es war Henrik Vasser, der mit jugendlichen Abkürzungen fragte, ob er, Gedde, Lust auf ein Glas im *Fisch* habe, sie seien vor Ort, er und Gus Lunde, und Gedde dachte, das hier sei eine Anfrage, die er so bald nicht beantworten werde, ja, die er vermutlich überhaupt nicht beantworten werde, da er ja offiziell tief in Arbeit versunken war. Andererseits versetzte diese freundliche Nachfrage ihn in gute Laune, da er nicht mehr wusste, unter welchen Umständen die Gesellschaft sich in der vergangenen Nacht aufgelöst hatte, er hatte sogar die bange Ahnung gehabt, in mancher Hinsicht ein wenig zu weit gegangen zu sein, nicht zuletzt, was die Witze anging, die er auf Kosten von Henriks Vater, von Guggenvasser, gerissen hatte, der jetzt, wenn er das richtig verstanden hatte, in einem kommunalen Pflegeheim untergebracht war. So war es also nicht. Wenn er sich nicht sehr irrte, saßen die beiden Jungjournalisten jetzt im *Fisch* und wiederholten die witzigen Pointen, die er abgefeuert hatte, während sie sich also aller Wahrscheinlichkeit nach neue wünschten, so herrlich verdorben waren sie, sie hatten Stil, erkannte er jetzt, einen gewissen Stil, in dem er seinen eigenen zu erkennen glaubte, ja, aus seiner eigenen Jugend, aber eine Antwort wollte er nicht senden, jedenfalls nicht diesseits von Mitternacht, das sollte sein neuer Stil sein, jetzt, wo das Alter vor der Tür stand, wollte er nicht jederzeit und für alle Welt erreichbar sein, nicht kostbar wirken, aber eben auch alles andere als gratis. Es sollte einige Zeit vergehen, bis er wieder den *Fisch* betrat und mit den Fingern nach Wein und Nahrung schnippte oder gar geistreiche Bemerkungen und betörende Pointen absonderte. Andererseits hatte die fette Mahlzeit ihn in die richtige Stimmung für ein Glas Wein gebracht, ja, ein Glas Rotwein würde sich jetzt gut machen, gern schwer und voll von gelagertem Sommer, Reben und Erde und Mineralien, Eleganz und Brutalität, vielleicht ein Argentinier oder ein Rioja. Eleganz und Brutalität ... Diese Worte schrieb er sich hinter die Ohren, während er sie zugleich auf seiner Zunge zergehen ließ, sie dem Staub übergab, der im schwindenden Tageslicht wirbelte.

Ein Glas, vielleicht zwei, nicht mehr, nicht viele. Das ist das Alter, dachte er, das ist die Abnutzung, jetzt heißt es ein Glas, vielleicht zwei, früher war das nicht so gewesen, da hatte er ein Fest auf eine Woche, einen Monat ausdehnen können, er hatte jeden Tag riesige Mengen trinken können, ohne aus dem Takt zu kommen, aber jetzt, nach der ausgiebigen Sitzung der vorherigen Nacht im *Fisch*, war er müde, erschöpft und überdrüssig, und außerdem – das war neu – davon überzeugt, dass noch eine Nacht auf der Piste, noch eine Nacht zum Beispiel im *Zwiebelfisch*, ihn langweilen würde, dass es ihm keine Freude machen würde, dass es trotz der Aufmerksamkeit der Jugend eine jämmerliche Wiederholung sein würde, ja, eine halbherzige Extravorstellung. So zu sitzen und Schwänke aus dem Hut zu ziehen, während der Blick der anderen an seinen Lippen hing. Aller Wahrscheinlichkeit nach hatten sich die Gerüchte seiner Anwesenheit in Berlin schon längst in der norwegischen Szene der Stadt verbreitet, so dass jetzt vermutlich Krethi und Plethi um die Kneipentische drüben am Savignyplatz saßen, Studenten und Geschäftsleute, vielleicht sogar die unteren Chargen der Botschaft, Musiker und Maler und andere Krapüle. Nein, dahin wollte er nicht.

Margot Breiviks beeindruckendes Weinregal in der Küche enthielt keine einzige Flasche, es war geräumt und gereinigt wie die Schränke über dem Spülbecken, aber in der Speisekammer standen fünf Kisten Chianti, das war gut genug, mehr als gut genug, er öffnete eine Flasche und ging damit und mit einem Glas ins Schlafzimmer, denn jetzt merkte er, dass er müde wurde, die vergangene Nacht war ihm auf den Fersen, er hatte das Gefühl, jederzeit eingeholt werden zu können, und was für ein Segen, dass das Alter ihn endlich zur Vernunft gezwungen hatte, so dass er hier stand, mit dem Bett in Reichweite, und nicht, zum Beispiel, drüben im *Fisch*, wo sie jetzt sicher saßen, mit trübem Blick, endlich, endlich war er zu Hause in Berlin, und er füllte das Glas und legte sich in Margots Doppelbett, stellte das Glas auf den Nachttisch, griff zur Fernbedienung und schaltete den Flachbildschirm an der Wand ein, Rotwein und Fernsehen und das ferne Rauschen der Großstadt, das war köstlich, und er dachte, hier hast du am Ende gelegen, alte Freundin, hier hast du gelegen und die Welt durch den großen Flachbildschirm betrachtet, den Axel dir besorgt hatte, nachdem klar war, dass es nicht mehr aktuell werden würde, Berggipfel und Pässe zu bezwingen, und Berge gab es auch im Fernsehen, Fjorde und Gebirge, er erkannte alles wieder, das waren die zerklüfteten Berge des Lofot, vom Vestfjord aus gesehen, Lofoten, wie die Deutschen sagten, riesige Kabeljauköpfe starrten ihn stumm vom Deck des Bootes her an, schreiende Möwen und schwarze Umrisse von Steinadlern vor dem Sturmhimmel, Selbstgedrehte wie ein gelber Stöpsel im Fischermund und Brocken der norwegischen Sprache, ehe auf Deutsch erklärt wurde, wie viel mehr sie früher gefangen hatten, ja, noch im vergangenen und vorvergangenen Jahr, jetzt sei fast Schluss, aber Kabeljau gebe es noch genug, nicht da drücke also der Schuh, aber Quoten und Regierung, und dann kamen eine Walsafari und deutsche Rentner, die sich norwegisiert hatten, und drüben im *Fisch* saßen sie sicher und zogen über die alte Heimat her, wie es so Sitte war, während die deutschen Rentner über ihre alte Heimat herzogen, während sie mit ängstlicher Freude Mack-Bier tranken und erzählten, was eine Flasche Bier hier oben nördlich des Polarkreises kostete, es sei eine Schande, aber einen Nachteil gebe es immer, noch im siebten Himmel.

Es war ein guter Wein, nicht wahnsinnig gut, aber gut, in Ordnung. Jetzt gab es Krabben und Frauenzimmer, üppige Hinterteile unter weißen Nylonkitteln und fleißige Finger, die schnell und sicher taten, wofür sie bezahlt wurden, was Gedde an Adele Lusthoff erinnerte, aber nicht, nicht anrufen. Das war eine Erkenntnis. Dass darin eine große Freiheit lag. Den Gedanken denken, aber nicht anrufen. Nicht den *Fisch*. Nicht Anrufen. Einfach im Bett liegen, mit der Gewissheit, dass er jederzeit den Fernseher ausschalten und sich auf die Seite drehen könnte, einschlafen, aufwachen, die Decke über sich ziehen, sich ausziehen oder auch nicht, allem einfach seinen Lauf lassen, und das Woche um Woche, Monat um Monat, bis der Frühling käme, bis er vielleicht, aber nur vielleicht, Lust bekäme, sich auf eine aktivere Weise am Leben zu bedienen, als durch diesen Winterschlaf, nach dem er sich so lange gesehnt hatte, und auf den er sich nach dem kurzen Aufenthalt in Frankfurt gefreut hatte mit etwas, das Verzweiflung ähnelte, Verfall und Tod, und Stahldrähte unter der Haut – aber die ganze Zeit mit diesem Aufenthalt als möglichem Ausweg. Ineffektives Glück. Aber wusste man es denn? Er hatte schon früher erfahren, dass Trägheit und pure Faulheit zu überraschend kreativen Sprüngen führen konnten, Fontänen aus purem Überschuss, und als dieser Gedanke sich erst festgesetzt hatte, ließ er den Draht zum Fernseher, die bewusste Verbindung zum Lofotenleben, gesehen mit deutschen Augen, fröhlich reißen, sich auflösen, denn wie wäre es wohl, die alten und traditionsreichen Gerichte aus Pommern zu schildern, durch eine Begegnung mit ihm selbst und den starken, heißen, vielleicht ein wenig lächerlichen Willen, die drei in einem täglichen Drama am Mittagstisch, es war eine Idee, bei der er sich mit einem Ruck im Bett aufsetzte, denn während der Fernsehschirm jetzt Szenen aus einer Töpferei irgendwo in der nordnorwegischen Natur zeigte, sah er vor sich Gus Lunde vom NRK, der aller Wahrscheinlichkeit nach zusammen mit Henrik Vasser und allen anderen Norwegern im *Fisch* saß, das hier musste doch eine »Kiste« sein?

Ganz ruhig jetzt! Die Eier lagen im Nest, es gab keinen Grund sich zu übereilen, wo doch das Übereilte, das Unüberlegte bekämpft und erstickt werden sollte, der Plan sollte die Planlosigkeit ablösen, das war eine gute Idee, und es würde fertig ausgebrütet besser aussehen, vielleicht sogar mit neuen Tagen und Erlebnissen genährt; ihm ging auf, dass er mit einfachen Tricks Heribert und Rosel als vollwertige Exzentriker erscheinen lassen könnte, mit mehr als nur den Aspekten ihrer selbst, die sie bisher gezeigt hatten, traurige Vertreter von, ja, wovon eigentlich? Aber das könnte ja auch egal sein, entschied er jetzt. In den *Fisch* würde er nicht gehen. Er würde hier liegen und fernsehen, ohne etwas davon in sich aufzunehmen, zappen, eine einzelne Flasche Wein picheln, nicht mehr, höchstens vier Glas, mehr würde er nicht schaffen, er spürte schon den Schlaf wie eine sanfte Hand über die Stirn und seine Augenlider streichen, und während er selbst dabei war, das Dasein, das Leben, die Unruhe, in festeren Griff zu bekommen; die Unruhe, zu der er sich in Frankfurt hatte verleiten lassen, wirkte jetzt fremd, fern, wenngleich es nicht seine Unruhe war, es war wohl eher die Unruhe der anderen gewesen, mit der er zu kämpfen gehabt hatte, Odd Einar Olsens neurotische Einstellung dem Tod gegenüber, Sara Mollberga-Stålnackes plötzlicher Verfall, und die Unruhe, die dieser ausstrahlte, der gespannte Altersdraht durch den Hals und die dünnen, fast abgemagerten Waden, die konkaven Hinterbacken, und William Nygaards etwas blasses »Ach was«, als er auf dem Laufband stand und sich aus der Zeit heraustragen ließ, Sindre Guldvogs gehobene Augenbrauen, als er ihn erspäht hatte. Auch dort eine Unruhe, dachte Gedde jetzt, ja, vielleicht sogar ein Unbehagen, eine Laus am Schlips, ein abgebrochener Backenzahn, und er ließ die Zungenspitze mit dem Krater spielen, den die verlorene Füllung hinterlassen hatte, ein schwarzes Loch, jetzt unfreiwillig mit Bleischrot plombiert. Er erinnerte sich an sein Spiegelbild, wie er es auf dem Weg zur Dusche hatte ansehen müssen, die stark reduzierte Haarpracht, das leicht aufgedunsene Gesicht mit der entstellten Nase, blauweißer Fischbauch über den kurzen (aber kräftigen) Beinen, das Geschlechtsorgan wie ein schläfriges Eichhörnchen, dass auf seinem Nusslager ruht, aber vor allem sein fragender Blick; dass er sich selbst so sah, und das mit dem Nachhall eines Gourmetessens in der fehlenden Füllung, Dünste der Fäulnis, dass er auf dem Weg nach unten war, ohne sich nach irgendetwas zu sehnen, dass er nur eine gewisse Wehmut darüber verspürte, wie es den anderen erging, vor allem den Frauen, denn er hatte sie sich ja so oft nackt und in einer ganz anderen Verfassung erträumt, als sie jetzt an den Tag legten, der jugendlichen Kleidung zum Trotz, sie waren ja kurz vor dem Auseinanderbrechen, wenn er sich eine leichte Übertreibung erlauben dürfte. Wenn er die Augen schloss, konnte er sie immer noch in kurzen klaren Bildern vor sich sehen, vor allem Sara Mollberga-Stålnacke natürlich, die er seit fast einem Menschenalter begehrte, auf alle erdenklichen Weisen in allen möglichen und unmöglichen Situationen fickte, reine Pornofilme hatte er sich ausgedacht und sich in tiefer Einsamkeit in Hotelzimmern und auf Toiletten allüberall vorgeführt, aber auch andere, zum Beispiel Christiane Wulfsberg, die österreichische Theateragentin, die ihn sogar in der Welt der Wirklichkeit einmal zum Zuge hatte kommen lassen, und Verona Schluss, mit der er einige Zeit lang in den Kinderjahren der Mobiltelefone unanständige Kurzmeldungen gewechselt hatte, bis ihm aufgegangen war, dass sie das zum Jux machte, im Café, umgeben von kichernden Freundinnen, während er selbst an einem anderen Ort auf der Welt in tiefem Ernst onanierte. Jetzt waren sie fast allesamt im Alter des Staubes angekommen, und bald würde sie der Tod einen nach dem anderen holen, sie würden Erinnerungen in den Köpfen der anderen werden, so wie er jetzt hier lag und sich an Margot Breivik erinnerte, und das in ihrem eigenen Bett, und er dachte zurück an die vielen Gespräche, die sie in Berlin und anderen Orten geführt hatten – nicht zuletzt eben über menschlichen Verfall, körperlichen Abbau und Tod, vor allem über die tibetanische Todesvariante, mit der sie sich so beschäftigt hatte, das Totenbuch, das durch den Bardo führte, die mögliche Erlösung, der Weg aus dem Reigen, denn sie hatte das als Wahrheit aufgefasst, während sein eigenes geistiges Kapital größtenteils aus grundlegender Skepsis bestanden hatte, aber auch aus Faszination dafür, was sie von ihren vielen mystischen Begegnungen mit Lamas und Weisen berichten konnte, in den Fußstapfen ihres großen Ideals und Vorbildes Alexandra David-Néel. Und als er gerade einschlafen wollte, hörte Gedde das Geräusch eines Autos, das konnte vom Fernseher her kommen, aber wie so oft, wenn er fast nüchtern war, konnte er sich bei vollem Bewusstsein in seine Träume hineingleiten lassen, so wie Margot Breivik sich vorgestellt hatte, dass sie bewusst und hellwach in den Tod hineinsegeln würde, und er fuhr einen schmalen Weg hinab in eine Art glühendes Licht aus Grün und Kupfer, es gab Bäume und Berge, die auf beiden Seiten des Weges grün und kupfern glühten, er saß vorn, aber mit der Lenkerlosigkeit des Traumes, er saß, wenn er das richtig verstehen konnte, mit den Händen in der Tasche da, und dann hing er unter der Decke einer Art Raststätte mit Wänden aus Honig, er konnte auf die Gäste hinabblicken, die sich über die Teller beugten, nein, über Brunnen, Abgründe, wo sie mit der Schnur im Mund fischten, in schwarzen Löchern, und dann fiel er, aber ganz ohne Furcht, und dicht an Margot Breiviks Gesicht, so dicht, dass er den Kopf in die Poren ihrer Haut stecken konnte, er war sich sicher, dass das hier der Tod war und nicht der Traum, dass sie ihn hier in Empfang nahm, in ihren eigenen Tod aufnahm, aber die ganze Zeit ohne Furcht oder Angst, ja, sogar mit einem Gefühl von Ruhe und Zufriedenheit, was ihn dazu brachte, still im Bett zu liegen und sich zu fragen, ob er nicht doch an irgendeiner Art von Depression litt, als er aufwachte und sah, dass er nur eine Viertelstunde weggewesen war, ein wenig enttäuscht und am Leben, verdammt, wieso konnte er nicht wenigstens die ganze Nacht schlafen, aber es hatte natürlich zu wenig Alkohol gegeben, und dann erwachte man schon mal schweißnass und durchgefroren nach wenigen Minuten, diese Erfahrung hatte er in den vergangenen Jahren gemacht. Er stand auf. Es war jetzt kurz nach elf. Er ließ sich von Zimmer zu Zimmer treiben. So hatte er sich das nicht vorgestellt. Nicht so hatte er das vor sich gesehen. Die Ruhe, die ihm eben noch in seinem eingebildeten Tod zuteilgeworden war, war jetzt einer Rastlosigkeit gewichen, die ihn beim Bücherregal innehalten ließ, dann nahm er spontan ein Buch heraus und las zwei Sätze, um das Buch wieder zurückzustellen, vage in einen Schrank zu schauen, oder zum Beispiel in eine Schublade, Briefe, Zeitungsausschnitte, dann dachte er an die Lebensmittel, die er bestellt hatte, der Karton stand wie befohlen vor seiner Tür, er stellte ihn auf die Anrichte, hatte aber keine Lust, die Waren einzuräumen, stattdessen ging er ans Fenster und blieb stehen und schaute hinab in den Hinterhof, Mülltonnen, Fahrradständer, Blumenbeet am

Bretterzaun zum Nachbarhaus, keine Katze, kein Leben, hinter keinem Fenster Licht, Herrgott, es war doch erst kurz nach elf, das sollte Berlin sein? Er überprüfte sein Mobiltelefon. Nein, keine Meldungen.

Keine Meldungen. Das waren immerhin zwei Wörter, die man ein wenig auskosten konnte, zum Beispiel bei einem neuen Glas Wein, während er allen Menschen einen Gedanken widmete, über die er sich im Laufe der Jahre gefreut oder geärgert hatte, es waren gar nicht so wenige, einige Tausend Einzelschicksale, in denen er mehr oder weniger tragende Rollen als er selbst gespielt hatte, als der, der er war. Jetzt bald sechzig. Es hatte streng genommen wohl nicht an Aufmerksamkeit gefehlt, und das Seltsame, das Hinreißende war doch die Tatsache, dass gerade diese Menschen, diese einige Tausend, deren Alltag er so oder so für kürzere oder längere Zeit geprägt hatte, jetzt in ihren eigenen Wohnstuben saßen oder auch in Bars und Kneipen und Restaurants überall in Europa, ja, durchaus auch in den USA und Asien, versunken in ihre eigenen Gedanken oder zum Beispiel vertieft ins Gespräch mit Freunden und Bekannten, ohne dass es auch nur einem einzigen von ihnen einfiel, ihm, Gedde, eine SMS zu schicken, geschweige denn ihn anzurufen, sie waren mit ganz anderen Dingen beschäftigt, sie aßen und tranken, arbeiteten und vögelten, und dann musste er doch ein wenig über sich lachen, so schlimm war die Sache nun auch wieder nicht. Er rief Odd Einar Olsen an und hinterließ eine Meldung auf dem Anrufbeantworter, dass er gern über ein mögliches Projekt mit ihm sprechen würde, und sofort bereute er, sich so ausgedrückt zu haben, ein »mögliches Projekt«, wenn er doch »Projekt«

gemeint hatte, aber zum Glück geriet er nicht in die Versuchung, den jungen Verleger noch einmal anzurufen, den kleinen Narren! Dann lieber Henrik Vasser, um ihm zu sagen, aus dem Interview könne nichts werden, oder zum Beispiel um sich für das gemeine Gerede über Guggenvasser in der vergangenen Nacht zu entschuldigen, der Arme und so weiter, aber auch Henrik Vasser ging nicht ans Telefon, und Gedde dachte, das hätte mal zu meiner Zeit passieren sollen!

War Erkenbod Effert jetzt wohl zu seinen heimischen Jagdgründen zurückgekehrt? Er zwang sich zu einem gemäßigten Interesse an dieser Frage, wohl vor allem deshalb, weil er jetzt mehr als nur ahnte, dass er vielleicht einen kleinen Ausflug an die frische Luft unternehmen würde, er kannte diese Anfälle von Unruhe und Rastlosigkeit schon, sie kamen und gingen in regelmäßigen Abständen, sie ließen sich kurieren, neutralisieren, durch zwei Stunden Schlendern, planloses Herumlaufen, ob er sich nun auf dem Dorf befand oder wie jetzt in einer großen Stadt, und dann fiel ihm ein, er könnte bei Hiltraut Effert hereinschauen, da er doch die Wohnung durch die Haupteingangstür verlassen wollte, die er einfach hinter sich zufallen lassen könnte, und dann könnte er ja bei seiner Rückkehr die Hintertreppe hochschleichen, aber so spät an ihre Hintertür zu klopfen, würde ein falsches Signal aussenden, und als er dann die Wohnung verließ und sah, dass es schon nach halb zwölf war, gab er die Idee, sie durch die Vordertür anzusprechen, doch auf, es war ganz einfach zu spät, aber dennoch nahm er die Treppe und nicht den Fahrstuhl, denn es war doch denkbar, dass sie durch den Türspalt lugte und auf seine oder andere Schritte eben auf der Treppe wartete. Was sich schließlich als falsche Annahme entpuppte. Die Tür war fest verschlossen, er drückte die Klinke hinunter, aber die Tür blieb zu, sie ließ sich nicht bewegen, doch als er die Klinke losließ, ging ihm auf, dass sie doch gewartet hatte, gehört, wie er ein Stock höher die Wohnung verließ, während sie im Dunkeln stand und ihn kommen hörte, denn jetzt erreichte abermals dieser seltsame Dialekt oder Sprachfehler seine Gehörgänge.

Es kam zwischen den beiden zu einem kurzen sinnlosen Gespräch, bei dem er vor allem für die Sache mit der hinuntergedrückten Klinke um Entschuldigung bat, dafür, das er nicht geklingelt oder geklopft hatte, während sie, verängstigt und wütend, erklärte, welche Angst sie gehabt habe, wo sie doch in der großen Wohnung allein war, und da konnte er sie überreden, die Tür einen Spaltbreit und mit vorgelegter Sicherheitskette zu öffnen, und sah, dass sie geweint hatte.

Ja, sie habe die Polizei informiert, konnte sie berichten. Mit deren Besuch müsse er nun rechnen.

Dazu sagte Claes Otto nichts, denn es war natürlich ganz unvorstellbar, dass die Polizei in Berlin sich mit einer solchen Lappalie beschäftigen könnte, die hatten doch Hände und Kopf voll mit russischer, ukrainischer, polnischer und tschechischer Mafia, vergewaltigten und weggeworfenen Säuglingen, Neonazis und alleinstehenden Psychopathen zu tun, so dass ein verschwundener Mann im besten Alter, noch dazu Zahnarzt und vermutlich einigermaßen zurechnungsfähig, die allergeringste Priorität genießen, ja, sich sogar im Schatten von Fahrraddieben und Parksündern wiederfinden würde, zumindest bis zu dem Augenblick, in dem der Kopf des nämlichen Zahnarztes auf einem Pfahl in der Gedächtniskirche gefunden würde, und zwar mit einem abgeschnittenen Penis im Mund.

Deshalb bat er ein weiteres Mal demütig um Entschuldigung, ehe er die Treppe hinunterlief, während er sie weiter mit Beteuerungen seiner Umgänglichkeit und seines aufrichtigen Mitgefühls überschüttete. Auf der Straße angekommen, blieb er stehen und steckte sich eine Zigarette an, während er sich fragte, ob es möglich wäre, dieses Erlebnis in ein alternatives Kochbuch aus dem alten Preußen und Vorpommern einzuschreiben, es war keine schlechte Idee, da es ja immer schwieriger wurde, gerade einem solchen Buchprojekt einen originellen Dreh zu verpassen, ein Irrenhaus von Kochbuch, dachte Gedde, er selbst umgeben von labilen Persönlichkeiten, er könnte sogar die Lage des Hauses an den Checkpoint Charlie herandichten, dann würde er vielleicht noch zwei weitere Leser schnappen, jedenfalls würde ein solcher Schachzug die Arbeit noch lustbetonter machen, ja, sie an die Grenze zum Roman heranführen, eine Herausforderung, der er bisher ausgewichen war.

Im *Fisch* war kein Mensch. Genauer gesagt, der *Fisch* war vollbesetzt, aber nicht von Norwegern, jedenfalls nicht von Norwegern, die er kannte, kein Henrik Vasser, kein Gus Lunde, nein, überhaupt keine Norweger, denn nach all diesen Jahren im Rampenlicht (wenn auch in einem Licht mit ständig wechselnder Stärke), hatte Gedde sich an die erstaunten Blicke anderer Norweger gewöhnt, ist das nicht Gedde, meine Güte, das ist ja wirklich Gedde, oh, da kommt Gedde, aber hier drinnen traf er nur auf die Ignoranz und Arroganz, für die die Berliner ja bekannt sind, und das, obwohl es im Laufe der letzten Jahre nicht an Aufträgen von deutschen Medien gefehlt hatte, aber im Grunde war es eine Erleichterung, und er setzte sich auf einen freien Hocker am Tresen, auch wenn der Spaziergang, den er sich vorgespiegelt hatte, eine frische Tour von einer Stunde oder zweien, jetzt zu fünf, sechs Minuten eiligen Ganges reduziert worden war, Durst hatte er jedenfalls bekommen, und deshalb bestellte er ein großes Glas Mineralwasser und einen einfachen Wodka.

Nein, es war nicht so, wie er sich das vorgestellt hatte, nicht wie geplant, dachte er weiter, so war nun einmal der Weg durch das Leben angelegt, gepflastert mit Zufällen, plötzlichen Kurven, steilen Hängen und baufälligen Brücken, er hatte jetzt eine Strecke mit schlechtem Schotter erreicht, es ging ein wenig holterdiepolter, aber daran war er trotz allem gewöhnt, und immerhin hatte er doch diesen überraschenden Fund am Wegesrand gemacht, die Idee eines alternativen Kochbuches, mit der er sich hier und jetzt amüsieren konnte, das war gar nicht schlecht und überhaupt nicht unangenehm. Ein Einfall, der durchaus einige Hundert Riesen wert sein könnte, und dann würde er vielleicht erleben, dass die Räder sich noch zwei Jahre drehten. Es gab da draußen auch noch andere als Odd Einar Olsen. Viele andere. Und zugleich, ausnahmsweise einmal allein bei einem Glas oder zweien zu sitzen, nur in sich selbst zu ruhen, es gab zahllose Arten, einsam zu sein, und diese war trotz allem eine Luxusvariante, denn er wusste ja genau, wo Vasser und Lunde sich aufhielten, es war kaum anders als früher, wenn die

Lichter im *Fisch* heruntergebrannt waren, zog man weiter in die *Dicke Wirtin*, das war eine Art Naturgesetz, so wie man in alten Tagen in Oslo im Künstlerhaus gesessen hatte, um dann seine Überreste zum *Lorry* weiterzuschleppen, wenn die Zeit gekommen war, und dann vielleicht in eine Wohnung, auf ein Fest, zu einer Frau, und warum musste der alte Stahlnacken so hart sein, so unversöhnlich und bockig, bis tief in Altertum und Verfall hinein, diese verdammte alte schwedische Kuh, nein verzeih mir, blicke lieber in Gnaden auf mich herab, denn jetzt steckte man bis zum Hals in der Sentimentalität des Branntweins, das sah ihm überhaupt nicht ähnlich. Also lieber ein frisches Bier, das killt dazu den Schluckauf, der im Grunde ja auch nur eine Zehntelsekunde Schluchzen ist, eine ganze Serie, er würde Adele Lusthoff anrufen, dachte er jetzt. Ein wenig später, natürlich bis auf weiteres spielte er für die Serviererin den Clown, die ihn sehr bald mit Namen anredete, es hieß »Jetzt mach aber mal 'nen Punkt, Gedde«, und ähnliche Rückmeldungen erfolgten auf seine forschen Ausfälle, übertriebene Geschichten und blanke Lügen, das machte ihm Mut, das gefiel ihm, und am Tresen wollten noch andere mitspielen, das Ganze war vollkommen harmlos, es wurde durchaus geschmunzelt, vieles von dem, was gesagt wurde, war wirklich haarscharf am Rand, ein freundlicher verbaler Boxkampf zwischen Vertretern der beiden Geschlechter, aber zugleich mit dem Ernst, der in diesen Dingen immer zugrunde lag, die unbefriedigte Begierde und Sehnsucht der Männer und die totale Überlegenheit der Frauen, das alte vertraute Spiel, er träumte seinen ganzen Kopf zwischen die weichen Brüste der Bierzapferin, während er ihrem heiseren Lachen zuhörte, und jetzt kam es an den Tag, dass die unverschämten Lügen von Henrik Vasser und Gus Lunde ihrem Wissen um seine Identität zugrunde lagen. Es war angedeutet worden, dass er nach seinem letzten Besuch hier nach Hause getorkelt war, vor allem gefiel vielen die Tatsache, dass er auf der Herrentoilette der Kneipe gevögelt hatte. Einige Stammgäste glaubten sogar, sich zu erinnern, wer die bewusstlose Frau gewesen war, sie kannten ihren Vornamen, es war Gerda, was Gedde ja nicht viel sagte, er konnte sich nicht einmal erinnern, ob sie sich einander vorgestellt hatten, was ihn nun verlegen machte, aber auch erregte, er begriff, dass er Adele Lusthoff wirklich irgendwann anrufen würde, vermutlich im Laufe der Nacht.

SENIORENSEX

Die aber auch nicht ans Telefon ging, als er etwas später – noch immer arg im Zweifel, ob er das auch wirklich wollte – ihre Nummer wählte, und als er auf den Anrufbeantworter umgeschaltet wurde, legte er auf, nicht wenig erleichtert, es wäre einfach ganz falsch, in dieser Nacht Kontakt zu Adele Lusthoff aufzunehmen, das begriff er jetzt, ausnahmsweise einmal rechtzeitig, er hätte sich blamiert, auch wenn es vielleicht keine besondere Rolle für eine Frau gespielt hätte, die ein langes Leben hindurch eben von Männern gelebt hatte, die sich blamierten, die mit ihren geheimen, mehr oder weniger kranken Wünschen und Phantasien gekrochen kamen. Er war müde, merkte er, erschöpft nach dem vielen Bier, es war nur gut, dass sie nicht ans Telefon gegangen war, da er es aller Wahrscheinlichkeit nach doch nicht gebracht hätte, er hätte die Sache nicht zu Ende bringen können, Geld aus dem Fenster und ein harter Schlag für die Selbstachtung, quälende Fragen, lag es am Alkohol oder am Alter? Solche Dinge. Denen er sich jetzt also nicht zu stellen brauchte. Und deshalb wurde es plötzlich ungeheuer attraktiv, hier in der *Dicken* zu sitzen, statt mit der Dicken zu schlafen, hier in der *Dicken* zu sitzen und mit dem Bier zu schlabbern, träge, bald mit der richtigen Bettschwere, für das Einzelbett, allein in Margot Breiviks Nachlass, ein wenig geil war er ja, aber damit wurde er doch noch fertig, er wollte nach Hause gehen und die Sache ganz schnell hinter sich bringen. Er zog die Brieftasche hervor und wollte dem Tresenmann winken, aber da sah er Henrik Vasser zur Tür hereinkommen, ganz allein zur Tür hereinkommen, er sah, wie Henrik Vassers Gesicht sich erhellte, als er ihn entdeckte, was Gedde die Brieftasche durch die Luft schwenken ließ, als Zeichen dafür, dass er eine Runde oder zwei ausgeben wollte, das hätte er wohl kaum getan, wenn Vasser mit Lunde vom NRK zusammen gewesen wäre, aber da Vasser nun allein kam, war die Sache anders, er wusste noch, wie sehr er sich als junger Mann nach Gesellschaft gesehnt hatte, als junger Journalist, und erinnerte sich an das süße Gefühl, von älteren Kollegen aufgenommen, willkommen geheißen zu werden, ob er nun unterwegs gewesen war oder zu Hause, die Anerkennung, die darin lag, dass ein älterer Journalist ihn mit der Hand oder wie jetzt mit der Brieftasche zu sich winkte.

Henrik Vasser kam geradewegs von einem Essen der norwegischen Botschaft in Berlin, einem Arbeitsessen, zu dem das Kulturkomitee des norwegischen Parlaments eine Handvoll norwegischer Künstler bestellt hatte, die in der Metropole wohnten, Maler, Opernsänger, Schauspieler und Tänzer, um zu hören, wo der Schuh drückte, falls er denn drückte, eine freundliche Geste, wie sie beide fanden, auch wenn bei einer solchen Veranstaltung vielleicht nicht viel mehr heraussprang als eben gutes Essen und Wein, geselliges Zusammensein, Vasser war kurz zu Hause gewesen und hatte einige Zeilen losgeschickt, vermutlich vergebens, aber *what the shit*.

Und er selbst? Gedde?

Ach ja, da sei die Auswahl groß, ja, das sei sie. Da war er nun unten in Belgien gewesen, ganz zu schweigen von Frankfurt noch vor kurzem, und hatte sich eine lange Nacht, eine mehrere Monate lange Winternacht in Berlin erträumt, aber als er sich erst einmal häuslich niedergelassen hatte, sich festgesetzt, ja, da wuchs ja nicht gerade Gras auf der Tastatur. Er arbeite an einem neuen Kochbuch, diesmal handele es sich um die alte preußische Küche, und das fast in Romanform.

Stark!

Tja. Er sei jedenfalls über einige Charaktere gestolpert, die durch ihr Aussehen und ihr Verhalten nach einem Platz im Text geradezu schrien. Gedde lieferte nun eine vage Skizze des kleinen Spielers, der jeden Tag im Rubbellos sein Glück suchte, auf dem Kneipenboden äffte er den Gang des Hausmeisters und danach die drohende Haltung der Mutter nach, als er sie zum ersten Mal im Treppenhaus der Knesebeckstraße 85 erblickt hatte, danach schilderte er den Riesen, den er betrunken auf der Hintertreppe gefunden hatte, und die Schwester mit dem faszinierenden Dialekt oder Sprachfehler, vielleicht beides. Wenn diese und noch andere ihre Lieblingsrezepte anbrächten … Na ja, es sei ja nur zur Unterhaltung. Ein bisschen Spaß muss sein. An eher seriösen Projekten könne er ein Filmdrehbuch anführen.

Ach?

Ja, eine Auftragsarbeit von RTL. Er habe ansonsten ziemlich viel an dieses mögliche Porträtinterview gleich vor Weihnachten gedacht. Das werde sich natürlich machen lassen. Nicht, dass er irgendwelche Vorschläge machen wollte, aber wenn man nun, statt nur die Vergangenheit wiederzukäuen, ein wenig in die Zukunft blickte? Er habe ja noch nicht vor, sich so ganz bald aufs Sterbebett sinken zu lassen.

Natürlich! Nun stellte sich heraus, dass Henrik Vasser schon ganz von selbst auf diesen Gedanken gekommen war, aber (»das sage ich ganz offen, Gedde«), es gebe natürlich zwei Episoden, zwei »fette Drops« aus der Vergangenheit, an denen kein Weg vorbeiführe, wenn nun Bilanz gezogen werden sollte. Geddes sechzig Jahre auf Erden, ja, das müsse er doch am besten begreifen, er als Journalist.

Doch, das sei wohl so, dachte Gedde und sagte es auch, aber was er nicht sagte, war, dass er sich einfach nicht daran erinnern konnte, warum er sich im NRK entblößt hatte, an jenem Dezemberabend des Jahres 1978, und das vor den prominenten Studiogästen. Er hatte einen seiner gefrorenen Momente gehabt und erst begriffen, was geschehen war, als er den Hosenschlitz wieder zuknöpfte und sich im Moderatorensessel zurücksinken ließ, während er der erschlagenden Stille lauschte, die in der Zwischenzeit entstanden war.

Und obwohl Gedde ja wusste, dass der andere jetzt nach Information über just dieses Ereignis dürstete, dieses und eines anderen, von denen jedes auf seine Weise da oben in dem kleinen Land unterhalb des Nordpols Fernsehgeschichte geschrieben hatte, beließ er es bei dieser ein wenig vagen Mitteilung, dass es »wohl so« sei. Ein Signal, dass er begriffen habe, worauf Henrik Vasser anspielte.

Nun gut. Sie hätten ja Zeit genug, weiter darüber nachzudenken, meinte Vasser. Noch ein Stück Zeit bis Weihnachten.

Wie wahr. Andererseits ließe sich ja vieles sagen, ja, vielleicht sogar schreiben, über dieses und jenes, das in den Rahmen eines Porträtinterviews nicht unbedingt seinen natürlichen Platz finden würde.

Zum Beispiel?

Gedde bedeutete Henrik Vasser, dass er in einer Situation wie dieser nicht ohne weiteres seine besten Karten ausspielen würde, während der Vorbereitungen zu einem schlichten Interview, die Leckerbissen, das gab er dem anderen zu verstehen, die »fetten Drops«, die er vielleicht doch besser mit ins Grab nehmen sollte.

Ob er denn noch nie auf die Idee gekommen sei, eine Autobiographie zu schreiben?

Es sei schon möglich, dass er ab und zu vage mit diesem Gedanken gespielt habe. Aber …

Und da ließ er die Idee hängen, während sie beide sich an deren Bearbeitung machten, jeder auf seine Weise, sie halfen einander, das Gespräch auf ganz andere Themen zu bringen. Die dennoch die Gemeinsamkeit hatten, dass sie alle mit Claes Otto Geddes Leben und Wirken auf Erden in sechzig Jahren zu tun hatten. Essen. Wein. Reisen und Reportagen. Frauen, Kunst und Kultur.

Als sich gegen Morgen ihre Wege trennten, geschah das nach der festen Verabredung, in Zukunft in engem Kontakt zu bleiben.

Und natürlich war die Hintertreppe seit der letzten Nacht nicht weniger steil geworden, jetzt aber mit dem großen Unterschied, dass Gedde sie in fast nüchternem Zustand in Angriff nahm, müde und bettreif, zugleich aber klar, und mit Fragmenten einer irritierenden Schlagermelodie im Kopf, eine kleine Pfeifübung, leise, fast nicht zu hören, um nicht zu stören, um niemanden zu wecken, aber als er die Wohnung aufschloss, duftete die nicht mehr nach Margot Breiviks irdischen Gewohnheiten, sondern nach verbranntem Schwein, angesengtem Speck, was Gedde wütend machte, als er, fast nüchtern, wie er war, den Zusammenhang sofort verstand, und richtig – im Mädchenzimmer, der »Kammer« hinter der Küche, (wo die qualmende Bratpfanne noch immer auf der Platte stand), fand er Zahnarzt Erkenbod Effert in dem schmalen Gästebett, vollständig unberührt und vertieft in Patrick Whites *Vivisektor*, seine fast zusammengewachsenen Augenbrauen über dem Buchrücken, das Buch auf der Affenbrust, nackt auf der Decke, mit gespreizten Zehen, offenbar eine Form des Wohlseins, und es war gerade dieses mögliche Wohlsein, das Katzenweiche und ein wenig Arrogante der Art, in der Erkenbod Effert dort lag, die Claes Gedde schreien ließ, jetzt reiche es aber, jetzt müsse es aber reichen!

Was den Mann auf dem schmalen Bett nicht sonderlich zu beeindrucken schien, eher war das Gegenteil der Fall, ein Grunzen, ein gleichgültiges »Gnuff«, ehe er eine neue Seite aufschlug, er suchte nicht einmal Blickkontakt, hatte keinerlei Hemmungen, was seine eigene Nacktheit und seine unerwünschte Anwesenheit anging, und wieder dachte Claes Otto Gedde, dass ihm auf diese Weise seine eigene Einsamkeit genommen werden sollte, denn es ließ sich ja nicht leugnen, dass er selbst sich nahm, was er wollte, und dass auch er an dieser Adresse unerwünscht war, was Axel Bluhm schließlich deutlich zum Ausdruck gebracht hatte. In diesem Moment klingelte das Telefon, und er sah auf dem Display, dass da Adele Lusthoff anrief, und er zog sich in die Küche zurück, nachdem er an den lesenden Mann noch einen scharfen Protest losgelassen hatte, auch wenn er im tiefsten Herzen wusste, dass das nichts nützte, dass Erkenbod Effert eine Weile bleiben würde, so unwirklich diese Vorstellung auch wirkte, aber als er Adele Lusthoff am Apparat hatte, ihre rauchige Wüstenstimme hörte, ihr Räuspern und ihre Raucherlunge, kam er auf andere Gedanken, denn sie hatte sich ausgesperrt und war außerdem gleich in der Nähe, in einer Kneipe in der Kantstraße, wo er sei, habe er ein Hotelzimmer für diese Nacht?

Es hätte nichts gebracht, zu behaupten, er sei nicht in Berlin. Es hätte nichts gebracht, zu behaupten, er habe sich unter einer Spreebrücke installiert, jetzt galt es die Wahrheit oder die Verleugnung einer alten Freundschaft auszusprechen, und er schämte sich, weil er überhaupt diese Lüge als einen möglichen Ausweg hatte sehen können, da Adele ihm in allen möglichen Situationen geholfen hatte, und das in einigen Fällen sogar, ohne dafür eine Bezahlung zu nehmen. Und deshalb sagte er die Wahrheit, nämlich, dass er in Margot Breiviks Nachlass hause und dass sie natürlich herzlich willkommen sei, wohlgemerkt, falls sie allein käme, er sei so müde nach Tagen und Nächten voller Arbeit, dass er keinerlei Festivitäten ertragen könne, was sie ein wenig verstimmte, natürlich werde sie allein kommen, was er sich denn einbilde?

Ja, was er sich denn einbildete, dachte er, als er ins Wohnzimmer schwankte und sich in Margot Breiviks alten Ohrensessel sinken ließ, was bildete er sich eigentlich ein? Dass sie mit zwei anderen Nutten desselben Jahrgangs wie sie selbst angetorkelt kommen würde, oder schlimmer noch – mit zwei sturzbesoffenen Freiern? Ja, zumindest etwas Ähnliches hatte er befürchtet, genauer gesagt, Grund zu fürchten gehabt, da er sich nicht vorstellen konnte, dass sie um diese Tageszeit allein in der Kneipe saß, aber dann schämte er sich wieder, da sie doch eigentlich immer Wort gehalten hatte, er war der Treulose, der Unzuverlässige und so weiter in solchen Bahnen, während er merkte, dass der Schlaf in kurzen Stößen kam und ging, Schlaf, wach, Schlaf, wach, er sah sich selbst auf dem Diwan vor dem Fenster liegen, sah sich mit Margot Breiviks Augen. So wie sie in der Nacht vor so vielen Jahren in diesem Sessel gesessen und ihm zugehört hatte, vor zehn, fünfzehn Jahren, während er auf dem Diwan lag und jammerte, er wimmerte, weil er seit einer Ewigkeit keinen Sex gehabt hatte, hatte sie nicht, kannte sie nicht, hatte sie keine Bekannte, die vielleicht bereit wäre, und sie, Margot Breivik, sagte, das schon, aber für Geld, umsonst gibt es nichts, was auf ihn damals ein wenig befremdlich gewirkt hatte, vor allem vielleicht, weil Margot Breivik diesen Vorschlag von käuflichem Sex machte, er hatte geglaubt, dass solche Dinge in andere Welten gehörten als in ihre, so dumm war er gewesen, dachte er jetzt, dass er nicht einmal begriffen hatte, dass gerade das Margot Breiviks Stärke war, dass sie sich so unbeschwert zwischen den verschiedenen Welten hin und her bewegte, so wie sie im Leben und Wirken unterschiedlicher Menschen zum Ausdruck kamen. Und als sie dann ihre Freundin die Hure anrief, die wahre Großhure Berlins, und nicht nur einfach einen Termin für ihn bestellte, sondern gegen einen Aufpreis von zwanzig Mark und Taxikosten einen sofortigen Hausbesuch abmachte, waren Verwunderung und Verlegenheit gewachsen, aber auch seine sexuelle Erwartung, denn als sie dann endlich kam …

Da war er offenbar eingeschlafen, denn als es an der Tür klingelte, war es nach halb sechs, und er fühlte sich angeregt und zu allem Möglichen bereit, jetzt war dieser unerwartete Besuch auf einmal erwünscht, selbstverständlich, bereit und geil lief er in die Diele und drückte auf Grün, um sie dort unten einzulassen. Und als er kurz darauf die Tür einen Spaltbreit öffnete und dort stand und auf den Fahrstuhl lauschte, der sich nach oben schepperte, spürte er die Erektion in seiner Hose wachsen, pochend und zitternd, so wie er das schon lange nicht mehr erlebt hatte. Als sie endlich nach all der Zeit, die sie getrennt hatte, dastand, mehrere Jahre, rechnete er sich aus, legte er den Kopf gegen ihre Büste, während er sich seufzen und Dinge sagen hörte, mit denen er eigentlich fertig zu sein geglaubt hatte, seit der Mitte seiner zwanziger Jahre, nun war er bald sechzig, dachte er, geil und sterbend.

Und als sie später, sehr kurze Zeit später, mit Wein und Gläsern auf dem Nachttisch, anfingen, einander auszuziehen, ruhig und methodisch, machte er weiter mit dieser sinnlosen Mischung aus Romantik und Fotzengerede, während sie lachte und sagte, aber, aber, Tantes Jungchen, und er wurde gerührt und sentimental, weil sie sich nach all der Zeit an seinen Wunsch erinnerte, nach all den Tausenden von Freierkörpern, die sie seit ihrem letzten Zusammensein hatte bedienen müssen, jetzt war er wieder Tantes Jungchen, jetzt öffnete er Tante Adeles Büstenhalter und sah, wie ihre blauweißen Brüste auf ihre drei Bäuche fielen, auf einen nach dem anderen, eins, zwei, und der dritte, der das Geschlecht verbarg, die Möse, von der er wusste, dass sie glatt wie die eines Kindes sein würde, nicht, weil sie sich rasierte und auf diese Weise der herrschenden Mode folgte, sondern weil das Alter, die Jahre, ein Haar nach dem anderen getilgt hatten, mit Wurzel und allem.

Er setzte sich auf die Bettkante. Er presste sich gegen sie und sah seinen harten, fordernden Schwanz, der unter dem weißen Bauch hervorragte, aber nur für eine kurze Sekunde, denn sie zog die Brüste beiseite und ließ ihn ein, knetete sein Fleisch mit ihrem Fleisch. Sie ertrinkt in ihrem eigenen Fleisch, dachte er, aber dann ließ sie ihn wieder an die Oberfläche, er sah, wie der rote Kopf sich den Spalt zwischen den wogenden Brüsten hochkämpfte, wieder und wieder kämpfte sich der ertrinkende Seemann an die Oberfläche, und jedes Mal senkte sie ihre Lippen und die glatte Zunge über ihn, ehe sie ihn wieder in die Tiefe zog, und die ganze Zeit stand er da und streichelte ihre grauen Haare, die an den Schläfen jetzt ganz weiß waren.

Danach setzte sie sich auf ihn, wie konnte sie sich an alles erinnern, daran, dass er wollte, dass sie sich auf seine Brust setzte, so dass er im Liegen zu ihrem runden Gesicht aufblicken konnte, zum Bogen der Wangen über den riesigen hängenden Brüsten, die über einen Bauch und noch einen flossen, wenn sie sich vorbeugte und sich von ihm unter dem dritten lecken ließ, während er sich an ihre Hinterbacken klammerte. Wie war es möglich, das in ihrem Gedächtnis zu behalten? Dass er es sich so wünschte? Zuerst? Und er erinnerte sich an das erste Mal, als er mit ihrem ein wenig metallischen Geschmack auf der Zuge dagelegen hatte, feucht im Gesicht und außer Atem, nicht in diesem Bett, sondern im Bett im Gästezimmer, er hatte dort drinnen gelegen und geleckt, gepocht und gewogt, die ganze Zeit mit der Gewissheit, dass Margot Breivik auf irgendeine Weise alles beobachtete, alles sah, was im gelben Licht der Nachttischlampe geschah, seine Lüste studierte, wie sie sonst die Hochzeitsrituale, das Alltagsleben und die Begräbnisrituale fremder Völker studierte; dass er jetzt selbst unter der Lupe lag, das hatte er in dem Moment begriffen, in dem Adele Lusthoff damals das Wohnzimmer betreten hatte, der Blick zwischen den beiden Frauen hatte etwas Verständnisinniges gehabt, aber erst jetzt, als Tante Adele schwer und zögernd die Stellung änderte, so dass er in ihre Hinterpartie schauen konnte, während sie anfing, ihm einen zu blasen, begriff er, dass er nicht der einzige gewesen war, sondern eine Nummer in einer möglicherweise langen Reihe, dass er aller Wahrscheinlichkeit nach ein Teil von einem von Margot Breiviks vielen und seltsamen Projekten gewesen war, die allesamt die Gemeinsamkeit hatten, dass sie derselben Margot Breivik noch weiteren Einblick in das Tun und Lassen der Menschen auf Erden verschafften, und als diese Erkenntnis erst getroffen war, ging ihm auf, dass sie Erkenbod Effert nicht in ihr eigenes Bett gezogen hatte, sondern ins Gästebett, und dass er sich auch nicht an ihrem Körper hatte verlustieren dürfen, sondern eher – ja, es war überhaupt nicht schwer, sich vorzustellen, dass der hochgewachsene Zahnarzt so gelegen haben konnte, wie er jetzt lag, und zu seinem Schrecken merkte er, dass Adele Lusthoffs Oberschenkel zitterten wie in einem einsetzenden Krampf, als sie da über ihm kniete, erfüllte ihn eine tiefe Zuneigung zu ihr, eine Dankbarkeit dafür, was sie mit ihm machte, die Zunge, die sie träge rotieren ließ, die Lippen, die nasse Mundhöhle, und die eine Hand, die vorsichtig seine Eier fasste, und so alt wie sie war, eine Institution, eine Legende, an die siebzig, ging ihm auf, jetzt zitterten ihre Oberschenkel, und ihm war absolut klar, dass das nicht von der Arbeit kam, die er selbst an ihr ausführte, seine eigene Zunge in ihrer roten Muschel, die Bataillone von Männern aus allen sozialen Schichten und allen Konfessionen, Rassen und Stämmen aufgenommen hatte, eine lebenslange Expedition in den dampfenden Dschungel des anderen Geschlechtes, aus Begierde und Sehnsucht, nein, es war gewisslich nicht seine eigene Zunge, die auch nur einen winzigen Orgasmus in ihr hervorlocken konnte, sondern das Alter, der Verfall, der sie beben ließ, und er schob sie vorsichtig auf die Seite, versuchte, sie auf die Decke zu legen, aber ehe sie so weit gekommen war, schlief sie ein und sein Schwanz glitt aus ihrem Mund, mit einem feuchten kleinen Schwupp, und da lag er dann, begraben und gefangen unter den vielen zitternden Bäuchen, den Brüsten, den Oberschenkeln und dem Hintern, und er kämpfte sich vorsichtig unter allem heraus, dann schmiegte er sich an ihren Rücken und drang vorsichtig von hinten in sie ein, während er ihrem leisen Schnarchen lauschte und an die Buchmesse in Frankfurt und Sara Mollberga-Stålnacke denken musste, die kleine Schwedin, die sich so zierte, und er wünschte, sie könnte ihn hier jetzt sehen, schwer zu sagen, warum, aber so dachte er, jetzt hätte der Stahlnacken ihn sehen müssen, und als ihm das aufging, kam er sich sofort vor wie ein Idiot.

DU IDIOT!

Um kurz nach zwölf stand er auf. Adele Lusthoff schlief noch mit offenem Mund, und er stopfte die Decke vorsichtig um sie fest, ehe er sein Hemd anzog, nur das Hemd, und in die Küche ging, am Vortag hatte er die Zentralheizung in den großen Zimmern hochgedreht, es war angenehm warm in der Wohnung, genauso hatte er sich seine lange Nacht in Berlin vorgestellt, nur er selbst in Margot Breiviks Wohnung, vielleicht mit vorgeschlagenen Fensterblenden, dunkel rund um die Uhr, eine einzige lange Nacht, ins Bett und aus dem Bett, wie es sich gerade ergab, lesen und schlafen, träumen, sich an sein Leben erinnern, nur unterbrochen von einem seltenen Abstecher in die Stadt, ein oder zwei Glas in einer Eckkneipe, nicht im *Fisch*, auf keinen Fall im *Fisch*, dort musste er doch damit rechnen, auf Bekannte zu stoßen, vielleicht sogar auf norwegische Journalisten, aber dann war es gekommen, wie es eben gekommen war, eins hatte das andere ergeben, und hier lief er jetzt mit nacktem Hintern herum und stank nach Sex, steckte schon in allerlei Projekten fest, diesem und jenem, eins blöder und sinnloser als das andere, Kochbuch aus dem alten Preußen, ein möglicher Kurzfilm, und das blödeste von allem war (du Idiot), dass er in der vergangenen Nacht in der *Dicken* gestanden und Henrik Vasser fast angefleht hatte, eine Biographie über ihn zu schreiben, ein mögliches Porträtinterview zu einem ganzen Buch zu erweitern, und das, obwohl er dort unten in Frankfurt umherstolziert war und nicht ein einziger Mensch aus der Branche auch nur eine Andeutung in diese Richtung hatte fallenlassen, obwohl der Teil der norwegischen Verlagsmitarbeiter, der als erwachsen und klar im Kopf gelten kann, doch wissen müsste, dass er zu Weihnachten seinen sechzigsten begehen würde. Er erinnerte sich an Sindre Guldvogs boshaftes Lächeln in der Hotelrezeption, und an William Nygaards »Ach was«, als jener in der Gegenrichtung auf dem Laufband an ihm vorbeigeglitten war, alles so weit von einem Vertragsangebot entfernt wie überhaupt nur möglich, es war nicht unwahrscheinlich, dass sich die beiden alten Feinde, ja, vielleicht sogar zusammen mit den beiden anderen jungen Gockeln, Cappelens Heger und Gyldendals Geir Mork, über einem versöhnenden Glas treffen würden, wenn sich in Oslo das Gerücht verbreitete, dass Gedde, Claes Otto Gedde, das Netz ausgeworfen hatte, um sein Leben zwischen zwei Einbanddeckel zu klemmen, und gemeinsam darüber lachten. Enttäuscht und wütend darüber, wie diese Idee erschien, jetzt mit an die null Promille, riss er die

Kühlschranktür auf, und im selben Moment hörte er Erkenbod Effert in der Mädchenkammer husten, er hatte ihn bisher vergessen, verdrängt, und Gedde lief rasch zurück ins Schlafzimmer, wo er die Hose überstreifte und das Mobiltelefon vom Nachttisch riss. Er wollte sofort Henrik Vasser anrufen und ihm mitteilen, er habe sich eines anderen und Besseren besonnen, es werde weder Porträtinterview noch Biographie geben, höchstens einen Erinnerungsband, und diesen Braten würde er verdammt noch mal selbst zubereiten, aber ehe er die Nummer von Guggenvassers Sohn gefunden hatte, klingelte es an der Tür, und im selben Moment stach Gott ihm den Degen in die Brust.

Ja, eine kurze Sekunde, oder ein Stück Zeit, ein wenig neben der Zeit, wie sie normalerweise erlebt wird, ein überwältigender Schmerz außerdem, und später dachte er, er müsse sich auf die Großhure gesetzt haben, auf ihrem Rücken in sich zusammengesackt sein, oder hatte er selbst so geschrien? Hatten sie gemeinsam geschrien, wie er es sich im tiefsten Herzen bei allen diesen Malen erhofft hatte, wenn sie sich selbst ausgeschöpft, oder zumindest gestattet hatte, dass er mit seiner Brieftasche den Kahn ausschöpfte, denn sie hatten die Verabredung: kein Schauspiel, sie sollte nicht so tun als ob, und natürlich kam es ihr unter solchen Umständen nicht, sie hätte auch ein Kreuzworträtsel lösen können, während sie mit ihm beschäftigt war, das hatte sie ihm später gestanden, nachdem sie Freunde geworden waren. Der Schmerz war von kurzer Dauer, von so kurzer, dass er dachte, das hier sei vielleicht der Tod, er war schon einmal im Vorzimmer gewesen, er erkannte die tiefe Ruhe, die Betäubung von damals, als er mit einem Fotografen von der AP zusammengesessen hatte, sie hatten in einem Auto auf einem Bahnübergang bei Sarajewo festgesessen und gesehen, wie der Zug auf sie zugedonnert kam, sie hatten den überwältigenden Lärm von tausend Tonnen Stahl gehört, die auf sie zugekeucht kamen, nachdem der Automotor verstummt war, und sie saßen dort mitten auf dem Übergang wie eine winzigkleine Fußnote in all dem Elend, das sie durchreist hatten, Massengräber und bis zum Rand mit Leichen gefüllte Pferche, und jetzt waren sie an der Reihe, es war ihm richtig vorgekommen, recht und billig, in gewisser Weise gerecht. Keine Angst. Nur diese morphiumhafte Wärme, die den Körper durchströmte, das Gehirn, und kurze scharfe Bilder aus der Kindheit, seine Füße bis zu den Zehen im Sand, fliehende Flundern in der Untiefe, ein blauer Ball, der in der Dachrinne festsaß, die Mädchen unter der Dusche und der plötzliche Zugriff des Hausmeisters am Schlafittchen. Es hatte nach Flieder geduftet wie zu Hause in Frogner im Hinterhof.

Jetzt öffnete sich die Decke, und er wusste, er war in Åmotsdal, als er den hohen Herbsthimmel über sich sah, und er empfand dieselbe Erleichterung wie später in Sarajewo, dieses Gefühl, um Haaresbreite davongekommen zu sein, er war im Berg gewesen und wusste, dass er das niemandem jemals erzählen könnte, er könnte es vielleicht einer Katze zuflüstern, aber nicht den Tanten, keinem Menschen, er hatte die Farbe des Berges von innen gesehen, Kupfer, Kobalt und Gold, er war lange dort drinnen gewesen, sie hatten vierundzwanzig Stunden lang nach ihm gesucht, und als sie ihn endlich fanden, blieb er eine Woche lang stumm, als er die Sprache wiederfand, log er. Eine erste, grundlegende Lüge. Es war leicht gewesen, da sie die Wahrheit nicht einmal ahnen konnten.

Erkenbod war gewaltig, wie der Riese im Berg damals gewesen war, enorm bedrohlich und gleichzeitig freundlich, und irgendwo hinter ihm, in seinem Schatten, diese Frau, die Claes Otto ganz oben unter dem Wasserfall am Berghammer gesehen hatte, und er hätte schwören können, hätte er sich also irgendwem anvertrauen können, dann hätte er geschworen, dass er ihren Kuhschwanz gesehen hatte, als sie sich umdrehte und ihn über ihre Schulter hinweg ansah, den Kuhschwanz und die Zungenspitze im Mundwinkel, ihre weiße Hand in den schwarzen Haaren, dann seine Hand in ihrer, und er mit ihr im Berg.

Jetzt wütete Erkenbod mit ihm herum, die Pranken auf Geddes Brust, ja, er sah sich selbst von außen und dachte an sich in der dritten Person, während er zugleich die Rippen brechen spürte, wie hatte der Däne in Frankfurt noch geheißen, er konnte sich nicht mehr daran erinnern, und die Rippen wimmerten, während das Bett unter Erkenbods gewaltigen Stößen auf und ab wogte.

Nein, er wollte auch jetzt nicht reden. Nachdem der Arzt gegangen war, blieb er mit dem Gesicht zur Wand liegen, während er abermals hörte, wie Erkenbod Effert Saties Melancholie interpretierte, zudem Adele Lusthoffs schwere Schritte vor dem Schlafzimmer, das Ächzen der Tür jedes Mal, wenn sie (davon ging er aus) zu ihm hereinschaute, vermutlich, um sich davon zu überzeugen, dass er atmete. Aber reden wollte er nicht. Es war das Gewicht des goldenen Schweigens, das ihn überkommen hatte, er erinnerte sich an diese Macht von damals, und die Freude darüber, die große Freiheit. Jetzt wurde diese Freiheit verdoppelt durch den Anfall, den er erlitten hatte, der Arzt hatte nichts Besonderes finden können und keine Lust gehabt, ihn zur Beobachtung mitzunehmen, da Gedde keinerlei Versicherung aufweisen konnte, er solle sich einige Tage ausruhen und sich melden, wenn sich der Zwischenfall wiederholte, wichtig sei, dass er nicht allein war, dass jemand sich um ihn kümmerte, und er hatte zu seiner Überraschung und Erleichterung Erkenbod Effert und Adele Lusthoff beteuern hören, dass der Norweger selbstverständlich nicht allein in der Wohnung liegen bleiben werde, ja, plötzlich war das eine Erleichterung, denn jetzt war ihm klar, dass seine lange Nacht nur so, mit anderen in der Wohnung, durchführbar sein würde, jetzt auch noch krank und behütet, alle Verantwortung von ihm genommen, und immer, wenn die Türklingel ging, was an diesem Tag dauernd der Fall war, konnte er hören, wie Adele sich kümmerte, abwies, erklärte, abstritt, nein. Herr Gedde sei verreist und über Herrn Effert wisse sie nichts, mit anderen Worten hatte Effert sie instruiert, und er hatte ihr rein gar nichts zu erklären brauchen, sie hatte das vermutlich noch vor seinem Zusammenbruch verstanden, dass ihr Freund Claes Otto Gedde jetzt Ruhe und Frieden brauchte, sie wusste, wonach sie Ausschau halten musste, wenn es um die Kombination von Männern und Stress ging, und aus der geflüsterten Vertraulichkeit zwischen ihr und Effert ging klar hervor, dass sie nicht bei Null hatte anfangen müssen, wenn es um dessen besondere Bedürfnisse ging, und hier dachte

Gedde nicht in erster Linie an Efferts mögliche sexuelle Bedürfnisse, sondern eher an ein Bedürfnis, das seinem eigenen ähnelte, nämlich dem nach Einsamkeit, Flucht, Rückzug – in Efferts Fall hatte das ziemlich sicher mit der aufdringlichen Schwester mit dem Dialekt, vielleicht Sprachfehler, zu tun, dem betonten Auftreten ihres ganzen Wesens, sie unternahm zwei aktive Vorstöße, beim zweiten schrie sie, sie wisse, dass er in der Wohnung sei, aber dann bereitete Adele Lusthoff dem Ganzen ein jähes Ende, er hatte keine Ahnung, wie, aber es wurde still, nur Erkenbod Efferts gelassenes Lachen war noch zu hören, ehe er abermals die Melancholie durch die Bodenbretter nach unten sandte, um seine Schwester noch weiter aufzureizen, jetzt, da sie sich aller Wahrscheinlichkeit nach eine ganze Weile nicht mehr hochwagen würde, vielleicht gar nicht mehr, solange die Großhure hier oben waltete. Was hatte die noch gesagt? Sie habe sich ausgesperrt? Ja, das hatte sie gesagt, und jetzt, als er im Dunklen in Margot Breiviks großem Schlafzimmer lag, fragte er sich, ob sie das vielleicht in einer Art übertragenem Sinn gemeint hatte, dass sie zum Beispiel mit dem Hausbesitzer aneinandergeraten war, denn er wusste, dass das früher schon zweimal geschehen war, ihr war ganz einfach der Zutritt verwehrt worden, solange die Miete nicht bezahlt war. Aber das konnte ja egal sein. Hier war sie. Hier konnte sie bleiben, wenn sie das wollte, und jetzt war es also so, dass er selbst sich das wünschte, jetzt stand sie zwischen ihm und der Welt, und so musste es sein, jemand musste dort stehen, denn ansonsten würde er ziemlich bald aufsteigen und wieder teilnehmen, so war es nun einmal, das war seine doppelte Natur, der Eremit und der volkstümliche

Unterhaltungsprediger, er hatte immer im Spannungsfeld zwischen Todessehnsucht und Fernsehbingo gelebt, zwischen Krieg und Kaffeeklatsch, und vielleicht hatte er sich deshalb zu Frauen wie Margot Breivik und Adele Lusthoff hingezogen gefühlt, oder auch wie Tante Astoria, weil sie alle, jede auf ihrer Weise, klare Kante, Konsequenz und Stabilität repräsentierten, alles, was ihm gefehlt hatte, ehe Tante Astoria eingegriffen und ihn von seinem biologischen Ursprung entfernt hatte, ohne auch nur Behörden und Autoritäten einzubeziehen. Es lagen nur einige hundert Meter zwischen der Wohnung der Mutter im Drammensvei und der der Tanten in der Balders gate, und wo er gemeldet war, hatte niemanden interessiert, solange innerhalb der Familie Einigkeit herrschte, und kein Mensch widersetzte sich jemals Tante Astoria, und er selbst hatte sie gefürchtet und geliebt und sich vor dem letzten Freitag jeden Monat gegraut, wo er mit Elend und Hilflosigkeit seiner Mutter konfrontiert wurde, mit Schnaps und halbvertrockneten Tuben voll Ölfarbe, mit Schweigen und Apathie, und jetzt fragte er sich doch, ob er einen Hauch der depressiven Neigungen seiner Mutter geerbt haben könnte, da er das Bedürfnis verspürte, sich auf diese Weise hinzulegen, und es war auch nicht das erste Mal, aber gut war es, warm und dunkel, fast war es, wie ein Junge mit Fieber zu sein, nicht in die Schule zu müssen, frei zu sein von allen Pflichten, oder vielleicht noch lieber ein Fötus ohne Verantwortung. Er glitt in eine Höhle aus Halbschlaf, die Wände schienen sich um ihn zusammenzuziehen und die Decke senkte sich, sein Herz lief jetzt wie in lauwarmes Öl gesenkt, kein Schmerz, keine Angst, gab es nicht sogar eine winzigkleine Enttäuschung darüber, dass er nicht hatte sterben können, darüber, dass das Geschehen offenbar nicht ernst gewesen sei, nur eine mögliche Hysterie, »die Nerven«, wie der Arzt angedeutet hatte, Stress und Mangel an Schlaf. Alkohol? Na gut. Nicht so viel Alkohol. Viel weniger Alkohol. Und die Zigaretten. Keine Zigaretten. Aufhören. Schluss damit. Und die Ernährung. Und der Tagesablauf. Kurz gesagt: Nimm dich zusammen. Was Claes Otto Geddes waches Bewusstsein jedoch so unendlich wenig ansprach, jetzt in dieser halbgeträumten Höhle im eigenen Kopf, so zu liegen und zu hören, wie die Stimme des Arztes sich verlor, wie durch einen Korridor, einen aus dem Fels gehauenen Gang unter der Erde, die ganze Zeit war er in einem Berg oder unter der Erde, und er schlief und erwachte, schlief und erwachte, jetzt war alles so, wie er sich das vorgestellt hatte, er machte sich keine Sorgen darum, wie es weitergehen sollte, hoffte nur träge, dass er sein Mobiltelefon ausgeschaltet oder dass Adele Lusthoff das für ihn erledigt hatte, es klingelte jedenfalls nicht, wenn es klingelte, hörte er es nicht, das Telefon gab keinen Laut von sich, vielleicht war ja der Akku leer.

»Hunger?«

Das war sie. Das war Adele Lusthoff, nun wieder als Tante Adele.

Nein, kein Hunger.

Nur ein wenig Suppe? Ein hartgekochtes Ei?

Nein, nichts zu Essen, nicht einmal ein hartgekochtes Eilein, das zu Sara Mollberga-Stålnackes hervorstehendem Knöchel unter dem Netzstrumpf wurde, die Kugel aus Kalk unter Strumpf und Haut, ein Ei in einem Nest, nicht das Nest anrühren, das Nest ist ein kleines Bett, aber jetzt hielt er sie fest, hielt er das Ei des Knöchels in der Hand, nicht so, wie er sie hatte berühren wollen, als er in Frankfurt hinter ihr in die schwarze Limousine gekrochen war, nein, das hier war ganz ohne Schuld und Begierde, auch wenn sein Atem die Scheiben von innen beschlagen und die Lichter der Stadt draußen wie menschliche Auren erschienen ließ, gedämpfte, vage Bilder im Nebel und Sara Mollberga-Stålnackes Wade, wie eine Keule in der Hand, jetzt wuchs es in ihm heran, das Bild eines Maliorpa mit einem Damaru in der rechten Hand, in der linken einen Kangling, die Trompete aus Menschenknochen, jetzt sah er ihn genauso, wie Margot Breivik ihn beschrieben hatte, den langhaarigen Mann im Lotussitz vor einem grünen Vorhang aus Büschen, Damaru und Kangling bei einem Chöd-Ritual, und also: auf dem Weg durch Frankfurt in einer schwarzen Limousine, billig und vernünftig war es auch, fast gratis und genial.

TAGE UND NÄCHTE

Es folgten einige seltsame Tage und Nächte, so beurteilte Claes Otto Gedde sie jedenfalls zu Anfang, seltsam insofern, als Tag und Nacht keine klaren Grenzen hatten, sie gingen ineinander über, Schlaf und Wachen wechselten in kurzen Abständen, eine Stunde, zwei, und wenn er aufstand, um zur Toilette oder in die Küche zu gehen (immer lagen zwei belegte Brote und Essensreste unter einer dünnen Plastikhaut für ihn bereit) wirkte die Wohnung entweder leer und verlassen, oder er konnte Erkenbod Efferts sanfte Klaviermusik hören, eventuell noch das leise Tuscheln und Flüstern oder das gedämpfte Lachen von ihm und Adele Lusthoff, aber er sah sie beide nicht, er ging nicht zu ihnen, und sie kamen nicht zu ihm, abgesehen von ab und zu einem kurzen, knappen Ächzen der Tür, wenn sie sich davon überzeugten, dass er atmete; sie ließen ihn in Ruhe, und er schlief und schlief, und wenn er nicht schlief und schlief, dachte und phantasierte er, er staunte darüber, wie kindlich und banal diese Phantasien waren, eines Nachts (oder Tages) träumte er sich zurück in das Hotel im Frankfurter Flughafen, wo er in der Welt der Wirklichkeit einige Jahre zuvor eine ganze Woche verbracht hatte, in einem Versuch, die absolute Langeweile des Westens zu beschreiben, das war sein Beitrag zu einer Sondernummer der norwegischen Zeitschrift *Samtiden* gewesen, von der gebeten wurde, sich in einen größtmöglichen Zustand der Langeweile zu versetzen, in sinnlose Zeitverschwendung, und er hatte sich in diesem Hotel am Frankfurter Flughafen einlogiert, da er sich niemals so gelangweilt hatte wie dort, nie hatte er eine größere Leere erlebt, nicht einmal in einer Kahlzelle in Den Haag, und im Traum befand er sich wieder im Hotel der eingestellten Flugabgänge, wo (typischerweise) niemand außer ihm sich aufhielt. Er checkte sich selbst in einer verstaubten Rezeption ein und schleppte die Koffer in die verlassene Cafeteria: Tabletts mit erstarrten Essensresten, Türme aus Tellern, Tische voller halbleerer Bier- und Weingläser, Kaffeetassen und leere Flaschen, Zeitungen und zusammengeknüllte Servietten (und Damenbinden), stinkende Aschbecher, wo die Kippen zu Würmern und Fliegen wurden, weiter ins Restaurant, wo es genauso aussah, blühender Dreck, hier und dort Unterhosen und andere Kleidungsstücke, Socken und Hemden, Blusen und Röcke, als habe irgendwer in aller Eile gegessen, ausgetrunken und die Kleider abgestreift, um dann Hals über Kopf durch die Wände und in eine andere Wirklichkeit zu fliehen, eine andere Dimension oder vielleicht sogar in den Tod, und hier und da, zum Beispiel in der Luft über der Arbeitsfläche in der offenen Küche oder bei dem grünen Schild, das den Notausgang auswies: vergessenes Lächeln, Blicke, die noch in der Luft hingen, und dann diese feine nackte Angst, die Angst aus der Kindheit, rein und unberührt, absolut unverfälscht durch all die vergangenen Jahre, die massive rationale Gehirnwäsche: Hier ist jemand. Es kommt jemand. Und er wurde wach, als wirklich jemand kam, gleich hinter ihm auftauchte, und er blieb liegen und spürte diese unverfälschte Angst aus seiner Kindheit, dankbar für deren Echtheit und Fähigkeit, sein Herz fast quer durch seine Brust zu jagen, das gab ihm ein Gefühl der Sicherheit, alles funktionierte, und in der schläfrigen Phantasie, die jetzt folgte, checkte er abermals in diesen Palast der Not ein, nicht, um dort auf Rechnung von *Samtiden* eine Woche zu verbringen, sondern um diese saure Süße der allerersten Begegnung wieder zu erleben, die ihm seinerzeit die Inspiration zu diesem Essay über die Langeweile des Westens geschenkt hatte, acht Stunden im Flugzeug von New York nach Frankfurt, von Börse zu Börse gewissermaßen, schlaflos und angetrunken in der Businessclass, Hunger trotz des Essens, das gar nicht so schlecht gewesen war, und als sie endlich über Europa glitten, über die alte Welt, die immer neuen Meldungen, eine Stunde verspätet, die Anschlussflüge nach Mailand,

Oslo und Madrid würden warten, sie würden nicht warten, aber es werde für Übernachtung gesorgt werden, sie würden doch warten, nicht warten, könnten leider nicht warten, wieder und wieder auf Englisch und Deutsch, bis das Ganze sich zu einer Art surrealistischem Fernsehsketch entwickelte, ehe sie auf den Boden aufsetzten, dass es im Rumpf nur so knackte, und dann die endgültige Mitteilung, dass alle Anschlussflüge sich schon längst zu ihren Zielen auf den Weg gemacht hätten, der Flugplatz, der internationale Flughafen Frankfurt, war bereits geschlossen, aber es werde für Übernachtung im Hotel im Flughafen gesorgt werden, wovon das Bodenpersonal der Lufthansa aber keinen Mucks gehört hatte und was sie natürlich auch nicht wahrhaben wollten, da sie sicher in einem Kurs gelernt hatten, dass ihre Fluggesellschaft sparen müsse, um ihre Stellen zu sichern, und Claes Otto Gedde erinnerte sich an die vielen Streitereien, die dann gefolgt waren, an Beschimpfungen und Anschuldigungen, er wusste noch alles, was er gesagt hatte und was er gern gesagt hätte, was ihm jedoch erst später eingefallen war, zum Beispiel jetzt, wo er hier in Margot Breiviks Doppelbett lag, und wie es endlich gewesen war, in dieses verhasste Hotelzimmer zu taumeln, das natürlich einer Bank draußen in den abgeschlossenen Hallen immer noch weit vorzuziehen war, wo man nicht einmal ein Bier oder eine Wurst bekommen konnte, endlich in dieses Zimmer zu taumeln und das mit etwas so Blödsinnigem und Erniedrigendem wie einem Essensgutschein für den Gegenwert von dreißig Euro, zur Benutzung im Hotelbistro, wohlgemerkt, wenn er sich beeilte, denn besagtes Bistro war, wie so vieles andere in diesem Teil der Welt, gerade dabei, zu schließen, er konnte sich gerade noch ein Wiener Schnitzel und ein großes Bier erbetteln, dann wollte er nur noch ins Bett fallen, mit der Gewissheit, dass sein Weiterflug am nächsten Morgen um fünf vor halb sieben starten würde, doch er hatte das Pech, in der Bar zu landen, die bis drei Uhr geöffnet war. Um diesen Zustand noch einmal zu erleben, oder genauer gesagt, um andere, die in diesen Zustand versetzt worden waren, zu beobachten, hatte er sich einige Jahre später ins Flugzeug nach Frankfurt gesetzt, um den Versuch zu unternehmen, dic Langeweile, ja, das Leid des Westens zu beschreiben, und als er für eine Woche eincheckte, hatten die Angestellten hinter der Rezeption ihn angesehen, als ob er sich freiwillig in eine geschlossene Abteilung einweisen ließe, ja, als ob er sogar für diesen Aufenthalt mit seiner Visa-Karte bezahlen wollte, ein kranker Mann, möglicherweise ein Islamist, und um nicht in irgendeiner Art von zufällig arrangiertem Gespräch mit einem Sicherheitsbeamten des Flughafens oder einem Vertreter der bundesdeutschen Nachrichtendienste zu enden, hatte er die Wahrheit gesagt, nämlich, er sei als Journalist hier, und mit folgendem Auftrag: er sei der Leere des Westens, der endgültigen Einsamkeit auf der Spur, was die Angestellten, jung und wachsam, wie sie waren, dazu veranlasste, ihn als mögliches Sicherheitsrisiko zu melden, wie sie es aller Wahrscheinlichkeit nach in einem Kurs gelernt hatten, so wie das Personal der Lufthansa gelernt hatte, nichts freiwillig herzugeben, wenn sie verspätete und missgelaunte Gäste unten in der Ankunftshalle in Empfang nahmen, was zu eben einem zufällig arrangierten Gespräch mit einem Mann in seinem eigenen Alter geführt hatte, der Gedde in der Bar diskret und freundlich und ohne die geringste Begabung ausgehorcht hatte, während andere Sicherheitsbeamte im Zimmer Nummer 232 sein Gepäck durchsuchten, und das zur allseitigen Zufriedenheit, da Gedde danach als harmloser Trottel hatte abgeschrieben werden können. Ein Erlebnis, das er im Artikel für *Samtiden* hatte gebührend nutzen können, Leere, Tristesse, Langweile und chronische Paranoia, wie die westliche Psyche nach dem elften September nun einmal geworden war. Darüber dachte er nun nach, nach diesem lebensechten Traum, er selbst, der in diesen leeren Lokalen eincheckte, die er als das Hotel im Frankfurter Flughafen wiedererkannt hatte. Und war es nicht auch seltsam, dachte er, war es nicht seltsam, dass gerade Frankfurt in seinem Bewusstsein aufgetaucht war, nur wenige Tage, nachdem er diese Stadt verlassen hatte, mit ungefähr demselben Gefühl der Erleichterung, das er auch verspürt hatte, als er einige Jahre zuvor nach einem einwöchigen Aufenthalt das Spukhotel im Frankfurter Flughafen hatte verlassen können, ja, es war Erleichterung gewesen, weg hier, raus und weg, und so war es ja auch gewesen, als er nach nur zwei Tagen auf der internationalen Buchmesse in den Zug nach Berlin gestiegen war, es war dasselbe Gefühl gewesen, auch wenn er das erst jetzt begriff.

Aber als ihm dieser Gedanke gekommen war, die Ähnlichkeit zwischen diesen beiden Bühnen, auf die das Schicksal ihn gestellt hatte, sah er auch die Parallelen zwischen den beiden Stücken, an denen er auf gewisse Weise mitgewirkt hatte, beide Male in der Rolle eines ein wenig peripheren Lohnschreibers, zuerst als Langeweile-Chronist der Zeitschrift *Samtiden* im Frankfurter Flughafen, dann als der Mann hinter dem Werk *Die alte belgische Küche*, einem Buch, dem kein einziger erstzunehmender Journalist, ob nun dänisch, schwedisch, finnisch, deutsch oder norwegisch, bisher auch nur die geringste Form von Aufmerksamkeit gewidmet hatte, was ihm natürlich einen Grund geliefert hatte, seine eigene Position als vernachlässigt zu betrachten. Ja, denn war es nicht so, dass er im Flugzeug von Kopenhagen nach Frankfurt überlegt hatte, ob diese Idee, dass das Hotel im Frankfurter Flughafen als Symbol von Westeuropas Ödnis und Tristesse betrachtet werden könnte, eigentlich eine gute Idee war? Damals hatte sie nicht zu aufgesetzt gewirkt, denn Europas Geldspeicher waren doch in dieser Stadt untergebracht, erinnerte es nicht ein wenig an Donald Duck und Onkel Dagobert, ein wenig zu deutlich, ja, überdeutlich, war es nicht etwas, das sich ein Journalist der Zeitung *Klassekampen* aus den Fingern saugen könnte, ja, auch ein Journalist einer christlichen Tageszeitung – hier seht ihr den Beweis für die Unzulänglichkeit der Kräfte des Kapitals, hier, mitten im Geldspeicher, erlebt man die menschliche Sinnlosigkeit deutlicher als anderswo, er hatte sogar, wenn auch nach zwei steifen Drinks im Flugzeug, mit dem Gedanken gespielt, Frankfurts berüchtigte Straßenjunkies in den Artikel, den Essay, miteinzubeziehen, da sie seit Beginn der achtziger Jahre den absoluten Bodensatz der menschlichen Erniedrigung dargestellt hatten, wie sie ganz offen auf dem Bürgersteig saßen und Heroin kochten oder sich die Schweinerei fixten, während die Börsenjunkies, die Mobiltelefone ans Ohr gepresst, über sie hinwegstiegen. Diesen Gedanken hatte er zum Glück abgetan, wieder verworfen, aber er hatte doch im

Flugzeug nach Kopenhagen befürchtet, dass diese Idee über das Hotel der eingestellten Flugabgänge ein wenig zu viel werden würde, so wie er im Zug von Brüssel nach Frankfurt überlegt hatte, ob es vielleicht ein wenig zu viel sein würde, oder eher zu wenig, zu armselig, mit diesem leicht abtrendigen Kochbuch im Koffer auf der Buchmesse aufzutreten, wo er doch ganz andere Waren geliefert hatte, politische Analysen und Kriegsberichte für nordische und europäische Zeitungen, Radio- und Fernsehsender, das alles war noch gar nicht so lange her, und im Hinblick darauf, wie zynisch die Branche war, konnte ja niemand sagen, was dabei herauskommen würde, aber jetzt wusste er es, und er merkte plötzlich, dass er unter der Decke die Augen zukniff.

Die Tage, und nicht zuletzt die Nächte im Hotel der eingestellten Flugabgänge, das also ein Teil der Baumasse des internationalen Flughafens war, hatten, wie erwartet, Claes Otto Gedde auf die Probe gestellt, obwohl er die ganze Zeit der einzige der mehreren Hundert Hotelgäste gewesen war, der sich freiwillig dort aufhielt. Hotelgewohnt, wie Gedde ja war, wanderte er nun jeden Tag umher und registrierte diese Aura der Unzufriedenheit, Frustration und Wut, die er selbst beim ersten Mal ebenfalls aktiv produziert hatte, als er hier übernachten musste, es war eine miese Stimmung, die sich von der in anderen Hotels und Pensionen unterschied, aufgrund der einfachen Tatsache, dass nicht ein einziger der anwesenden Gäste freiwillig hier war, eher war das Gegenteil der Fall, alle waren sie hier durch den Zwang der Zeit (wie er sich dann später in *Samtiden* ausdrückte), sie waren – Businessclass oder Economy – ausgesetzt worden, sich und einander überlassen, nicht nur in dieser elenden Stadt, sondern zu allem Überfluss auf diesem elenden Flugplatz, sie hatten wichtige Termine verpasst, Geld verloren, hatten zu Hause anrufen und erklären müssen, dass ihnen diese elende Fluggesellschaft eine lange Nase gedreht hatte, egal, ob es sich nun um Lufthansa, SAS, Pan Am oder Iceland Air handelte, ja, viele hatten wie er selbst um ein Zimmer kämpfen müssen, und das mit Menschen, Bodenpersonal oder Hotelangestellten, die aufgrund ihrer gefährdeten und verletzlichen Stellungen hatten lernen müssen, es nur mit unzufriedenen Kunden zu tun zu haben, Kunden, die schon am Ausgangspunkt, beim Einchecken, sie, das Hotel und das ganze Wesen der Verspätung hassten, die das laut und deutlich zum Ausdruck brachten, und das lange, bevor sie ihr Zimmer aufschließen konnten, und wenn sie dann ihr Zimmer aufgeschlossen hatten, riefen sie sogleich die Rezeption an, mit ihren, für die Angestellten, nur zu vertrauten Klagegesängen über zu wenig Handtücher, leere Minibars, zugige Fenster, mangelnde Sauberkeit und alles andere, was sich an Irritationsmomenten zeigen kann, wenn Abend, Nacht und morgiger Tag ruiniert sind. Was für die Angestellten, die jeden Tag mit diesem Elend konfrontiert waren, nur zu ertragen war, indem sie einen weißglühenden Hass auf jeden eincheckenden Gast an den Tag legten, oder indem sie sich zumindest eine Art von pillenträger Resignation ergaben, letztere Variante vor allem zu finden bei Kellnern und Zimmermädchen, die zu hundert Prozent in der Zuwandererszene der Stadt rekrutiert worden waren, in der farbenfrohen Gemeinschaft dieser kleinen internationalen Scheißstadt, zumindest so hatte Gedde es mit seinen Augen gesehen, so hatte er gedacht und es bis zu einem gewissen Grad in seinem Essay über das Leid des Westens in der Zeitschrift *Samtiden* geschildert. Ja, es war eine Prüfung gewesen, aber auch ein Volltreffer, eine gute Idee, das spürte er, vor allem in der trägen Stunde nach dem Frühstück, wenn alle Gäste außer ihm in Morgenwut ausgecheckt hatten, um ihre allzu frühen Flüge nach New York, Stockholm, Mailand und Athen zu erreichen, und in der das ganze Hotel widerhallte von Staubsaugern und Gekakel in allen Sprachen der Welt, während er selbst diese seltsamen und fast ungläubigen Blicke aller Angestellten erntete, die noch nicht in sein Projekt eingeweiht worden waren, und die ihn deshalb für verrückt hielten, während sie in sicherer Entfernung ihre Staubsauger und Mopps um ihn herum lenkten, ehe der ganze Zirkus abends wieder losging, wenn die ersten Zwangsgäste sich in der Rezeption einfanden, fluchend und schreiend, mit rotem Gesicht, mit Schwiegermüttern im Rollstuhl, weinenden Kindern und vermisstem Gepäck, das jetzt unterwegs war in fremde Kontinente und Städte. Aber die größte Gruppe stellten männliche Geschäftsreisende von der Sorte, die wirklich die Kunst der Artikulation beherrscht, und die weiß, wen man für das verantwortlich macht, was nun eben passiert sein mag, in der Rezeption, dem Restaurant und nicht zuletzt der Bar, wo sie, wie er selbst, für die halbe Nacht hängenblieben, die aber anders als er mit ihren Konspirationstheorien und Plänen, wie sie die Fluggesellschaft, die sie gerade dieses Mal im Stich gelassen hatte, fertigmachen würden, denn das hier waren Männer mit Macht und Willen, was sie auch klar zum Ausdruck brachten, beim türkischen Barmann, aber mit noch größerer Inbrunst bei den teuren Huren, die jeden Abend ihre Plätze in just dieser Bar einnahmen, es waren Frauen, die hart im Nehmen waren, wie Gedde später herausfand, Frauen, die auch vor einer Runde Schläge keine Angst hatten, denn hier draußen auf dem internationalen Flughafen Frankfurt musste man mit solchen Dingen eher rechnen als in einer normalen Bar in der Stadt, wo kein Kunde auch nur ein winziges kleines Flugzeug verpasst hatte, hier draußen hatten die Huren schon längst gelernt, die Rollen von Stewardessen und Pilotinnen einzunehmen, ganz zu schweigen von Aufsichtsratsmitgliedern bei SAS und Germanwings, allesamt Quotenluder, aber, wie er begriff, gutbezahlt, und er mit den Reisespesen, für die *Samtiden* aufkam, hatte sich mit Zuhören begnügen müssen, er hatte keine Gelegenheit gehabt, diese Auskünfte zu überprüfen, was der journalistische Wühlgeist in ihm verlangte, wenn die Bar nachts dichtmachte, nur ein letzter Drink, und das Schändliche war, dass er nicht einmal eigenes Kapital in dieses Projekt hatte stecken können, er war pleite, deshalb war er hier, nicht, weil ihn das Leid des Westens auch nur im Geringsten interessiert hätte, genauso wenig wie er sich jetzt, mehrere Jahre später, Frankfurt am Main und der Buchmesse genähert hatte, weil er sich für die Tristesse und Resignation interessierte, von der er wusste, dass sie die Branche prägten, sondern, weil Odd Einar Olsen mit Essen und Aufmerksamkeit gelockt hatte. Aber wenn Claes Otto Gedde nun im Bett lag und sich an alles erinnerte, was geschehen war, und an ein Gutteil dessen, was auf der Buchmesse dieses Jahres gesagt worden war, wenn er die Atmosphäre in den großen Hallen noch einmal erlebte, das grelle Licht, den Mangel an frischer Luft, spürte er, dass es eine seelische Verbindungslinie gab zwischen diesen beiden Frankfurter Zuständen, dem im internationalen Flughafen und dem auf der internationalen Buchmesse, vor allem, da die auf der Buchmesse Anwesenden sich dort ebenfalls unfreiwillig aufhielten, einige Tage in aufgezwungenem Stress verbrachten, was alle immer wieder zum Ausdruck brachten, wo man ging und stand, hieß es Ach und Weh, schlechte Hotelzimmer und miese Restaurants, Unzufriedenheit hoch drei, das freie Wort bald gefährlich frei, da das Copyright vor dem Fall stand, und was dann, wenn man kein Geld mehr verdienen kann, nicht auf die alte Weise, indem man die furchtlose Äußerung verwaltet, das, was das westliche Dasein von der mittelalterlichen Barbarei des Islam unterscheidet? Ja, was dann, dachte Gedde und schmunzelte, denn unter der Decke war alles gut und warm, und es verhielt sich wohl auch so, dass er sich sehr gut vorstellen könnte, zuzusehen, wie die vielen selbstzufriedenen Pfauen der Branche sich ein wenig die Schwanzfedern versengten, in dem sicheren Wissen, dass er eine Nische gefunden hatte, das prachtvolle Kochbuch, das nicht so leicht im Netz etwas zu suchen haben würde, sondern das die Leser jedenfalls in der näheren Zukunft lieber per Hand durchblättern würden, wie Bücher von der Sorte *Geddes Toskana*, großformatige Hochglanzbilder, es war wohl auch nicht ganz unmöglich, dass er einen reuigen und demütigen Heger oder William Nygaard erleben würde, der möglicherweise mehr zu melden hätte als ein lässiges »Ach was« – falls er dann überhaupt irgendetwas sagen würde.

Und sowie diese Gedanken gedacht waren, merkte Gedde, wie Tage und Nächte voll Schlaf und Phantasie seine Batterien aufgeladen hatten, er merkte, wie tatendurstig er war, eine kleine Kraftbombe, und deshalb stand er plötzlich auf, eifrig danach, wieder teilzunehmen, wohlgemerkt, hinter den geschlossenen Türen der Wohnung, konstruktive Teilnahme, denn er wollte bei Rosel Gassmus anfragen lassen, wie weit sie mit der Aufstellung der Essensgewohnheiten des alten Preußen gekommen war, aber vor allem wollte er Wein haben, da das letzte Mal Tage und Nächte her war, ob es nun früher Morgen, Nacht oder später Abend war, als er halb angezogen und ziemlich zerzaust auf die Armbanduhr sah, die halb fünf anzeigte, und im Gästezimmer hörte er Adele Lusthoffs heftiges Schnarchen, und ihm war klar, dass es früher Morgen war. Sekunden später konnte er wütend und enttäuscht feststellen, dass die Speisekammer leer war, aller Wein getrunken, und als er die Tür zur Mädchenkammer aufriss, war es auch dort leer. Na gut, dachte Gedde, dann haben sie sich wohl beide im Gästezimmer niedergelassen, falls nicht Zahnarzt Effert zu seiner Schwester zurückgekehrt oder zufällig einkaufen gegangen ist, aber dann fiel ihm ein, dass es erst kurz nach halb fünf Uhr morgens war, er kochte Wasser und brühte eine Kanne Tee auf, und die Lage war vielleicht doch nicht ganz schrecklich. Nein, nicht ganz schrecklich. Aber als er nun am Küchentisch saß und in den Hinterhof hinabschaute, den leeren, gottverlassenen Berliner Hinterhof, mit seinen Mülltonnen und Fahrradständern, Wäscheleinen und Blumenbeeten, spürte er eine wachsende Irritation über diese Sache mit dem Wein, darüber, dass sie allen Wein getrunken hatten, und das, ohne neuen zu besorgen, ein hervorragender Weinladen war doch nur fünfzig Meter weit weg, und da saß er dann und fragte sich, ob der Weinladen nicht sogar im Nachbarhaus lag, er war so oft dort gewesen, aber jetzt war er sich nicht ganz sicher, ganz sicher war nur, dass der Tee nicht besonders gut schmeckte, und es wäre etwas ganz anderes, die Zunge in einen fülligen Rotwein tunken zu können statt in diese Plörre, die die Zigarette süßlich schmecken ließ, auch wenn das warme Getränk dem Magen guttat, aber dass, ohne die wachsende Irritation zu lindern, die der Stand der Dinge in ihm hervorrief, und dabei war er doch eben noch von positiver Energie geladen gewesen. Er schaltete sein Mobiltelefon ein, um wichtige Mitteilungen von weniger wichtigen Mitteilungen zu trennen, eingegangene Anrufe und SMS aus seiner fünf, sechs Tage langen Abwesenheit, seiner kräftigenden Flucht in Schlaf und Phantasien, aber zu seiner Verblüffung, ja, zu seiner Ungläubigkeit musste er feststellen, dass niemand ihn angerufen und niemand ihm auch nur eine einzige SMS geschickt hatte. Da musste irgendwo etwas nicht stimmen, dachte er, das Telefon musste defekt sein, aber als er die Nummer von Odd Einar Olsen wählte, hörte er die vertraute Stimme bemerkenswert schnell für diese Tageszeit, wenn auch schlaftrunken.

Ja?

Ach, er wolle nur …

Und dann blieb er stecken. Er wusste einfach nicht weiter. Da saß er nun und schaute mit einem Gefühl der Unwirklichkeit hinab in den Hinterhof, hoffend, dass er das nicht getan habe, nicht angerufen.

Daraufhin fragte Odd Einar Olsen, ob er vielleicht ein Gläslein getrunken habe?

Ein Gläslein?

Ja, einen Schnaps oder drei, da er um diese Zeit anrief, ohne etwas zu wollen.

Was Gedde wieder in Schwung brachte, denn nun müsse es verdammt noch mal reichen, und so weiter. Wäre es möglich, zumindest eine Art oberflächlichen Bericht darüber zu erhalten, wie die Sache sich da oben entwickelte? Ganz zu schweigen von Dänemark, Schweden und Finnland? Was in Deutschland passierte und nicht passierte, konnte er selbst überprüfen, genauer gesagt, berichten, und das wäre schnell geschehen, denn hier in Deutschland, hier in Berlin, geschehe rein gar nichts, das Buch sei nirgendwo zu sehen.

Daran könne Odd Einar Olsen nicht viel ändern, meinte Odd Einar Olsen.

Und da konnte man ja nur noch die Verbindung kappen, ehe man so wütend wurde, dass man etwas sagte, das man dann später bereuen würde. Nicht, dass es irgendeine Rolle spielte, Gedde hatte sich von Reue niemals nennenswert quälen lassen, er hatte sie zu gewissen Gelegenheiten registriert, hatte festgestellt, dass es sich nun so verhielt, dass er bereute, aber da die Gewissheit, dass nichts ungeschehen gemacht werden könne, geradezu überwältigend war, hatte er diesen überschätzten seelischen Zustand verdrängt, oft verleugnet, dennoch war er froh darüber, dass er die Verbindung gekappt hatte, aufgelegt, wie man in alten Tagen sagte, weil es teuer war, in Norwegen anzurufen, und weil Odd Einar Olsen zweifellos recht hatte, er war nur verantwortlich für das kleine erbärmliche Land dort oben unter dem Nordpol, wo man es sich gemütlich machte, es sich geradezu ungeheuer gemütlich machte. Gut und schön, dachte Gedde, der sich nach den vielen Zigaretten schon gar nicht mehr wohlfühlte, sondern übel und nervös, sie konnten doch nicht den ganzen Wein ausgetrunken haben? Gedde ging jetzt gründlich ans Werk. Er nahm sich ein Zimmer nach dem anderen vor, Küche und Mädchenkammer, die Wohnzimmer und Margot Breiviks Arbeitszimmer, das Badezimmer und die beiden Toiletten, bis er schließlich, schweißnass und wütend, vor dem Gästeraum stand, dort war es jetzt ganz still, kein Laut, und er stellte sich vor, wie er sich in den harschen Geruch von Sex und Parfüm begab, um der oder denen, die sich dort aufhielten, eine Rüge zu erteilen, aber dann brachte er es nicht über sich, er wagte es nicht, im Gedanken an Erkenbod Efferts überlegene Physis und an Adele Lusthoffs Morgenzorn. Den hatte er frisch in Erinnerung von dem einzigen Mal, als er bei ihr übernachtet hatte, er hatte versucht, ihren Laden vor acht Uhr zu öffnen, als sie noch schlief. Sie jetzt zu wecken, ob nun mit Vorwürfen oder der Frage nach Wein, wäre zu riskant in Bezug auf die unsichere Stimmung, in der er sich selbst befand, kurz vor der Grenze zu irgendetwas, schwer zu sagen, wozu. Es war so plötzlich gekommen, dachte er, als er die Tür vorsichtig einen Spaltbreit öffnete, wie auf mich geschleudert, es muss der Scheißtee gewesen sein, und als er den Kopf ins Zimmer steckte, um nachzusehen, ob vielleicht eine oder zwei Flaschen Wein auf dem Nachttisch standen, zumindest ein halbleeres Glas »Fickwein«, hörte er die nackten Füße des Monsterzahnarztes hinter sich über das Parkett kommen, er war wohl auf dem Rückweg nach einem Besuch auf der Toilette, auch wenn es schwer zu begreifen war, wie sie ein Zusammentreffen hatten vermeiden können, und hier wurde er auf frischer Tat ertappt, und wie. Aber als er sich umdrehte, behandelte Erkenbod Effert ihn wie Luft, er schritt vorbei und verschwand im Gang zu Küche und Mädchenkammer, während seine behaarten Gesäßmuskeln zitterten. Sekunden später hörte Gedde, wie die Tür zur Mädchenkammer geöffnet und geschlossen wurde, und Adele Lusthoff, die gähnte und fragte, was zum Teufel er wolle, aber in freundlichem Ton, deshalb beließ er es dabei und erzählte, wahrheitsgemäß, dass er Durst habe und ganz schön nervös sei. Da hieß es »komm zur Tante«, wozu er streng genommen noch nicht bereit war, aber als er nun unter die Decke glitt, hinein zu Adele Lusthoffs gewaltiger Blöße, zu Brüsten, Bauch und Hintern, begriff er, dass er hier einen sicheren Hafen gefunden hatte, und er drückte sich an sie ohne andere Absichten, als zufrieden für einige Zeit in diesem Hafen zu liegen, und er spürte sein rastloses Herz an ihrem breiten Rücken schlagen und horchte auf den ruhigen Atem der Großhure.

ARBEIT UND ZURECHTWEISUNGEN

Zu Geddes Überraschung zeigte Erkenbod Effert neue Seiten seiner selbst, als er um halb zwölf die beiden im Gästezimmer mit der fast munter formulierten Mitteilung über »ein besseres Frühstück« weckte, das mürrische Schweigen war also gebrochen, und als Gedde und

Adele Lusthoff geduscht und sich fertiggemacht hatten, konnten sie den Zahnarzt in der Küche singen hören, auch das nicht schlecht, es war Tom Jones' »You sexy thing«, und obwohl Effert noch immer nackt war und eigentlich ziemlich grotesk aussah, hatte er um sich herum eine angenehme Atmosphäre geschaffen, die ein reichhaltiges Frühstück verhieß, bestehend aus Rührei und Räucherlachs, gebratenen Würstchen, vielen Heringssorten, Marmelade und Gewürzgurken, duftendem Kaffee und eiskaltem Bier, Schnaps, Brot und allerlei Brötchen, alles delikat angerichtet und mit Kerzen auf dem Tisch, eingekauft und zur Tür gebracht von seiner Schwester einen Stock tiefer, mit der er nun wieder sprach, die aber aus Gründen, auf die Effert nicht eingehen wollte, just diese Wohnung nicht betreten durfte. Es konnte ja auch egal sein, dachte Gedde, der nur froh war, nichts mit ihrem Dialekt, ihrem möglichen Sprachfehler und ihrem hektischen Wesen zu tun haben zu müssen, deswegen pries er jetzt Erkenbod Efferts Initiative, während er zugleich die Gelegenheit nutzte, um Effert für dessen Einsatz als Lebensretter einige Tage zuvor zu danken, bei seinem, Geddes, eingebildeten Herzinfarkt, der möglicherweise eine hysterische Reaktion nach der ganzen Hektik auf der internationalen Buchmesse in Frankfurt gewesen war. Ja, das sei zumindest Geddes bescheidene Theorie. Lasst es euch schmecken, sagte Effert, und es schmeckte dann auch. Abermals dachte Gedde, dass die Situation, die sich hier ergeben hatte, ihm ausnahmsweise einmal in die Hände spielte. Hier saß er, zusammen mit seinem neuen Freund, dem Zahnarzt, und als wäre das noch nicht genug, erwies sich auch Adele Lusthoff als witzig und unterhaltsam, obwohl es noch so früh war, nicht mit geistreichen Anekdoten aus einem langen Hurenleben, wie man vielleicht hätte befürchten können, sondern mit scharfen Beobachtungen von Menschen und Ereignissen aus einem ebenso langen Leben jenseits von Bordellen und Stundenhotels, eine Reise nach Dresden, ein Essen mit einer Jugendliebe, ein Einblick in ihre Kindheit als Zirkuskind, Artisten und Tiere, sie war selbst aufgetreten, konnte sie berichten. Als Pudeldresseurin und Elefantenreiterin, und Gedde sah sie vor sich in dieser frühen ambulanten Unschuld, vor dem lebenslangen Schwanzritt, dem Hin und Her auf ihm und anderen Männern, als junges Mädchen, rittlings auf großen klugen Elefanten.

Und dennoch, trotz des herzlichen Tons, der jetzt zwischen ihnen herrschte, musste Gedde doch über die Tatsache staunen, dass diese beiden anderen sich hier in der Wohnung der verstorbenen Margot Breivik eingenistet hatten, ohne auch nur irgendeinen Grund anzuführen, jedenfalls nicht ihm gegenüber, und das Seltsame war, dass es ihm als vollständig unmöglich erschien, von ihnen irgendeine Art von Erklärung zu verlangen, es war nun einmal so, hier saßen sie, Adele Lusthoff, Erkenbod Effert und er selbst, Effert noch dazu nackt und offenbar vollständig gleichgültig, was seine zahnärztliche Praxis anging. Gedde brachte es nicht über sich, auch nur eine einzige Frage zu stellen, und er musste stattdessen an etwas denken, was Margot Breivik ihm viele Jahre zuvor erzählt hatte, sie hatte den Winter 78/79 in einem verlassenen buddhistischen Kloster verbracht, in Indien. Oder Kaschmir? Tibet? Er wusste es nicht mehr, erinnerte sich nur an Margot Breiviks Beschreibung des Schnees, der herabfiel, der die karge Gebirgslandschaft begrub, alles in meterhohe weiße Decken hüllte, die Kälte, die innen von den nackten Steinwänden ausgestrahlt wurde, nur wenig Holz, kaum etwas zu essen, isoliert von der Umwelt, verlockend und beängstigend, sie waren ebenfalls zu dritt gewesen, sie selbst, ein verirrter Amerikaner, der glaubte, in dieser Wildnis Gott finden zu können, und ein zurückgelassener Mönch, der entweder stumm war oder der einfach in den fast zwei Monaten dieses Aufenthaltes nicht mit ihnen reden wollte. Er hatte, dachte Gedde, sich nicht einmal dafür interessiert, aus welcher Welt sie kamen, und auch nicht dafür, was sie hier in seine Ruine verschlagen hatte, und er erinnerte sich an Margot Breiviks Worte: »Er hat uns wie Gespenster behandelt, und vielleicht waren wir das ja auch.« Und für einen kurzen Moment sah Claes Otto Gedde sich am Küchentisch sitzen, allein an diesem Küchentisch sitzen und in den leeren Hinterhof hinabschauen, wie er einige Stunden zuvor hier gesessen hatte, ganz allein mit einem Becher Tee, und in einer Wolke aus Zigarettenrauch, zum Glück nur für einen kurzen Augenblick, aber jetzt war er auf der Hut und misstrauisch. Er hörte das Gespräch der anderen wie aus weiter Ferne. Draußen schneite es jetzt, der Wind warf Spiralen aus weißem Frost zwischen den grauen Fassaden hin und her, hob sie hoch und schlug sie mit schweren Stößen gegen die Fensterscheibe. Gedde merkte, dass die beiden anderen eifrig wurden, denn das war doch früh, war es nicht sehr früh für Schnee? Er erinnerte sich an Margot Breiviks Worte darüber, wie sie damals gegen Ende der siebziger Jahre von der Jahreszeit kalt erwischt worden waren, da unten in Indien, Kaschmir oder

Tibet. Und konnte es nicht verlockend sein, in diese Rolle zu schlüpfen, die Rolle des Mönches, also nicht sein Schweigen und seine schroffe Abweisung der beiden anderen, sondern seine Autorität als der eigentliche Bewohner des Ortes? In diesem Moment hörte er aus dem Hinterhof Geräusche, und als er sich vorbeugte, sah er, wie Heribert Gassmus sich mit einem langen Klopfer über einen großen grünen Teppich hermachte, und jedes Mal, wenn der Klopfer den Teppich traf, wuchsen graue Staubrosen da unten im Halbdunkel heran, grauer Staub und weißer Schnee, Schnee, der durch die Verunreinigung wirbelte, puff, paff, Rosen, Wolken, puff, paff, Bäusche aus feinen Staubpartikeln, die die Zeit ins Gewebe hineingepresst hatte, puff, paff, nimm dies und das und jenes, viel eingesperrter Zorn fand jetzt da unten im Hinterhof Auslauf, dachte Gedde. Sicher ist jetzt seine Mutter an der Reihe, vielleicht das Finanzamt, aber vermutlich ich selbst, Claes Otto persönlich, der eine Runde im gassmusschen Irrsinn dreht, in den Phantasien des Verlierers, ja, sicher liege ich irgendwo tief in seinen Gehirnwindungen mit bloßem Hintern da. Eine Vorstellung, bei der Gedde das Fenster aufriss und den Hausmeister hochzitierte, es war ein gekläffter Befehl. Auslauf, dachte Gedde, die Wörter jagten wie feuchte Tennisbälle zwischen den Hausfassaden hin und her, klick, klack, klitsch, klatsch, komm her, au-gen-blick-lich, nein, nicht gleich, jetzt sofort! Sonst! Und so weiter. Sofort. Und sowie er das Fenster geschlossen hatte und wütend in der Küche hin und her lief, rief er zur leicht belustigten Überraschung der beiden anderen, war der gute alte Gassmus wirklich schon so früh am Tag zugange? Was war das für ein Ton einem alten Ehrenmann gegenüber, so drückte Effert das aus, und das in einem Tonfall, der Gedde klarmachte, dass hier ziemlich viel alter Hass am Werk war. Die Großhure begnügte sich mit einem leicht quakenden Lachen, das klarstellte, dass sie die Stellung und die geistigen Fähigkeiten des Opfers ebenso sah, sie schaute schräg zu ihm hoch und kratzte sich dabei an der Wade, was Gedde dem armen Mann gegenüber ein wenig milder stimmte, und als die Türklingel ertönte, ging er hin und ließ den anderen mit einem Lächeln in die Wohnung ein, und mit dem Angebot frischen Kaffees und von ein, zwei Heringsbroten, ja, eines vollständigen Mittagessens, wenn Gassmus das wollte, er selbst würde es nach allen Regeln der Kunst herstellen, dann könnten sie derweil das nötige Gespräch führen, Gassmus könne übrigens ganz beruhigt sein, es lägen keine unangenehmen Nachrichten auf der Lauer, es sei nur, dass sie für die Tage und Wochen, die vor ihnen lagen, einen gewissen Fahrplan aufstellen müssten, denn jetzt wolle er, Gedde, ans Werk gehen. Essen und Kaffee nahm Heribert Gassmus mit leichtem Zögern an, es war sogar ein gewisses Misstrauen zu bemerken, dachte Gedde, ohne auf diese Beobachtung größeres Gewicht zu legen. Aber als der Hausmeister in die Küche kam und den nackten Erkenbod Effert zusammen mit Adele Lusthoff zu Tisch sitzen sah, wollte er doch lieber zu Klopfer und Teppich in den Hinterhof zurückkehren, Gedde musste die Seidenseite seines eigenen Wesens zeigen, um ihn zum Bleiben zu bewegen, er redete jetzt mit Heribert wie mit einem Freund und drohte noch dazu ein wenig damit, dass die Sache mit den verschwundenen Munch-Lithographien leider doch noch nicht ganz aus der

Welt sei. Er streifte dieses Thema nur ganz kurz, ehe er sich der Gastronomie zuwendete, und Adele, empfänglich für die Schwingungen im männlichen Gemüt, wie sie nun einmal war, unterstützte ihn jetzt mit aufbauenden Sätzen wie »Na, das ist wirklich lange her, Herr Gassmus, wie geht es denn Ihrer Mutter«, ehe sie Kaffee in einen Becher goss, dazu einen soliden Schnaps, den Heribert ohne irgendeine Nötigung sofort in sein Darmsystem kippte. Erkenbod Effert sagte gar nichts. Er wirkt total neutral, dachte Gedde zufrieden, als er sich an die verheißenen Heringsbrote machte. Wenn man von dem seltsam angedeuteten Lächeln absieht, das seine Lippen umspielte.

Dick Butter auf die fast schwarze Oberfläche des Roggenbrotes, Hering in Dill und Hering in Curry, dazu Matjesröllchen, gehackte Gewürzgurke, Rote Beete in Scheiben, Silberzwiebeln und hartgekochte Eier, Senf, Mayonnaise, es fehlte an nichts, dachte Gedde, während er Adele Lusthoffs freundlicher Hurenstimme lauschte, einschmeichelnd, beruhigend, »nehmen Sie doch noch einen Schnaps, Herr Gassmus, wir sehen uns so selten, und wer weiß, wie lange es wieder dauern wird, jetzt, wo unsere gemeinsame Freundin Margot Breivik hier auf Erden ihren Hut genommen hat.«

Ja, das sei wohl wahr, meinte Heribert Gassmus, während er den zweiten Schnaps dem ersten folgen ließ und sehnsüchtig die Brote anstarrte, die Gedde jetzt mit seinen flinken Wurstfingern zubereitete.

Das sei wohl so.

Worauf er nun anspielte, ob auf Margot Breiviks Ende oder die Tatsache, dass man nicht wissen könne, wann er

Adele Lusthoff das nächste Mal über den Weg laufen werde, blieb unklar, aber Gedde registrierte, dass irgendetwas wohl so war, es war vielleicht der Philosoph Heribert Gassmus, der sich zu erkennen gab, dachte er, während er einem großen inneren Publikum lauschte, das in spontanen Applaus ausbrach. Und als er besagtem Heribert Gassmus die Brote auf einem Teller servierte und sah, wie der zu einem kleinen glücklichen Jungen schrumpfte, nutzte Gedde zugleich die Gelegenheit, um das Projekt zu schildern, das er und Frau Gassmus begonnen hatten, nämlich ein Kochbuch mit Schwerpunkt auf der alten preußischen Küche, was Adele Lusthoff spontane Vorschläge von Gerichten entlockte, die unbedingt dazugehörten, wie »Albertiner Kartoffelsalat«, »Falscher Hase mit Rosenkohl« und »Löffelerbsen mit Schweineohr und -schnauze« – vor allem Letzteres erweckte am Tisch allgemeine Erheiterung. Aber, dachte Gedde, dass sei wirklich kein Grund zu lachen, es sei anders, es sei kühn, eine Abrechnung damit, was er inzwischen als »die polierte Küche« betrachtete, er lief in Margot Breiviks Arbeitszimmer und kehrte zurück mit Papier und Kugelschreiber, um dann peinlich genau Adele Lusthoffs Schilderung von Rohwaren und Gewürzen sowie der Vorgehensweise zu notieren, die ein Gericht namens »Löffelerbsen mit Schweineohr und -schnauze« herbeizauberte. Ob sie noch mehr habe?

Mehr? Ob das sein Ernst sei?

Gedde nutzte die Gelegenheit zu einem kurzen Vortrag über den neuen Trend in der europäischen Kochkunst, genauer gesagt der Müdigkeit, die sich bei immer mehr Menschen meldete, nach Jahrzehnten mit leichten Fischgerichten, ob nun aus Italien, Frankreich oder Griechenland, asiatischen Wokgerichten mit Hähnchen und Zitronengras, dem ganzen Schnickschnack, dem ganzen Homofraß, nicht ohne Grund habe er sich der Vergangenheit zugewandt, zuerst der belgischen Vergangenheit, jetzt also der preußischen, da sich die Einsicht immer weiter verbreitete, dass man, wenn man sich zu Tisch setzte, dass man sich eigentlich, wenn man sich zu Tisch setzte, wünschte, sich einfach richtig satt zu essen. Er sei einer der ersten gewesen, die für gekochtes Fleisch und Hackfrüchte eine Rückkehr auf Europas Tische prophezeit hatten. Und er hatte recht behalten.

Sicher, sagte Adele Lusthoff, die plötzlich verriet, dass sie aus einer Bauernfamilie stammte, Bauern- und Zirkusfamilie, dachte Gedde, sagte es aber nicht, ja, da könnte sie jederzeit genug gekochtes Fleisch und Speck aus dem alten Preußen aus dem Ärmel schütteln, um einen ganzen Tag zu füllen, das könne sie den Anwesenden versichern. Aber ihren Namen wolle sie auf der Vorderseite des Buches sehen, ihren Namen neben Claes Otto Gedde, und sie wolle am Verkauf beteiligt werden, du kleine Großhure, dachte Gedde liebevoll und stimmte ihr von Herzen zu. Da erwachte jedoch der kleine Gnom von Hausmeister zum Leben, der sich inzwischen den vierten Schnaps hinter die Binde gekippt hatte; mit dem Mund voller zermahlenem Hering konnte er berichten, wie seine eigene Mutter die vergangenen Tage hinter sich gebracht hatte, er habe sie eigenhändig mit einem Schreibheft nach dem anderen versorgen müssen, jetzt lägen sie da, fünf an der Zahl, gefüllt mit Rosel Gassmussens gastronomischen Geheimnissen. Das ist fast zu schön um wahr zu sein, dachte Gedde, das Buch ist ja so gut wie fertig, geschafft, aber dann trat ein anderer Gedanke in sein Bewusstsein ein, nämlich, dass Heribert Gassmus aus irgendeinem Grund offenbar ein Lager aus alten Schreibheften besaß, möglicherweise aus seiner Schulzeit. Eine geheimnisvolle Seele, dieser kleine Rubbellosphantast. Was ihn dann wieder an die Kurzfilmidee denken ließ, über die er noch nicht mit Gustav »Gus« Lunde hatte sprechen können, NRKs Mann in Berlin. Um nun also Heribert Gassmussens Proteststrom einzudämmen, der ziemlich lebhaft wurde, er sei der Agent seiner Mutter, wie er sagte, schaltete sich Gedde zwischen Behauptungen und Vorwürfen ein und erwähnte nun just diesen geplanten Film.

Wie beliebt?

Also, Gedde erzählte jetzt, was ihm an dem Tag passiert war, an dem er ihm zufällig gefolgt war, nicht, weil er neugierig gewesen sei oder weil er damals vorgehabt habe, sich in Heribert Gassmussens Leben einzumischen, sondern ganz einfach, weil er in dieselbe Richtung musste, und da habe er also darüber nachgedacht, wie bestimmt und zielstrebig der andere gewesen war, es war, sagte Gedde, der Journalist und Autor, der die Herrschaft über ihn in dieser Situation ergriffen hatte.

Der Kochbuchautor, wollte Effert wissen, aber Gedde machte weiter, ohne zu antworten, und erklärte, im Film werde er eine großbusige Frau hinter dem Tresen des Tabaksladens einsetzen, nicht den Knaben, der dort in Wirklichkeit gestanden hatte, sondern eine üppige reife Frau, eine Fellini-Frau, wenn sie verstanden, aber hier konnte nur Erkenbod Effert mithalten. Dennoch wurde Heribert

Gassmus jetzt so rot, dass Gedde sich fragte, ob er in seinen Phantasien doch recht gehabt hatte, dass der Knabe hinter dem Tresen nur der Stellvertreter einer riesigen Berliner Nutte war, und dass der Hausmeister in doppelter Hinsicht im Tabaksladen sein Glück suchte, Geld und Liebe, Titten und Euro, aber Heribert Gassmus schlug stotternd zurück und leugnete, überhaupt an jenem Tag im besagten Tabaksladen gewesen zu sein, er spiele nicht Lotto und kaufe Zeitungen und Zigaretten in einem ganz anderen Kiosk.

Na gut, dachte Gedde und sagte das auch, was habe das mit der Sache zu tun, er könne sich ja geirrt haben, aber was Gassmus dazu sage, in einem Kurzfilm mitzuwirken?

Nun lachte Erkenbod Effert laut und herzlich, vielleicht sogar ein wenig höhnisch, was den kleinen Teppichschläger wütend antworten ließ, das könne er durchaus, wohlgemerkt, wenn ein solches Projekt keine norwegischen Sprachkenntnisse erheische.

Und als ob Gott sich das Ganze angehört hätte, klingelte just in diesem Moment Geddes Telefon. Es war, der Herr sei gepriesen, Gustav »Gus« Lunde, der auf fließendem Norwegisch fragte, wie es denn gehe, ob das Leben in Berlin einen Sinn habe, ansonsten wolle er etwas mit ihm besprechen. Das Leben in Berlin sei randvoll mit Arbeit, konnte Gedde berichten, während er zufrieden registrierte, wie die drei Deutschen bei dieser Begegnung mit der erwähnten norwegischen Sprache neugierig die Ohren spitzten. Er schob sich eine Silberzwiebel in den Mund und lief in der Küche hin und her, das Nokia ans Ohr gepresst. Ja, es sei eben diese Arbeit, sagte Gus Lunde, es sei ja bekannt, dass Gedde immer an allerlei Projekten arbeite, immer mit irgendetwas beschäftigt sei, ob er nun in Berlin sitze, im belgischen Dorf, auf Kreta oder in New York, ob er jetzt Fernsehen oder Film »mache«, oder Kochbücher oder Reisebriefe schreibe, es sei diese unerschöpfliche Kreativität, kombiniert mit der Tatsache, dass er jetzt bald die sechzig vollenden werde, die das Interesse der hohen Herren zu Hause in Oslo geweckt hätte. Eine Einlage. Für die Samstagsnachrichten. Für einen kurzen kranken Augenblick hätte Gedde sich gern für das letzte Mal bedankt, Gus Lunde gebeten, dem Oberkommandanten in Marienlyst zu sagen, er solle sich doch die Rosette lecken, aber dann fiel ihm zum Glück ein, dass der unehrenhafte Abschied schon vor einem Menschenalter geschehen war, und dass er außerdem zwei Büchlein verkaufen musste, ja, es lag vielleicht nicht so ganz außerhalb seiner Vorstellungswelt, wieder mit dem norwegischen Fernsehen zusammenzuarbeiten. Also zögerte er ein wenig, so wie er ein wenig gezögert hatte, als Guggenvassers Sohn das Porträtinterview in *Dagbladets* Magazin vorgeschlagen hatte, aber da er ja wusste, dass diese beiden Journalisten fast schon das Bett teilten und über alles Mögliche redeten, auch über Dinge, über die Journalisten nicht miteinander reden sollten, Arbeit, Ideen und Herangehensweise, fügte er doch noch etwas hinzu, nämlich, dass er jetzt im Team arbeitete, genauer gesagt, er habe sich eine Art Stab zugelegt, alles müsse mit seinen deutschen Mitarbeitern, Angestellten, Untergebenen, Sklaven besprochen werden. Um das Ganze ein wenig auf die Spitze zu treiben, wie es ja seine Art war, und als er das Lachen des anderen hörte, wusste er, dass die Nachricht angekommen war, ja, nicht nur angekommen, wie es sich später herausstellen sollte, sondern begeistert aufgenommen, da man nun ja von einer Art »Geddes Team« reden konnte, und als das gesagt war, als Gus Lunde das gesagt hatte, konnte Gedde sich nicht mehr zurückhalten und erzählte von dem Projekt mit der alten preußischen Küche und von den angeheuerten Hilfskräften, die winzige spinnenhafte Frau unten aus dem Erdgeschoss, eins fünfzig groß und ebenso breit, und über die wahre Großhure, die Königin von Berlin, der er soeben das Geheimnis hinter dem Eintopfgericht »Löffelerbsen mit Schweineohren und -schnauze« entrissen hatte, ja, gekochte Ohren und Schnauze, mit diesen Frauen arbeitete er jetzt zusammen, sowie dem Sohn der Spinnenfrau, Heribert, Rubbellosphantast und Faktotum, Bote. Mobbingopfer, Hauptdarsteller in einem geplanten Kurzfilm. Erkenbod Effert erwähnte Gedde nicht.

Es sei fast nicht zu glauben, meinte Gustav Lunde, der sofort andeutete, dass er sehr wohl wusste, wer Adele Lusthoff war, es sei fast zu schön, um wahr zu sein, hier könne also gewissermaßen die Rede von einer Art kreativem Kollektiv sein? Ja, versicherte Gedde, der auch nicht Adele Lusthoffs Doppelrolle in diesem kreativen Strudel verschwieg, aber Herrgott, Gedde, die muss doch jetzt über siebzig sein, sie habe doch den Betrieb eingestellt, oder etwa nicht? Sie habe nicht, sie habe durchaus nicht.

Nun herrschte für einen Moment am anderen Ende der Leitung tiefes Schweigen. Und als Gus Lunde sich nach fast einer halben Minute wieder gefasst hatte, war er abermals zu einem jungen Mann voller kreativer Ideen geworden, NRK werde natürlich seinen »Schnipsel« bekommen, seine vier, fünf Minuten, aber er selbst wollte sich mindestens zwei Stunden Aufnahme sichern, es gehe hier doch um historisches Material, und außerdem wolle er einen Einblick in Geddes Stab nehmen, die pure Freakshow, aber was sei mit Henrik Vasser?

Henrik Vasser werde sein Teil bekommen, meinte Gedde.

Wenn nur Gus Lunde jetzt eine Weile die Klappe halten könnte, würden alle ihr Teil bekommen.

Nachdem er das Gespräch beendet hatte, schenkte Gedde für sich und für Heribert Gassmus einen Schnaps ein, dann hob er das Glas und sagte, die Finanzierung des Kurzfilms sei jetzt gesichert, er habe soeben mit dem Produzenten gesprochen, er selbst werde Regie führen. Das sei das eine. Der Hausmeister starrte ihn verängstigt an. Aber es gebe da noch eine Kleinigkeit, die an sich alle Anwesenden etwas anging, und zwar, dass der Norwegische Rundfunk sich gemeldet hatte, mit dem Wunsch, über Geddes Arbeitsmethoden und seinen Aufenthalt in Berlin eine Dokumentation zu drehen. Das kam jetzt ungelegen. Andererseits, wann würde es je gelegen kommen? Er war zum Arbeiten in Berlin. Es ließ sich nicht aufschieben, bis er zum Arbeiten an einem anderen Ort wäre. Er wollte niemanden unter Druck setzen. Sie sollten machen, was sie wollten. Er stellte klar, dass bei einem Auftritt im norwegischen Fernsehen kein Geld zu verdienen war. Es sollte ein Situationsbericht über ihn und seine Umgebung werden. Oder ein Porträt von ihm allein, hier in dieser Wohnung und in den Straßen um den Savignyplatz.

Wenn Erkenbod Effert sich bei dieser Mitteilung auf irgendeine Weise unwohl fühlte, dann zeigte er das nicht. Im Gegenteil, dachte Gedde, da sitzt er noch immer mit diesem ewigen ironischen Lächeln. Und von mir aus gern. Heribert Gassmus sah noch immer aus, als ob er soeben den bösen Troll im finsteren Wald erblickt hätte. Und Adele Lusthoff sagte wahrheitsgemäß, dass sie im Laufe der Jahre an so vielen Dokumentationen teilgenommen habe, dass eine mehr oder weniger keinen Unterschied mehr machen würde. Das Einzige, womit sie ganz fertig sei, seien reine Pornoproduktionen.

Sie könne gern Löffelerbsen, Ohren und Schnauze vor laufender Kamera zubereiten. Zusammen mit Frau Gassmus aus dem Erdgeschoss, fügte sie hinzu, als sie sah, dass Heribert sich auf eine Reaktion der Empörung vorbereitete.

ZEICHEN UND OMEN

In dieser Nacht erwachte der tote Zahn zu neuem Leben, und Gedde sollte später an dieses überraschende und unwahrscheinliche Ereignis als an eine Art Vorwarnung der späteren Ereignisse zurückdenken. Zuerst meldete sich eine pochende Empfindlichkeit im Inneren der Kraterwände, leichte Stöße, wenn er die Zungenspitze dort hineinbohrte, wo die Füllung gesteckt hatte, was natürlich dazu führte, dass er mit dieser Aktivität einfach nicht aufhören konnte, er lag da in der Dunkelheit und tastete den zarten Schmerz ab, den die weiche Zunge bei der Begegnung mit dem scharfen Zahnrest verursachte. Das war gegen eins. Als er zwei Stunden später erneut aufwachte, kamen die Schmerzstöße wie schwere Pulsschläge, jetzt war es nicht auszuhalten, die ganze linke Seite des Kopfes tat weh. Er sprang aus dem Bett und hörte im selben Moment brüllendes Gelächter aus dem Wohnzimmer. Dort fand er Adele Lusthoff und Erkenbod Effert in beschwingter Stimmung vor, beide deutlich angetrunken. Einen Moment lang kam er sich einfach hilflos vor, es war der entsetzliche Schmerz, und das Gefühl von verlorener Kontrolle. Das alles war so weit von dem fast klösterlichen Dasein entfernt, das er sich erträumt hatte, wie es überhaupt nur im Traum möglich war, er war zu allen Tageszeiten von Ereignissen und Aktivitäten umzingelt, doch zugleich: Erkenbod Effert war Zahnarzt. Außerdem ausnahmsweise einmal angezogen, dachte Gedde, und zog den anderen unter eine Wandlampe, wo er den Mund aufriss und in Richtung der Katastrophe wies. Effert packte ihn im Nacken und drehte seinen Kopf, bis das Licht richtig fiel. Gedde nahm den scharfen Schnapsgeruch wahr.

Ob es weh tue?

Es tue entsetzlich weh. Es sei nicht auszuhalten.

Minuten später waren sie in Efferts Volvo unterwegs durch die Stadt, Gedde hinten, Adele Lusthoff und Erkenbod Effert vorn. Unter normalen Umständen hätte diese Platzierung Gedde beleidigt, aber jetzt, unter der Folter, empfand er nicht einmal eine vage Irritation. Alles, die ganze Situation, war nur ein einziger Hilferuf, er konnte sich nicht erinnern, je einen solchen Schmerz erlebt zu haben, sein ganzer Kopf schien kurz vor der Explosion zu stehen, und das Allerschlimmste an allem war, dass das nicht passierte, denn der Tod wäre jetzt ein willkommener Gast. In welche Richtung Erkenbod Effert durch Berlin fuhr, gen Norden, Süden, Osten oder Westen, versuchte Gedde nicht einmal zu erfassen, das Einzige, was er wahrnahm, waren die Lichter der Stadt, die an ihnen vorüberrasten, Neonreklamen, Kneipenfenster, die Lichter des entgegenkommenden Verkehrs, die Straßenlaternen, alles blinkte im selben Rhythmus wie die Wogen aus Schmerz, die ihn um Sinn und Verstand hämmerten, schlugen und schlugen, dazu diese vielen Lichter und der Regen, der vom Himmel strömte, auf das Dach, die Motorhaube und gegen die Windschutzscheibe trommelte. Es war nicht möglich, auch nur einen einzigen klaren Gedanken zu fassen, nur hilf mir, hilf mir, hilf mir, und als Effert in einen großen geräumigen Hinterhof abbog, taumelte Gedde aus dem Wagen, assistiert von der Seniorhure, sie stützte ihn, sie tröstete und hätschelte ihn, und vor ihr bahnte sich Erkenbod Effert in Hemdsärmeln einen Weg durch den Sturzregen, sein breiter Rücken strahlte jetzt einen tiefen Ernst aus, jetzt war Schluss mit dem Grinsen, davon war Gedde überzeugt, obwohl er ja das Gesicht des anderen nicht sehen konnte, und er empfand eine Dankbarkeit, die fast schon religiösen Charakter annahm, jetzt wurde er endlich ernst genommen, jetzt würde ihm geholfen werden, hilf mir, hilf mir, hilf mir! Sie betraten ein gelb gestrichenes Treppenhaus, wo das Geräusch ihrer Schritte als Echo durch die Etagen geworfen wurde: der Fahrstuhl schepperte nach unten, Metall rieb gegen Metall, aus irgendeinem Grunde verstärkte dieses Geräusch die Schmerzen, die längst schon die Grenzen des Erträglichen überschritten hatten, und halb benommen hörte Gedde jetzt das grauenhafte Geräusch seiner selbst, als er aus vollem Halse schrie, während er spürte, wie Adele Lusthoff ihre Nägel tief in seinen linken Unterarm bohrte, vermutlich aus reinem Schreck, später ging es aufwärts, aufwärts, aufwärts, zum Geräusch von Metall gegen Metall, er verlor jeglichen Überblick, ihm ging auf, dass er wirklich dort stand und vor Schmerz weinte.

In Efferts Zahnarztpraxis war es so heiß wie in einer Sauna, er hörte Effert fluchen und sah, dass der den Regulator an der Zentralheizung mit heftigen Fausthieben traktierte; ansonsten waren Rezeption und Wartezimmer ausgeräumt, die Möbel entfernt, der Teppichboden abgeschält, auf dem nackten Boden lagen Illustrierte herum, an eine Wand waren zwei graphische Drucke in Glas und Rahmen gelehnt. So stand es also um die Praxis, dachte Gedde, und ermutigt durch diesen ersten Gedanken seit langem ließ er sich ins Allerheiligste führen, auch dieses Zimmer war von Aufbruch geprägt, die Schränke waren von den Wänden genommen und standen auf dem Boden, aber der Thron war noch vorhanden. Effert riss sich das triefnasse Hemd vom Leib und hob ihn hoch, legte ihn wie ein Kind in den Sessel, schaltete die blauweiße Sonne ein, und Gedde öffnete unaufgefordert den Mund, riss den Schnabel auf wie ein Amseljunges, jetzt schon ebenso nass vor Schweiß wie Effert es vor Regenwasser gewesen war, und nun machte Effert sich mit nacktem Oberkörper über ihn her, während er mit seltsam sanfter Stimme, freundlich und gebieterisch zugleich, Adele Lusthoff erklärte, was er brauchte und wo in diesem Chaos das Gebrauchte sich befand. Auf diese Weise bekam Gedde die erste Spritze, dann noch eine und abermals eine, ehe Ritter Erkenbod begann, im Elend herumzustochern, und als die Betäubung wirkte, kam der Augenblick für Zange und Zähne, das Scheißding müsse einfach raus, meinte der Mann mit der Schnapsfahne, und gab Gedde sicherheitshalber einen soliden Schluck aus einem Flachmann, ehe er die Beweglichkeit des Zahnes untersuchte, wie fest die Wurzeln saßen. Nein. Warten. Noch eine Spritze und dann noch einmal warten, und jetzt ahnte Gedde das Schlimmste, genauer gesagt, das Zweitschlimmste, da nichts auf dieser Erde schlimmer sein könnte, als weiterhin diesen Zahn mit sich herumzuschleppen; während der andere in den Ruinen des Wartezimmers eine rauchte, saß er selbst da und dachte an sein Eintreffen auf der internationalen Buchmesse in Frankfurt, an den menschlichen Verfall, den er bei den Vertretern seiner eigenen Generation wahrgenommen hatte, die eingesunkenen Hinterteile, das Todesfett, die Hängebrüste und den entsetzlichen Bremsdraht, den er an Sara Mollberga-Stålnacke registriert hatte, Herzinfarkt, Krebs, Langzeitwirkungen von Alkohol, die reduzierten geistigen Fähigkeiten, die allgemeine Resignation, die alles geprägt, die wie eine Giftwolke über den großen Hallen gelegen hatte. Daran dachte Gedde jetzt, während er erleichtert feststellte, dass die Betäubung wirkte, dass der gesamte linke Teil seines Kopfes erstarrte wie bei einem Schlaganfallpatienten, und weiter dachte er, dass von nun an bis zum Ausgang das gesamte Dasein aus einer einzigen langen Reihe solcher Niederlagen bestehen würde, Augenblicken jäher Reduktion, wie Stromwirbel in einem langsamen, aber gnadenlosen Fluss des Untergangs, kleine unangenehme Überraschungen in einem Bewusstsein der physischen und psychischen Dekonstruktion, Auflösung am lebendigen Leib, kein Erbarmen. Dann machte Erkenbod Effert sich »im Steinbruch«, wie er sagte, ans Werk, der Backenzahn sei so faul, dass dieser keinesfalls am Stück herausgeholt werden konnte. Gedde hörte den Zahn zersplittern, und das noch ehe Effert wirklich seine Kräfte einsetzte, er spuckte Blut und braune Reste in die weiße Schüssel, schluckte noch mehr Blut, überall der süße Geschmack des Blutes und der saure Gestank des verfaulten Zahnes, ein Wasserglas wurde freundlich von der Seite her gereicht, dann sollte er ausspucken, aber das Blut, das jetzt immer neu in die Mundhöhle gepumpt wurde, drohte, ihn zu ersticken, obwohl er gerade erst einen Mundvoll ausgespuckt hatte, und Effert, der jetzt wirklich aus Herzenslust zog, Geddes Kopf folgte unweigerlich mit, und Adele Lusthoff wurde hinter den Stuhl beordert, wo sie Gedde mit beiden um seine schweißnasse Stirn geschlossenen Händen zurückhielt, ihn festhielt, und er konnte sehen, wie Muskeln und Sehnen im rechten Unterarm des Zahnarztes zitterten. Er hörte sich selbst vor Selbstmitleid und Empathie wimmern. Erkenbod Effert stöhnte und fluchte, ehe er mit gewaltigem Ruck die Wurzeln herausriss, einige Schritte rückwärts taumelte, stehenblieb und das widerborstige Objekt forschend musterte, während er leise etwas auf Latein vor sich hinmurmelte. Und dann war das Ganze für diesmal vorbei, dachte Gedde erleichtert, eine Verschnaufpause auf dem Weg zur nächsten Niederlage, aber so billig sollte er nicht davonkommen, der Zahn schien seine Wurzeln in der Halsschlagader gehabt zu haben. Gedde blutete wie ein Schwein, und als er das Effert sagen wollte, besudelte er sich, seine Hemdenbrust war voller Blut, Effert bat ihn, ruhig zu bleiben, zu schlucken und ruhig zu bleiben, und schon im Fahrstuhl nach unten bemerkte Gedde, wie die Betäubung jetzt ihre Autorität einbüßte, das sagte er, und abermals schäumte Blut aus seinem Mund, Effert versicherte, er habe die Taschen voller schmerzstillender Mittel, genug, um ihn »für cin oder zwei Tage« aus dem Spiel zu ziehen, wenn sich das als nötig erweisen sollte, was Gedde letztlich beruhigte. Das Schlimmste war vorüber, damit musste er doch wenigstens rechnen dürfen, dachte er, er schluckte und dachte weiter an den Tag, der vor ihm lag, daran, dass er sich so seltsam wach und stark fühlte, trotz des lähmenden Gefühls im Gesicht, genauer gesagt, der Gefühllosigkeit, er schluckte, und er spürte den Schmerz, der langsam zurückkehrte, aber er wollte keine Pille anrühren, solange das nicht zwingend notwendig wäre, er schluckte, jetzt wollte er arbeiten, er wollte loslegen, sowie er zu Hause wäre und sich Erkenbod Effert und Adele Lusthoff zur Ruhe gelegt hätten, wieder schluckte er Blut, aber dann war plötzlich Schluss, als ob die Flasche leer wäre, dachte er, aber kaum hatte er das gedacht, ging es wieder los, er schluckte Blut, aber dann konnte er nicht mehr, er kurbelte das Autofenster nach unten und spuckte Blut in den Verkehr, bitte, spuck aus, sagte Erkenbod und lachte.

Als die Blutung im Laufe des Nachmittags ein Ende nahm und die beiden Gäste sich zur Ruhe begeben hatten, jeder in seinem Gemach, duschte Gedde lange, ehe er sich sehr sorgfältig rasierte, saubere Kleidung anzog und mit dem Fahrstuhl ins Erdgeschoss hinabfuhr, um an der Tür der gassmusschen Wohnung zu läuten, wo niemand öffnete. Das hatte er erwartet, aber er spürte die Anwesenheit der alten Frau in der großen düsteren Berliner Wohnung, sah sie vor sich, wie angewachsen am Küchenboden, lauschend, abwartend, ihren misstrauischen Blick auf die Wohnungstür gerichtet, nicht wenig beleidigt, aber er würde es ihr zeigen, er würde Rosel Gassmus zeigen, was er bei alten beleidigten Frauen ausrichten konnte. Deshalb blieb er ganz still stehen und wartete, eine Minute, zwei Minuten, drei, er stand ganz still da und wartete, und richtig, jetzt hörte er drinnen auf dem Gang schlurfende Schritte, bepantoffelte Füße über dem nach Ammoniak stinkenden Teppich, und just in dem Moment, in dem sie den Schlüssel im Schloss umdrehte, knickte er in den Knien ein, so dass seine Augen sich auf der Höhe ihrer Augen befanden, als die Tür einen Spaltbreit geöffnet wurde. Kuckuck! Und richtig: Sie war keine, die die Tür zuschlägt, sich verdrückt, sich zurückzieht, jetzt, wo er ihr seine Anwesenheit vorgeführt hatte, sie starrte ihn aus ihren kleinen Iltisaugen an, und im Spalt zwischen ihren schmalen Lippen sah er die Zähne wie eine Reihe von gelbbraunen Stiften, sie lächelte ihn gekränkt an. Aber so sei es nicht, sagt er, nicht so, wie Heribert berichtet habe, es sei doch so, dass ihr Name, Rosel Gassmus, auf dem Umschlag der »Alten preußischen Küche« zu finden sein würde, neben seinem eigenen, Claes Otto Gedde, und nicht nur werde ihr Name dort mit genauso großen Buchstaben wie sein eigener stehen, nein, ihr

Name werde auch als Einziger neben seinem auf dem Umschlag stehen. Jetzt wollte sie ihm mit Behauptungen kommen, dass sie das nicht begreife, aber er unterbrach sie lautlos mit einem frischgewaschenen Zeigefinger auf ihren Lippen, pst, nicht hier im Türspalt, nicht hier im Treppenhaus, wo alle und jeder hören können, was gesagt wird, er wollte unter vier Augen mit ihr sprechen, sagte er, flüsterte: Das sagt Hamsun. Ihr Atem an seinem Zeigefinger, er verspürte eine perverse Lust den Finger in ihren Mund zu schieben, über ihr feuchtes Zahnfleisch zu streichen, zu spüren, wie sie wie ein Kalb daran lutschte, unglaublicherweise brachte ihm das eine Erektion, und er dachte, dass die sexuellen Abgründe des Mannes wahrlich keinen Boden hätten, jenseits jeglichen Fassungsvermögens lägen, während er zugleich die eigene Zunge über das zerrissene Fleisch spielen ließ, wo bis vor kurzem der Backenzahn gesessen hatte, noch immer mit einem schwachen Blutgeschmack. Kurz gesagt, setzte er an und schob den Finger wieder in seine Westentasche, er wolle sie gern »zu sich nach oben« und auf ein Glas Likör einladen, und sie müsse unbedingt die Schreibhefte mitbringen, ob es in einer Stunde passe? Sie schaute ängstlich an der Treppe nach oben, ungefähr so, wie eine mit Höhenangst den Steilhang ansehen würde, den sie ohne Sicherheitsvorkehrungen bezwingen sollte. Aber sei es denn nicht so, dass? Nein. Er sei allein. Er wolle in dieser Nacht mit der Arbeit anfangen.

Mehr nicht. Er machte auf dem Absatz kehrt und ging rasch die wenigen Meter zum Weinladen, wo er Likör und Schokolade erstand.

Sie schlafen wie fieberkranke Kinder, dachte er, nachdem er kurz darauf einen Blick in Kammer und Gästezimmer geworfen hatte, sie werden bis tief in die Nacht hinein schlafen, und er kochte Kaffee und schnitt dünne Scheiben von einem Sandkuchen, er legte eine weiße Decke auf einen kleinen runden Tisch, den er in Margot Breiviks Arbeitszimmer trug, er holte zudem einen zusätzlichen Sessel, ehe er sich in den Schreibtischsessel setzte, und er eröffnete auf dem Laptop eine neue Datei mit dem Titel »Preußen«. Aber als die Uhr sich dem abgemachten Zeitpunkt für Rosel Gassmussens Eintreffen näherte, bekam er es mit der Angst zu tun, er stellte sich vor, wie das Geräusch der Türklingel trotz allem den Schlaf von Adele Lusthoff oder Erkenbod Effert stören könnte, es war nicht wahrscheinlich, aber war es nicht auch so, dass die Geschichte dieser Menschen ungeheuer unwahrscheinlich war? Und er ging hinaus auf den Gang, lehnte die Tür an und rauchte eine Zigarette, während er auf das Scheppern des Fahrstuhls wartete. Dann schepperte der alte Fahrstuhl. Jetzt kommt Mutti, die Zwergin des Zirkus, die Zwerggans Rosel, Roselchen, dachte Gedde und öffnete galant die Fahrstuhltür. Sie trug ein grausiges grün gesprenkeltes Kleid, Zwerggans mit Grausprenkel, dachte Gedde jetzt, grün gesprenkeltes Kleid mit einem diskreten Geruch nach Mottenkugeln. Trug sie da Mottenkugeln um den Hals? Nein, Plastikperlen. Und Heriberts alte Schreibhefte, fünf an der Zahl, an das gepresst, was einst ihren Busen dargestellt hatte. Als er die Andacht in ihrem Blick sah und sie in Margot Breiviks Nachlass führte, begriff er, dass dieser Augenblick im Laufe der Jahre ersehnt worden war, erträumt, ausgemalt. Nun sah sie mit eigenen Augen das, was sie sich so lange nur vorgestellt hatte, die dicken Perserteppiche auf dem Boden, die übervollen Bücherregale, die Gemälde und Drucke, die Leuchter aus Messing und Silber, die Schüsseln und Vasen aus Ton und Glas, antike Möbel, ausgestopfte Vögel und weiße Schädel von Bär, Gemse und Schneeleopard, und in dieses Märchenland wanderte sie jetzt, ehrerbietig, aber auch misstrauisch, gleichsam zweifelnd, dass das hier etwas mit der Welt der Wirklichkeit zu tun haben könnte. In Margot Breiviks Arbeitszimmer angekommen, schloss Gedde hinter ihr die Tür, bot ihr den Sessel am runden Tisch an, schenkte Kaffee und Likör ein, um dann in Margot Breiviks Schreibtischsessel hinter dem großen Schreibtisch Platz zu nehmen, auch er versorgt mit Kaffeetasse und Likörglas, er wurde jetzt zum Oberlehrer, erkannte er, und da saß sie wie ein kleines Mädchen mit ihrem Nagellächeln, die Füße in freier Schwebe, zehn Zentimeter über dem Teppich, die Klassenbeste, jetzt war der Moment für Zeugnis und Lobesworte gekommen. Und als ob ihre Gedanken sich in ähnlichen Bahnen bewegt hätten, erhob sie sich und schob die fünf Schreibhefte über die blanke Schreibtischfläche. Er dankte und griff nach dem ersten, las *Entenkleinsuppe mit Kohl und Meerrettich, Kartoffelsuppe mit Leberwurst,* las *Frühlingssuppe, 500 Gramm Schweinekopf (oder Spitzbeine), 1 kleiner Blumenkohl, 4 mittelgroße Kohlrabiknollen mit Grün, 3 Brötchen, 75 Gramm Margarine, Salz, Lorbeerblatt, Gewürzkörner, Suppenwürze, Petersilie, den Schweinekopf waschen (Spitzbeine außerdem in kleine Stücke hacken) und mit viel Wasser, einem Lorbeerblatt, 3 bis 4 Gewürzkörnern und etwas Salz weich kochen, nach dem Kochen das Fleisch aus der Brühe nehmen,* und so weiter, *Peitzer Karpfenragout, Senfbirnen, Sahnekaninchen in Gemüse* und *Kalbsnierenbraten,* alles aufgezeichnet in Rosel Gassmussens gerader, aber zugleich runder Mädchenschrift. Gedde war plötzlich gerührt, er sah sie vor sich, wie sie da unten in der preußischen Küche am Tisch saß, alles sauber und aufgeräumt, die kleine Frau saß da, gebeugt über die Schreibhefte des Sohnes, in blindem Vertrauen darauf, was er, Gedde, darüber gesagt hatte, dass sie, er selbst und sie, beide zusammen ein Buch über die alte preußische Küche machen würden. Also lobte er sie jetzt. Er ging so weit, er wagte, denn er ahnte ja, dass sie eine Frau war, die an keinerlei Lob gewöhnt war, er dachte an Heriberts abweisende Miene bei der gemeinsamen Mahlzeit einige Tage zuvor, kein Wort der Anerkennung, das ist also ihr Alltag, dachte er, und zum Glück war es nicht schwer abzusehen, wann sie sich der Grenze des Erträglichen näherte, ihr Blick flackerte und sie bekam einen hitzigen roten Fleck auf der Stirn. Aber, dachte er: Dich nehme ich mit nach Norwegen, wenn das Buch vorgestellt wird, denn dieses Buch wird in Oslo vorgestellt und nicht in Frankfurt oder irgendeinem anderen Kaff, ich werde überhaupt in diesem Leben nie wieder einen Fuß nach Frankfurt setzen, dich nehme ich mit nach Oslo, da wirst du im *Grand* oder im *Continental* wohnen, du wirst dein grünes Kleid einpacken und mit mir nach Oslo fahren, wir werden zusammen in Skavlans Talkshow auftreten.

Ob er denn vorhabe, auch andere um Rezepte für dieses Buch zu bitten?

Gedde erklärte, dass er meistens so arbeite, genauer gesagt, dass in aller Welt so an Kochbüchern gearbeitet werde. Der Autor gehe überall auf Jagd nach den leckersten Gerichten, er selbst habe zum Beispiel bei der *Alten belgischen Küche* die Ardennen durchwandert, sei von Hof zu Hof gegangen, ungefähr so, wie seinerzeit die Brüder Grimm umhergezogen seien und Märchen gesammelt hätten. In diesem Fall werde es jedoch nötig sein, anders ans Werk zu gehen, da sie ja »zu zweit« arbeiteten, er habe sich das genau überlegt, log er, und sei zu dem Schluss gekommen, dass die Hauptverantwortung für die Auswahl, die am Ende gedruckt werden sollte, bei ihr liegen müsse. Über die alte preußische Küche wisse sie mehr als er. Das müsse er einfach eingestehen.

Damit schien sie sich zufriedenzugeben, doch als er sah, dass ihr noch mehr zu schaffen machte, brachte er selbst Adele Lusthoff zur Sprache, sie dürfe nicht alles glauben, was Heribert so erzähle, ein Wort sei ein Wort, ihr und sein Name würden auf der Vorderseite des Buches stehen. Adele Lusthoff sei jedoch eine alte Freundin, ja, ob sie es glaube oder nicht, sie habe angeboten, zwei Gerichte beizusteuern, und dann sei seine Zunge ein wenig mit ihm durchgegangen, er sah vor sich, wie seine Zunge in ihrer Muschel rotiert hatte, die Oberschenkel, die wie im Krampf zitterten, vielleicht hatte er ihr ein wenig zu viel versprochen, sie solle nicht daran denken, die Sache ihm überlassen.

Ihm, der soeben gesagt habe, ein Wort sei ein Wort?

Das Nagellächeln. Jetzt breit.

Er musste sie einfach mögen, und das sagte er auch, das hier müsse bis auf weiteres ihr Geheimnis bleiben.

Und was das denn nun für »Rezepte« seien, die Frau Lusthoff beisteuern könne? Wenn sie also fragen dürfe?

Gekochte Schweineohren und -schnauze. Mit Erbsen.

Dann teilten sie ein herzliches, und, wie Gedde dachte, verbindendes Lachen, denn wie sie klarstellte und Gedde akzeptierte, hatten gekochte Schweineohren und -schnauze in Erbsen nichts mit Preußen zu tun. Nein, rein gar nichts.

Dann gab es Kaffee, Likör und dünne Scheiben Sandkuchen, und er hörte seine eigene Stimme reden und reden, hörte, wie eine Anekdote die andere ablöste, witzige Episoden und geistreiche Pointen aus einem Leben vor und hinter der Kamera. Als Journalist und Interviewobjekt, Moderator und Entdeckungsreisender, jetzt Kochbuchverfasser, fast zur Zerstreuung, eine Atempause, ehe er nach Weihnachten mit seiner Autobiographie beginnen würde, er habe nach dem Vertrag mit dem mächtigen norwegischen Verlag Cappelen dafür nur ein Jahr.

Entdeckungsreisender?

Ach ja, er sei mit Margot Breivik im Kongo und in Tibet gewesen, und jetzt sitze er also hier und katalogisiere ihre nachgelassenen Schriften, ein enormes Material, wie sie sich wohl denken könne, er nickte zu den abgegriffenen Einbänden in den Regalen hinüber, den vergilbten Manuskriptstapeln und den Schuhkartons voller Fotos und Zeitungsausschnitte. Und während er aus dem Inneren des Kongo berichtete, wo er wirklich gewesen war, wenn auch nicht zusammen mit Margot Breivik, tippte er eine Meldung an Gustav »Gus« Lunde, »ruf sofort an«; Sekunden später klingelte das Telefon, er nahm das Gespräch kopfschüttelnd an und erklärte Lunde, dass es eigentlich möglich sei, mit den Aufnahmen gleich anzufangen, er könne sofort kommen, denn hier sitze er nun im Gespräch mit seiner Co-Autorin und sie sei ein ziemlicher Anblick, klein und breit, in einem grünen Echsenkostüm, das sie aller Wahrscheinlichkeit nach in einem Moment der geistigen Umnachtung angeschafft hatte. Es lasse sich leider nicht machen, meinte Lunde, er sitze im Zug nach Dresden, es gehe um einen Bericht über eine Opernsängerin aus Oppland, einen Durchbruch, vielleicht eine Sensation, aber was wäre mit morgen am späteren Nachmittag?

Leider nein. Unmöglich.

WG IN BERLIN

Am folgenden Tag wurde dann doch mit den Aufnahmen begonnen, da Gedde es geschafft hatte, den Zeitplan zu ändern, er hatte Verabredungen und Termine umgelegt, hatte überhaupt aufgeräumt, ausgeräumt, und gemeinsam mit Rosel Gassmus wurde beschlossen, dass der Rahmen um diese allererste Aufnahme ein Essen sein sollte, ein gemeinsames Gastmahl, bei dem auch Erkenbod Effert, Adele Lusthoff, Heribert Gassmus und Henrik Vasser zugegen sein sollten, wohlgemerkt, falls sie das wünschten, was alle wünschten, aber Rosel Gassmus stellte absolut klar, wer das Kochen übernehmen sollte, nämlich sie, nicht Gedde, und schon gar nicht Adele Lusthoff – was aber keinerlei Probleme machte, da Adele Lusthoff lieber Wein trinken und »alles vom Spielfeldrand aus« beobachten wollte.

Das war der Auftakt zu dem vierzig Minuten langen Dokumentarfilm, der später in jenem Winter, gleich vor Weihnachten, nur Tage vor Geddes sechzigstem, unter dem Titel *Die Berliner Wohngemeinschaft* im NRK gezeigt wurde, ein Bericht über Geddes Leben in Berlin im Herbst 2006, bei dem Gustav Lunde das Schwergewicht auf Geddes anarchistische Neigungen legte, auf den Bohémien und Universaldilettanten, den frauenliebenden Lebenskünstler, den Gourmet und Globetrotter. Hier sehen wir Claes Otto Gedde im Wintermantel, wie er zusammen mit Rosel Gassmus in Kreuzberg einkauft, der zweitgrößten türkischen Stadt auf der Welt, und das mitten in Berlin, die beiden untersetzten Personen befühlen Obst und Gemüse, diskutieren Preis und Qualität mit den lokalen Muslimen, Frauen mit Kopftuch und Männer mit Rauschebärten, Gedde jovial und weltmännisch, Scherze und kumpelhaftes Schulterklopfen, Hände schüttelnd, wohlwollend nickend, feilschend, wir hören ihn einzelne türkische Wörter und Ausdrücke verwenden, braunäugige Kinder ansprechen, die hohe Qualität der Waren loben, die ganze Zeit sekundiert von der misstrauischen Rosel Gassmus. Schwenk zur Küche in Margot Breiviks alter Wohnung, wo die nämliche Rosel Gassmus, noch immer scheelen Blickes und sich vor der Kamera deutlich unwohl fühlend, Preiselbeerfleisch mit Speckkartoffeln zubereitet, assistiert von der Großhure Adele Lusthoff, Adele Lusthoff, die Kartoffeln und Gemüse kleinschneidet, während sie von ihrem langen Leben und ihrer tiefen Freundschaft zu Claes Otto Gedde erzählt, einem der insgesamt acht Kunden, die sie behalten hat, nachdem sie eigentlich in den Ruhestand gegangen ist, Gedde, der liebevoll ihren gewaltigen Hintern streichelt, und Heribert Gasmuss, das ein wenig zurückgebliebene Faktotum der Wohngemeinschaft, der grinsend am Küchentisch sitzt, das alles zu den Klängen von Satie, die Erkenbod Effert aus dem Flügel im Musikzimmer hervorzaubert, der riesige Erkenbod Effert, der aus irgendeinem Grunde vom Karussell abgesprungen, aus dem bürgerlichen Leben ausgestiegen ist, jetzt in Anzughose und Unterhemd, ein Wunder von Orang-Utan, Henrik Vasser, *Dagbladets* Vertreter, der nachdenklich auf die Straße hinunterstarrt, rauchend mit einer Bierflasche in der linken Hand, und alle fünf, die Preiselbeerfleisch mit Speckkartoffeln verzehren, während sie riesige Mengen Wein trinken und lachen und lärmen. Und sie trinken noch mehr Wein und singen Lieder von Brecht und Weill. Und Gedde tanzt mit Rosel Gassmus. Und Gedde tanzt mit Adele Lusthoff. Und Gedde spielt vierhändig mit Erkenbod Effert. Und Gedde trinkt mit Henrik Vasser im *Fisch*. Geht allein durch die Straßen, mit Stimme aus dem Off (»… dass ich mich immer weggesehnt habe, weg aus den Salons von Frogner, weg aus Klassenzimmer und Schulhof, weg von Oslos Straßen, weg von Norwegen, dem Engen, Drückenden …«). Und. So. Weiter.

Und die ganze Zeit vor laufender Kamera, in den türkischen Läden von Kreuzberg, in den nachtstillen Straßen und in der Wohnung in der Knesebeckstraße 85, während er hört, wie seine eigene Stimme und sein Lachen sich unter Stimmen und Lachen der anderen mischen, spürt er, dass das Misstrauen, der Verdacht, den er die ganze Zeit in Rosel Gassmussens Blick lesen kann, auch seine eigenen sind, und dass es nicht in erster Linie Gustav »Gus«

Lundes Absichten sind, an denen er seine Zweifel hat, sondern seine eigenen, das Spiel, das er spielt, wenn er hier das sabotiert, was seine lange Nacht in Berlin hätte sein sollen, die Einsamkeit, die Stille, die selige Dunkelheit, die wie eine Decke über Wochen und Monaten liegen sollte, nur der Verkehr tief unten, die Sirenen in der Ferne, wie eine Erinnerung daran, was ihm in dieser langen ruhigen Nacht voller Rotwein und Nachdenken, Vorbereitungen auf den eigenen Tod erspart geblieben ist. Und, dachte er, als er spät in der Nacht über Adele Lusthoff losbrach, die auf allen vieren stand, ruhig wie eine Kuh in der Box, Enthaltsamkeit, Reinigung im Zölibat, nicht ins Bordell gehen, nicht Adele Lusthoff anrufen, die jetzt also zusammen mit Erkenbod Effert bei ihm eingezogen war, und er selbst bekam die Lage nicht in den Griff, sondern ließ im Gegenteil die Ladung hochgehen, als habe er sich das hier gewünscht, als er unten in Belgien saß und an dem elenden Kochbuch arbeitete, nie wieder Kochbuch, hatte er gedacht, und jetzt war er verdammt noch mal mit einem neuen zugange. Und als er sich aus ihr herauszog, ließ sie sich auf die Seite kippen und war sofort eingeschlafen, während er irgendwo zwischen Phantasien und Träumen liegenblieb, und wieder erschien die Autofahrt in den Bardo vor seinem inneren Auge, diesmal in der schwarzen Limousine aus Frankfurt, jetzt zusammen mit Margot Breivik, Margot Breivik zugeknöpft und streng, Anorak und Stretchhose, solide Bergstiefel und Sonnenbrille, tot und braungebeizt nach einem langen Leben unter freiem Himmel. Und dort draußen, hinter den verrußten Fenstern; Ödland, Gegenwelt, Wüste, Brauntöne mit Lila in den Schatten, und er selbst in allen Stadien: wie er durch das Atelier seiner Mutter in Kampen kriecht und sich mit dem Mund durch die Welt vorantastet, wie er alles, was er findet, in den Mund steckt, Tuben mit Ölfarbe, Blei auf der Zunge, der Geschmack von Terpentin und Metall, das verdutzte Gesicht seines Vaters, als er sich zum ersten Mal aufrichtet und stehenbleibt und sich am Tischbein festhält, die Begeisterung seiner Eltern, als er loslässt und durch das halbe Zimmer taumelt, ehe er dann umkippt, wieder hoch und weiter auf der lebenslangen Wanderung durch die Straßen, durch die Wüste, den Dschungel, aus und ein durch Türen und Tore, über offene Plätze, Treppen und Abhänge, hoch und nieder, laufen, laufen, und sich Knie und Ellbogen aufscheuern, Ski, Fahrrad, Schlittschuhe, Eckball, den Fuß auf dem Gaspedal, in Hundekacke und nasses Gras treten, auf weißem Flundersand waten, stinkende Socken, Blasen und Märsche, Lackschuhe, Turnschuhe, Stiefel, Pantoffeln zu Weihnachten, später Hühneraugen und Hornhaut, nur gehen und gehen, durch das Menschenleben, das Leben auf Erden, die Strecke hinter sich bringen, zweimal um den Erdball, das ist das Los des Durchschnittsmenschen, und all die Pausen bei der ganzen Geherei, die Ruhe vor Würstchenbuden und in Sesseln und Betten, andere Füße, andere Füße im Mund, fremden Frauen zwischen den Zehen lecken und ihr Kichern hören, hör auf, lass das, weiter, weiter durch das Dasein und Fleisch und Blut, der erste Schultag, das Lächeln der Tanten, Pfadfindertouren, Familienausflüge, Reportagereisen, Auto, Bus, Zug, Flugzeug und Fahrrad, Fähre, Kanu, Ruderboot, weiter, weiter, Begehren und Verliebtheit, Sex, Beziehungen und Trennungen, alle Gesichter, die vorübertanzen, während die Wüste zu schmalen Bergpfaden wird, Abgründen und Pässen, Gipfeln und Steilhängen, und er denkt, dass es so guttut, nur so dazuliegen und auf diese Weise zu sterben, aus allem hinauszusegeln, während die Erinnerungen wie Filmausschnitte vorüberjagen, zusammenhanglos und chaotisch, das war ein Stück der langen Nacht, wie er sie sich erträumt hatte – aber nicht im Einzelbett, wie vermutet, sondern hinter dem breiten Rücken der Großhure von Berlin, eingepackt in eine Limousine, auf Probefahrt durch den Bardo.

GEHEN. NICHT LAUFEN

Aber am nächsten Tag und in der nun folgenden Woche verstärkte sich Geddes Misstrauen immer weiter, nicht nur das, welches er seinen eigenen Absichten entgegenbrachte (wie ehrlich war denn sein Wunsch nach Isolation und innerer Einkehr wirklich), sondern auch das Misstrauen gegenüber den Absichten und Wünschen, die die anderen möglicherweise hegten. Er hörte sich an seiner eigenen Oberfläche herumplatschen, zwischen Anekdoten und geistreichen Bemerkungen, die in einem einzigen Strom kamen und kamen, während er in den Blicken der anderen eine neue Anspannung zu registrieren glaubte, im Gesagten einen doppelten Boden ausmachte, vor allem machten die beiden Journalisten ihm zu schaffen, er hatte sie zu dicht an sich herangelassen, dachte er, hier kamen und gingen sie wie vollwertige Mitglieder der »Wohngemeinschaft«, die sie selbst erfunden hatten, auch wenn er ja selbst dazu beigetragen hatte, wenn er ehrlich sein wollte. Er hatte sich nicht beherrschen können, wo sie nun einmal in Berlin waren und Interesse an seinem Tun und Lassen in Vergangenheit, Gegenwart und Zukunft zeigten. Nein, da hatte er sich nicht beherrschen können, und plötzlich kam ihm ein überaus quälender Gedanke, ihm fiel plötzlich ein, wie er in Frankfurt mehrmals erwähnt hatte, dass er nach Berlin weiterfahren und dort Herbst und Winter verbringen wolle ... Und das ließ ihm jetzt keine Ruhe. Denn war es nicht seltsam, dass Henrik Vasser ihn plötzlich angerufen hatte, nur zwei Stunden nach seiner Ankunft in der deutschen Metropole. Egal, er konnte ja von irgendwelchen Norwegern zufällig in der Stadt gesehen und erkannt worden sein. Er konnte zudem sehr gut von Vasser und Lunde entdeckt worden sein, als er an den großen Fenstern des *Fischs* vorübergegangen war. Aber wenn er sich jetzt die Stimmung in Erinnerung rief, die die Buchmesse in Frankfurt geprägt hatte, Resignation, Verfall und Zynismus, konnte er die Möglichkeit nicht außer Acht lassen, dass jemand vielleicht telefoniert hatte, zum Beispiel mit Henrik Vasser, um seine Ankunft anzukündigen, seine Absicht, in den kommenden Monaten ein zurückgezogenes Leben zu führen. Vollständig unwichtig, total gleichgültig, wenn ihm nicht der Tonfall an sich eingefallen wäre, der in den großen Hallen in Frankfurt geherrscht hatte, die Stimmung, die hervorgerufen worden war, zuerst durch Sindre Guldvogs leicht resigniertes Lächeln, bekräftigt durch William Nygaards lässiges »Ach was«, wenn er sich das richtig überlegte, hatte das Ganze etwas Herablassendes gehabt, eine Art Resignation, lustige Resignation bei den Treffen, die er mit einer Reihe von Menschen aus der Vergangenheit gehabt hatte. »Stell dir vor, da hab ich doch tatsächlich den alten Gedde getroffen.« – »Was, du hast Gedde getroffen?« – »Sicher hab ich Gedde getroffen, jetzt sieht er tatsächlich aus wie Van Morrison, jetzt fehlt nur der blöde Hund, und er hat verdammt noch mal ein Kochbuch geschrieben!« Er fürchtete nun so langsam, dass er im Dokumentarfilm und dem geplanten Interview als Clown vorgeführt werden sollte, die unvergesslichen Niederlagen, wie die Entblößung im Fernsehen, die Prügelei im Theatercafé, gestrandete Projekte, von denen »Geddes Toskana« nur der Anfang war, aber vor allem fürchtete er, dass er diesen Blickwinkel selbst herausforderte, da er doch diese Seite immer wieder an den anderen zeigte, vielleicht mit Ausnahme von Heribert, den er ja immerhin zusammengeschlagen hatte. Und die ganze Zeit lief die Kamera, früh und spät, Film um Film, er konnte es nicht ertragen, der bloße Anblick der Kamera lockte den Entertainer aus der Vergangenheit in ihm hervor, den aus seinen Glanzzeiten beim NRK, den Spaßmacher aus »Freitag spät« und »Mitten in der Woche«, er war nicht zu stoppen, sogar die Sache mit Adele Lusthoff, Hurerei, die ja in einem Land wie Norwegen ein gewaltiges Abscheupotential besaß, bekam jetzt etwas Biederes und Armseliges, wenn seine Bekenntnisse vor ihm abliefen, ja, auch da erschien er als Clown, es war die Großhure, die seriös und verantwortungsbewusst wirkte, sie trug das Gewicht ihres eigenen Lebens. Warum also nicht gleich als Clown auftreten, genauer gesagt, als Verlierer der Nation, ein Mann in freiem Fall, totalem Verfall, dachte er eines Nachts, als das Amüsement in Margot Breiviks Wohnung ihn hinaus auf die Straße getrieben hatte, die ganze Bande war mehr oder weniger eingezogen, die ganze Zeit war der Bär los, warum also nicht die Rolle dessen übernehmen, der seine eigene verlorene Größe offen zeigt? Denn dann würde es keinen Weg zurück geben, dachte er weiter, dann würde er in der Falle sitzen, dann sitzt du in der Falle, Claes Otto, du bist sechzig, das ist das Eingangstor zum Alter, jetzt gehst du in deinen eigenen Nachruf, und gerade dieser Nachruf war ihm witzigerweise wichtig, und dabei hatte er doch auf solche Dinge immer ganz einfach geschissen, und er ging durch die Straßen von Berlin und staunte über sich selbst, während er registrierte, dass er von Zeit zu Zeit von einer plötzlichen Lust überwältigt wurde, einfach loszulaufen, er dachte: Nicht laufen, wenn du anfängst zu laufen, bist du fertig, das hältst du nicht aus, das war ihm schon einmal geschehen, ohne irgendeinen Grund war er mitten in Manhattan in Panik geraten, und dann war er losgelaufen und hatte nicht anhalten können, es war einfach unmöglich gewesen, anzuhalten, als er erst einmal losgelaufen war. Er lief mit dem Geschmack von Blut im Mund und dem Herzen im Hals, er war dazu nicht in Form, er rauchte fünfzig Zigaretten pro Tag, das war gefährlich, er lief in Mantel und Spazierschuhen, und ehe er sich's versah, fing er jetzt wieder an zu laufen, er war bis zum Alexanderplatz gegangen, auch diesmal in Mantel und dicken Schuhen, es war eine Ewigkeit bis zur Knesebeckstraße, es war unmöglich, so weit konnte er nicht gehen, aber jetzt lief er in die Richtung von Margot Breiviks Wohnung, wo, wie er wusste, alle anderen um den Küchentisch saßen, so hatte es sich ergeben, der Küchentisch war zu ihrem Treffpunkt geworden, sie saßen jetzt am Abend am Küchentisch und tranken, Adele Lusthoff und Erkenbod Effert, Henrik Vasser und Gustav »Gus« Lunde, Rosel und Heribert Gassmus, dort saßen sie und tranken und zogen über ihn her, es war ein großer Fehler gewesen, Vasser und Lunde dermaßen freie Hand zu lassen, dachte er, während er auf das abgesperrte Schloss Bellevue zulief, ein großer Fehler, da er nicht der einzige war, der Anekdoten erzählen konnte, und vor allem, weil es so viele Anekdoten über ihn gab, er wusste doch, was im *Fisch* über ihn erzählt worden war, nachdem er in jener Nacht nach Hause gegangen war, dass sämtliche Fernsehsender Norwegens ihn gefeuert hatten und dass er auf einer Toilette im *Fisch* eine schlafende Frau gevögelt hatte, er wusste auf die Schnelle nicht, ob auf der Herren- oder Damentoilette, nicht laufen, mahnte er sich selbst, aber er lief und lief, inzwischen humpelnd, entsetzt über sich selbst, wie ausgedörrt im Mund, mit Tränen in den Augen, er ahnte nicht, was los war, wusste nur, dass er nicht zurück in die Berliner WG wollte, so idiotisch das klang, wie irgendein Scheiß aus den siebziger Jahren, nein, dorthin wollte er nicht, und dennoch lief er verdammt noch mal in diese Richtung, das Bild, das er in Gedanken hatte, die anderen, die um den Tisch saßen und sich in dem ausbreiteten, was doch ihm hätte gehören müssen, er musste aufräumen, sie aus dem Haus schaffen, und ihm ging auf, dass es vielleicht gerade darum ging, eine phantastische Erkenntnis, dass es jetzt reichte, jetzt würde er sich sein Leben zurückholen, er war hier, um allein zu sein, nicht, um sich an irgendeiner wirren Gemeinschaft zu beteiligen, ja, jetzt stieg diese Erkenntnis aus seinem Unterbewusstsein auf und setzte sich in ihm fest, und als sich endlich die Wut einstellte, beruhigte er sich, wie schon so oft, er konnte auch nicht mehr laufen, es hörte ganz von selbst auf, dachte er, die Beine blieben stehen, nicht das Herz. Es. War. So. Befreiend. Und dort, eine Würstchenbude mit kalter Cola, eiskalter Cola, außerdem eine Bank, die Wunder der heiligen Materie, nur einen Steinwurf bis zur Friedrichstraße, mit der Bahn nach Hause zum Savignyplatz, sowie er sich wieder eingeholt hätte, würde er es ihnen allen zeigen.

EIN MANN DES ERNSTES

Aber sicher doch, er würde ihnen gehörig die Leviten lesen, dachte er ein wenig später, als er schwankend in der überfüllten S-Bahn in Richtung Savignyplatz stand, er würde ihnen sagen müssen, dass das nichts brachte, dass es so nicht weitergehen könne, jetzt brauche er Ruhe, *und ich erwarte, dass ihr das versteht, es war nett, es hat Lachen und Gesang und guten Wein gegeben, leckeres Essen, aber jetzt ist Schluss damit, jetzt gehen wir alle an unser Tagewerk und vor allem ich an meins, das heißt, meine Arbeit und meine tägliche Meditation, meine nächtlichen Reflektionen über Leben und Tod, wie Margot Breivik mich das einst nach tibetanischem Vorbild gelehrt hat.* Todesreflektionen, jetzt wird sich die ersehnte Ruhe über meine lange Nacht auf Erden senken, wo Sieg und Niederlage gegeneinander gerechnet werden sollen, studiert und summiert, jetzt, wo ich bald sechzig werde und, formal gesehen, in das Alter eintrete, denn so habe ich mir das immer vorgestellt. Sechzig als Wegscheide. Doch, denn so hatte er das immer gesehen, auch wenn er sich, im Vergleich zu den meisten Gespenstern, die er in Frankfurt getroffen hatte, gut gehalten hatte, trotz des Fettes, besser sogar als viele Fünfzigjährige, auch wenn gerade das ihn nicht sonderlich interessierte. Er hatte kein Interesse an Schönheitswettbewerben, aber die schlichte Tatsache, dass er mit einem gewissen Stil ins Alter eintreten wollte und dass das Portal zum Alter bei den vollendeten sechzig aufgebaut war, führte dazu, dass er daran denken musste, wie die Tanten durch just dieses Portal geschritten waren und wie alt sie ihm an ihren sechzigsten Geburtstagen erschienen waren, zuerst Astoria, dann zwei Jahre später Natalie, und er war ja nicht dumm genug, um nicht zu begreifen, was die jungen Fahrgäste sahen, wenn sie jetzt ihre Blicke auf ihn richteten, falls sie nicht ganz einfach durch ihn hindurchblickten, ihn bereits für ganz oder teilweise aus der Welt hielten. Dort steht ein fetter alter Mann, mochten sie denken, vielleicht sogar ein altes Schwein, falls sie die langen Blicke auffingen, die er ab und zu den Hinterteilen und Brüsten diverser Frauen sandte, ein alter Mann, jenseits von Sex, impotent und sexfixiert, in seiner Jugend hatte er selbst so gedacht, wenn er alternde Exemplare der Spezies Mensch erblickt hatte, die da, hatte er als junger Mann immer gedacht, die da, der da, sind damit fertig, und dann stehen sie da, sitzen sie da und denken dennoch ihre Gedanken, und als er jetzt dort stand und schwankte und sich an die Bakelitstange klammerte, musste er an etwas denken, das sein guter Freund Eivind Abler über die Straßenbahnen von Oslo gesagt hatte, genauer gesagt über die braunen Bakelitstangen in den Osloer Straßenbahnen, nämlich, dass Dicke und Farbe richtig seien, so ziehe er, Eivind Abler, das vor, hatte er gesagt, und immer seither, egal wo auf der Welt Gedde sich auch aufhielt, tauchten diese Worte in seiner Erinnerung auf, wenn er die Straßenbahn oder U-Bahn nahm. Eivind Abler, der auf diese Weise seine Abweichung bekannt hatte, ja, sogar Idealmaße und Hautfarbe und Herkunft des erträumten Geliebten, die unerreichbaren pakistanischen Gastarbeiter, die jetzt ins Land kamen, denn das war in den frühen siebziger Jahren gewesen. Und nun gerieten seine Gedanken wieder auf Abwege, in Bezug zu dem Ernst, den er sich erst vor kurzem auferlegt hatte, dass er doch klar und und deutlich Bescheid sagen musste, wenn er irgendeine Hoffnung auf die Ruhe haben wollte, die er so dringend brauchte, und da war es einfach egal, wie sie das alles möglicherweise sahen oder einschätzten, ob es sich nun um Erkenbod Effert, Adele Lusthoff, die Gassmuse, Vasser oder Lunde handelte, auch wenn er im Falle Vasser die Möglichkeit des besprochenen Porträtinterviews offenhalten wollte, er wollte ja nicht ganz unwillig sein, aber es musste kurz vor Weihnachten stattfinden, jedenfalls im Dezember, nicht jetzt im Oktober, während er sich doch in die Arbeit vertiefen müsste, und er fand es schon ein wenig seltsam, dass Henrik Vasser das nicht von selbst begriffen hatte, aber jetzt musste ihm das in aller Freundschaft klargemacht werden. Und plötzlich kam sie ihm, die Erkenntnis, dass er während der vergangenen zwei Jahre weniger schroff geworden war, weniger stur und streitsüchtig als früher, etwas, das erst in den vergangenen Tagen an die Oberfläche gekommen war, in Frankfurt und dann hier in Berlin, aber jetzt war die Sache zu weit gegangen, jetzt war alles aus dem Ruder gelaufen, jetzt war es an der Zeit, wenigstens ein wenig vom Streithahn der Vergangenheit heraufzubeschwören, jetzt allerdings kultiviert und höflich in Form eines ernsten Mannes, der trotz allem den Großteil seines Lebens mit seriösen Aktivitäten verbracht hatte, als Kriegsreporter, Nachrichtensprecher und Kurzfilmregisseur, sozusagen als Spielfilmregisseur, auch wenn es im Laufe der Jahre durchaus auch Jux und Chaos gegeben hatte, und da war es wohl nur zu erwarten, dass gerade der Clown sich in Gedanken und Erinnerungen der meisten festgesetzt hatte. War es das Alter, das ihn der Welt, die er bald verlassen würde, milder gegenübertreten ließ, oder war es der Anblick von Alter und Verfall der anderen, war es das buddhistische Mitgefühl, das sich jetzt endlich in ihm geltend machte, das Mitleid, das Mitgefühl dem Mitmenschen gegenüber, vor allem der Frau (so war er nun einmal veranlagt), der die Zeit das Fett abkratzte, die runden Formen, die einfach verschwanden, die Brüste, die zur Erde strebten, die flachen Hosenböden, wo früher ihre Hintern gewesen waren, die ekelerregenden Reste von Waden und Oberschenkeln, die Bremsdrähte in Hals und Kniekehlen, die Echsenhaut, die runzligen Säcke unter den Augen, die triefenden Augen, die einst so viel gesehen hatten, die ihn selbst gesehen hatten, zum Beispiel, damals, als er auf seinem Höhepunkt gewesen war, die Augen, die ihn beobachtet hatten, als er selbst glatt und stark gewesen war, ein geiler Tunichtgut mit Charme und weißen Zähnen, und er hatte sie ins Bett gezerrt, so wie sie ihn ins Bett gezerrt hatten, den Moderator und Reporter, den Fernsehpromi, die Stimme aus dem Radio, und sie alle hatten sich in der Unschuld befunden, der wundersamen Unschuld, die damals geherrscht hatte, als alle an die Wichtigkeit von Kommunikation, Ausbildung, Bildung, Literatur und Theater geglaubt hatten, jetzt sah er sie vor sich, alle diese Frauen, aber auch die Männer, die Kollegen, die Freunde, und wenn er sie nun vor sich sah, sie so stehen sah, wie William Nygaard gestanden hatte, auf den rollenden Wegen, die sich zwischen den Hallen der internationalen Buchmesse in Frankfurt dahinzogen, missmutig und müde, voller Zweifel an der Zukunft des Buches, blasiert durch eine endlose Anzahl von Fernsehsendungen, lebensmüde und besiegt, und er selbst, der auch hier stand und sich transportieren ließ, wenn auch durch Berlin, aber wo lag der Unterschied, es war dasselbe Laufband zum Untergang, am anderen Ende warteten Packzentrale, Pappkartons, Urnen und Särge, der Ort, an dem die Ideale, die Träume und Visionen schon längst angelangt und in Flammen und Erde versenkt worden waren.

Kurzum: Claes Otto Gedde kam sich ein wenig dämlich vor. Hier stand er, Leib an Leib mit den jungen Berlinerinnen, gelben, schwarzen, weißen, und ihren gelben, schwarzen und weißen Verehrern und Liebhabern, wie ein ungebetener Gast in einem Meer aus zusammengepresstem Fleisch und Geschlecht, und es half auch nicht viel, dass er nicht der einzige Dinosaurier war, sie waren viele, und sie waren missgestaltet, aber nur Schatten, halb unwirklich, so wie er selbst aller Wahrscheinlichkeit nach für sie ein halb unwirklicher Schatten war, sie standen – dachte er entsetzt – *im Weg für die Zeit, in der sie noch gerade lebten und atmeten.*

Alles kam ihm ein wenig leichter vor, als er am Savignyplatz aus der S-Bahn stieg. Als er abermals die Lunge mit der kühlen Oktoberluft füllte, glaubte er, ein wenig von der leicht beleidigten Energie zu spüren, die ihn in Frankfurt gesegnet hatte, nachdem er den Zug aus Brüssel verlassen hatte, der Ärger über das enge Hotelzimmer, von dem er wusste, dass es ihn erwartete, jetzt wusste er, dass Margot Breiviks große Wohnung auf ihn wartete, die nötigen Zurechtweisungen und Korrekturen, die Abrechnung mit den Anwesenden. Jedem das Seine und mir das Meine, dieses kleine Wortspiel gefiel ihm durchaus, wie er merkte. Es hatte nichts Großartiges, es war kein Pfau, eher ein Spatz in einem Busch, vielleicht sogar ein Spatz, der nicht richtig in Form war, aber vielleicht gerade deshalb … jedem das Seine und mir das Meine … Das kann doch kein Grund zum Weinen sein, dachte er und räusperte sich. Für den Fall, dass es nötig werden könnte, diese Energie zu benutzen, wenn die Bettler unten auf der Treppe …

Es erwies sich nicht als nötig, der eine Bettler, der noch anwesend war, hatte sich schon zur Nacht bereitgelegt, lag da mit dem Kopf auf dem Bauch des Hundes, und deshalb benutzte Gedde dann doch die Stimme, jetzt ganz befreit von jeglicher Form von Kloß, Schleim, Rotz, um am Kiosk eine kleine Flasche Doppelkorn zu erbitten, er bezahlte und ließ die Flasche in seine Manteltasche sinken, ging weiter und liebkoste die kleine Flasche mit der rechten Hand, ihre flache Form, sie lag so gut in seiner

Hand, warm zwar, und nicht, wie sie sein müsste, kalt müsste sie sein, aber war es denn nicht grundsätzlich so bestellt, um Menschen und Gegenstände hier auf Erden? Und immer so weiter auf diese Tour, es war verdammt noch mal nicht zu glauben, jetzt war es bald so weit, dass er das Nest nicht anfassen dürfe, das Nest ist ein kleines Bett, und nicht auf das Glas treten, auch stummes Leben hat seinen Sinn, stocknüchtern und triefend sentimental, was war das für ein Unsinn, aber in den *Fisch* würde er nicht gehen, deshalb ging er in eine Kneipe unter den S-Bahnbögen und trank ein Glas Weißwein, da dieses Getränk ihn oft wütend und zynisch machte, er konnte doch nicht mit tränenerstickter Stimme ankommen, wenn er gleich drüben in der Knesebeckstraße mit klarer Ansage Ordnung schaffen würde, alle auffordern würde, sich zu dem Ihren zu scheren.

Und sein Telefon klingelte nicht. Und keine einzige SMS piepste herein. Nur der Lärm der anderen, der roten Münder, die sich öffneten und schlossen, zu Lachen und Dialogen, die Zähne, die Luft und Zigarettenrauch zerkauten, die Augäpfel, die wie Froschlaich in den Augen trieben, feucht und wachsam, die Haut straff gespannt über Fleisch und Schädelknochen, harte Nägel am Rand der Fingerspitzen, runde Finger, krumme Finger, sie packten Glas und Zigaretten, Zeitungen und Bücher, und er merkte, dass es ein Bild war, das ihn fangen könnte, ihn verschlingen, dieser Anblick des Vertrauten als etwas Fremdem, es war, wie damals aus dem Gebirge zu kommen und die Tanten wiederzusehen, Tante Astoria lachen zu sehen, während der Bergbauer Tante Natalie in harten, zögernden Stößen nahm, sie waren dieselben wie immer, aber zugleich ganz anders, und das Einzige, was er von allem hatte begreifen können, war, dass sie die ganze Zeit anders gewesen waren, dass alles und alle zutiefst anders waren als zuerst erlebt und angenommen, und dass Verständnis und Geborgenheit Überlebensmechanismen waren, er hatte es sich von Margot Breivik bestätigen lassen: Sie hatte das Ich mit tiefer Glut verleugnet, es sei ein nützliches Werkzeug auf dessen Reise durch die Welt in Fleisch und Blut, die Furcht dessen Waffe und Werkzeug – was immer ihm eine solche Erkenntnis gerade jetzt einbringen mochte, es war ja nicht einmal seine eigene … Wie weit nun dessen eigene Erkenntnis etwas mit der Wirklichkeit zu tun haben mochte, wenn das Ich also nicht existierte. Nun klingelte zum Glück das Telefon, zum Glück klingelt das Telefon, dachte Claes Otto Gedde, er hörte es nicht, spürte aber, dass es in seiner Hemdentasche vibrierte, das Telefon klingelte, und er war wieder in einer zumindest verhältnismäßig begreiflichen Wirklichkeit, ob das Ich nun existierte oder nicht; ja, es war eine Erleichterung, auf dem Display zu sehen, dass da Henrik Vasser anrief, warum, wusste er nicht so ganz, nur dieses Gefühl der Erleichterung, eine Art Aufmunterung, ein Aufwachen im Verhältnis zu dem Zustand, in dem er sich in den vergangenen Stunden befunden hatte, eine Möglichkeit erneuter tabloider Annäherung, also drückte er auf Grün, ließ Henrik Vasser an sich heran. Henrik Vasser saß im *Fisch*, teilte dieser mit. Was? Im *Fisch*. Henrik Vasser hörte sich an wie in Öl eingelegt, in einer noch nicht geöffneten Büchse Sprotten, weit, weit weg, und dahinter sausten Lachen und Lärm. Im *Fisch*? Ja, im *Fisch*, verdammte Pest, und er selbst? Gedde sah sich um und ihm fiel nichts Besseres ein als zu sagen, dass er sich irgendwo unter der S-Bahnlinie zwischen Savignyplatz und Zoo befand, er konnte den Namen der Kneipe in Spiegelschrift auf der großen Fensterscheibe nicht entziffern, ob etwas nicht stimme, fragte er hoffnungsvoll, sei die Party in der Knesebeckstraße 85 endlich verschieden, in Auflösung übergegangen? Darauf bekam er keine Antwort. Die Verbindung wurde unterbrochen.

Ach, was war er müde!

Er ging auf die Toilette und wusch sich das Gesicht mit eiskaltem Wasser aus dem Hahn, er sah seinen eigenen leicht fragenden Blick im Spiegel, das unrasierte Doppelkinn und die verfärbte Nase, während er eine etwas unerwartete Enttäuschung darüber verspürte, dass möglicherweise alle und jeder zu Ihrem und Seinem gegangen waren, so dass er da oben in Margot Breiviks Wohnung keinerlei Leviten lesen könnte, leere Zimmer, vielleicht Erkenbod Effert schnarchend in der Mädchenkammer, und Adele Lusthoff … die Gassmuse unten in ihrer Wohnung … dann würde sich am Morgen das Ganze wiederholen. Versammlung in der Küche, Lachen und leeres Gerede, es war unerträglich, jetzt, wo er sich endlich entschlossen hatte, hart durchzugreifen, im Chaos des Zufalls Ordnung zu schaffen, deshalb nahm er einen Schluck aus der kleinen Schnapsflasche, der winzigkleinen armseligen Schnapsflasche, ging zurück an den Tisch, trank den restlichen Wein, bezahlte und begab sich die zweihundert Meter zum *Fisch*, wo Henrik Vasser am Tresen herumhing, auch er weder betrunken noch nüchtern.

Nein, er habe es da oben nicht mehr ausgehalten, meinte Vasser. Es sei eine scharfe Kulisse für einen Kurzfilm, am besten eine kurze Doku, vielleicht zwanzig Minuten, aber nun säßen sie doch schon seit Tagen in dieser verdammten Küche und redeten Scheiß über alles von fetten Schweineschnauzen bis zu geriatrischem Sex, jetzt müsse es reichen, es sei ja durchaus lustig gewesen, und dann sei da noch etwas, nämlich, dass der NRK die Doku senden wolle, ehe das Magazin in Druck ginge, und da könne er sich ja denken, was der Redakteur dazu gesagt und gemeint hatte. Prost und tut mir leid!

Und Gustav »Gus« Lunde?

Na ja. Das sei ja nicht dessen Schuld.

Nicht wahr? Warum rede er denn also die ganze Zeit von »Schuld«, wenn es bei der ganzen »Kiste« doch nur um ein Interview ging, wenn auch ein Porträtinterview, aus dem jetzt nichts werden sollte?

Na ja … nur eben.

Denn es sei doch wohl nicht so, dass Henrik Vasser sich einbilde, Claes Otto Gedde werde deshalb in Schwermut versinken? Oder war es Gedde, der Vasser angerufen hatte, und nicht umgekehrt? Er wollte Vasser ein wenig durch die Haare fahren, wie er in Frankfurt Odd Einar Olsen durch die Haare gefahren war, aber der andere wich zurück.

Reg dich doch ab!

Ich soll mich abregen?

Ja, reg dich ab.

Sie tranken.

Gedde erzählte dann, wie oft ihm als jungem Journalisten Artikel und Interviews gestrichen worden waren, ganz zu schweigen von all den Malen, wenn der Chef vom Dienst Interviews und Artikel vergewaltigt hatte, aber

Vasser verkroch sich tief in sich und mochte nicht hören. Gedde sah zu seinem Entsetzen ein, dass er auf diese Weise den anderen zu einem unerfahrenen Idioten reduzierte – und dass er das auch wollte.

Die Missstimmung griff um sich.

Eine klare, feine Disharmonie, dachte Gedde, der jetzt merkte, wie der gesamte sentimentale Kitsch aus Gemüt und Seele verjagt wurde. Dieser kleine *Dagbladet*-Wichser, der Kleine von Guggenvasser, wie ging es eigentlich Guggenvasser, war der noch immer im Heim, im Heim? Ja, hatte er das nicht gesagt, sein Vater sei im Heim, er sei nicht mehr richtig klar im Kopf, nein, Vasser konnte sich nicht erinnern, das gesagt zu haben, da könne er ja sehen, meinte Gedde, dass der Scheiß erblich sei, er wisse es noch von einigen Abenden zuvor! Er könne sich ja nicht einmal einige wenige Abende zurückerinnern. Und ob er übrigens schon von damals in den siebziger Jahren in Paris erzählt habe, wo sie eine Prostituierte dafür bezahlt hatten, dass sie Guggenvasser Verliebtheit vorgaukelte, und wie verliebt Guggenvasser gewesen sei? Da lachte Henrik Vasser freudlos und sagte, auch daran könne er sich nicht erinnern, aber damit seien sie sicher quitt, denn Gedde könne sich ja auch nie erinnern, was er gesagt oder nicht gesagt habe, eine Bemerkung, der Gedde also überhaupt nicht zustimmen konnte: dass er selbst doch auf geradem Weg unterwegs in Alter und Auflösung sei. Also, fügte Gedde hinzu, es verhalte sich nämlich so, dass sie eine kleine Nutte angeheuert hätten, um den jungen Guggenvasser ein wenig aufzumuntern, der habe sich nämlich nicht ins Bordell getraut, wie die anderen, eine übliche Aktivität in der international buntgemischten Gruppe von Korrespondenten, aber Guggenvasser habe das also nicht über sich gebracht, er kam ja auch aus Flekkefjord. Aus Mandal, korrigierte Henrik Vasser. Na gut, aus Mandal, das sei ja wohl kein großer Unterschied, oder? Tatsache sei jedenfalls, dass die anderen jungen Männer nach den oft tagelangen Schichten für eine gesunde Abreibung sorgten, während Guggenvasser sich in die Pension zurückzog und sich introvertierten Tätigkeiten widmete, Poesie, Onanie, wisse er eigentlich, was sein Vater damals für ein Weichei gewesen sei, ja, nicht nur damals, sondern sein Leben lang? Und dann seien also einige von ihnen auf die Idee gekommen, eine Prostituierte sich die Schminke abwischen zu lassen, es sei auch nicht teuer gewesen, es lag ja auf der Hand, dass es nicht zum Sex kommen würde, für die junge Frau, die ansonsten schwere Schichten schob, sei es vermutlich die pure große Pause gewesen, schauspielerische Leistungen seien auch nicht von Nöten gewesen, denn sie brauchte ja nur ins Café zu gehen, wo Guggenvasser schon mit seinem Kaffee saß, sich an Guggenvassers Tisch zu setzen, dann würde alles wie von selbst gehen, solange sie die Sache im Griff behielt und dem Mann aus Søgne rein gar nichts überließ, es reichte, dass sie sich als Kunststudentin ausgab, dann würde er an der Angel hängen, genauer gesagt, er würde Haken und Köder verschlingen, was zum allgemeinen Gaudium dann auch passierte, die gemeinsame Kasse füllte sich immer mehr, viele fanden die Aktion ja witzig, und als Guggenvasser sich dann nach und nach öffnete, über seine Gefühle für das »französische Täubchen« redete, war es ja besonders komisch, sie im Hotel um die Ecke für den vollen Preis oder einen kleinen Aufpreis der Reihe nach ranzunehmen, um dann zum Stammtisch zurückzukehren, wo Guggenvasser saß und durchblicken ließ, dass er sie nicht unter Druck setzen wolle, das Körperliche könne warten, sie sei doch eine Unschuld vom Lande, es war fast unmöglich gewesen, nicht loszuprusten, aber sie hatten sich beherrschen können, keiner hatte den anderen den Spaß verdorben.

Henrik Vasser musterte ihn voller Ekel.

Der Sohn seines Vaters, dachte Gedde und merkte dabei, wie ihm ein kleines Lachen entfleuchte, ehe er sich resigniert an die Erklärung machte, warum Vasser sich glücklich preisen könne, dass das Porträtinterview in den Teich gegangen sei, denn wie solle ein unerfahrener Journalist, der gerade erst die Sonntagsschule in Tvedestrand hinter sich gebracht hatte, die Spreu vom Weizen trennen können, die Wahrheit von der Lüge, wenn er also auf einen listigen alten Hecht wie Gedde angesetzt würde, wie hätte er einen solchen Job in den Hafen steuern können, ohne dass das halbe Medien-Norwegen sich vor Lachen ausgeschüttet hätte? Das regte nun Henrik Vassers Interesse an, es behagte ihm wohl auch nicht, sich einfach schocken zu lassen, jung und zynisch, wie er in dem Spiel, in das er sich freiwillig begeben hatte, doch sein musste, er durfte auch nicht riskieren, mit seinem Vater in einen Topf geworfen zu werden. Sei das so zu verstehen, dass Gedde in Interviews log? Darauf antwortete Gedde, es habe wohl keinen Sinn, mit ja oder nein zu antworten, denn beides könne doch als Bestätigung dessen dienen, was er soeben gesagt habe, nämlich, dass er in Interviews log. Und mehr wurde nicht dazu gesagt, denn Gedde hielt es nicht für zweckmäßig, zu erzählen, dass er als Kind sexuell missbraucht worden sei, oder etwas anderes, das ein wenig Schwung in die Sache gebracht hätte.

APPLAUS

Aber auf der Treppe, der langen steilen Hintertreppe zu Margot Breiviks Nachlass, überkamen ihn wieder Missmut, Missmut und Scham darüber, wie er sich dem jungen *Dagbladet*-Journalisten gegenüber aufgeführt hatte, der ganze widerwärtige Unfug, den er über Guggenvasser und die Prostituierte abgesondert hatte, ob nun wahr oder nicht, und zu seinem Erstaunen ging ihm auf, dass er sich die ganze Zeit gewünscht hatte, der andere werde ihm eine Maulschelle verpassen, eine gute altmodische Maulschelle, die richtig weh tat, eine solche Maulschelle, für die Tante Astoria die Expertin gewesen war, immer dann verabreicht, wenn er am wenigsten damit rechnete, ein Ohr, das danach noch stundenlang glühte, Summen und Sausen im Gehörgang, der Schock, ihre Geduldsschwelle überschritten zu haben, ohne dass er das begriffen hatte, und jetzt konnte er nicht begreifen, wie Henrik Vasser sich diese offene Hetze gegen seinen alternden, stark reduzierten Vater hatte gefallen lassen können. Nein. Und weiter, überaus passend zu der Zwangsvorstellung, unter der er bei seiner Ankunft in Frankfurt gelitten hatte, der Gewissheit, dass negativ geladene Gedanken, Worte oder Taten sich rächten, durch alltägliche kleine Ereignisse zurückschlugen, fragte er sich jetzt, was ihm wohl bevorstehen mochte, wenn er nun bald den in Margot Breiviks

Wohnung Anwesenden klarmachen würde, wo der Hammer hing, wo Barthel den Most holte, das musste er, denn jetzt brauchte er endlich Ruhe und Frieden, jetzt musste die lange Nacht endlich einen Anfang nehmen.

Er blieb lange vor der Tür zur Hintertreppe stehen, musste lange so stehen, um wieder zu Atem zu kommen, durfte nicht schweißtriefend und schnaufend hineinstolpern, es war schlimm genug, dass er das Gefühl hatte, keine Autorität zu besitzen, ja, den anderen unterlegen zu sein, die jetzt aller Wahrscheinlichkeit nach dort drinnen beim Wein saßen, und er stellte sich vor, dass Henrik Vasser Gus Lunde angerufen und von dem wenig erbaulichen Gespräch erzählt hatte, das soeben unten im *Fisch* geführt worden war, das Verhalten des abscheulichen Gedde, dass er jetzt die Seite seiner selbst gezeigt hatte, von der sie bisher nur gehört oder gelesen hatten, die ihnen aber bisher erspart geblieben war, dieser kleine selbstzufriedene Gnom, der es nicht ertragen konnte, dass die Redaktion des Magazins das Porträtinterview aus Anlass des sechzigsten Geburtstags besagten selbstgerechten Gnoms abgeblasen hatte, und der deshalb eimerweise alten Scheiß angeschleppt hatte.

Er legt das Ohr an die Tür, diese Gewohnheit hat er bisher sein Leben lang beibehalten, Ohr gegen Tür, aber es ist still, kein Gelächter oder Gesang, nicht einmal ein leises Gemurmel aus dem Wohnungsinneren, kein Laut, deshalb steckt er langsam den Schlüssel ins Schloss, dreht ihn vorsichtig um, und schiebt die Tür in den engen Gang, es ist ganz dunkel, er zieht die Tür hinter sich ins Schloss, klick, und jetzt hört er ein Geräusch, eine Art Nachhall, der in die Ewigkeit sinkt, als er das Musikzimmer betritt, sieht er sie alle dort im Schein der flackernden Kerzen sitzen, und wieder kommt alles anders, als er gedacht und geplant hat, denn in dem Moment, in dem er das halbdunkle Zimmer betritt, erheben sich die anderen und klatschen, er wandert mitten in den Applaus hinein, und überrascht und erleichtert hebt er die Arme, um diese unerwartete Huldigung entgegenzunehmen, wohl wissend, dass er sie jetzt nicht zurechtweisen kann, er kann sie nicht auffordern, sich an das Ihre zu begeben, nicht heute Abend, nicht heute Nacht, denn jetzt erntet er ihre freundliche Anerkennung. Es ist ein warmer Applaus mit Herz und Seele, was er hier hört, und er spürt, wie ein Kloß in seinem Hals groß und feucht wird, er ist gerührt, in letzter Zeit hat es so viel Scheiß, Erschöpfung und Auflösung gegeben, aber hier stehen sie also und applaudieren, weil er nach Hause kommt, und er schnippt mit den Fingern, schließt die Augen halb und steppt auf dem schmalen Parkettstieg hinten beim Fenster, erst langsam, zögernd, dann schneller, er kann steppen, er ist ein guter Stepper, er tanzt in den Applaus hinein, der scharfe Klang der Schuhspitzen, klicketiklack, gepaart mit dem Geräusch ihrer warmen Hände, klapp, klapp, klick, klack, aber als er sich umdreht, noch immer die Arme über den Kopf gehoben, mit den kleinen Wurstfingern schnippend, sieht er Erkenbod Effert am Flügel sitzen, den Kopf nach vorn gesenkt, die schweißnassen Haare an der Stirn klebend, die Hände neben dem Hocker hinabhängend, *end of concert*, während er selbst über das Parkett hüpft, im Kreis, im Kreis, hin und her, jetzt die Augen ganz geschlossen, was für eine furchtbare Falle, denkt er, denkt Gedde, aber jetzt kann er nicht aufhören, jetzt wagt er nicht, die Augen zu öffnen und den Blicken der anderen zu begegnen, und als der Applaus versiegt, sind das Geräusch seiner Füße und der ferne Verkehrslärm das Einzige, was zu hören ist, und er weiß nicht, wie er hier herauskommen soll, es gibt keinen Ausweg, und sie sagen nichts, sie lachen nicht, sie ermuntern ihn nicht, er tanzt ganz allein, hin und her über den schmalen Parkettstieg am Fenster, die ganze Zeit die Arme über den Kopf gehoben, mit den Wurstfingern schnippend, das ist der Eingang zu der langen Nacht auf Erden, denkt er, die lange Nacht, wie sie in Wirklichkeit aussieht, hinter Phantasien und Vorstellungen, ganz allein in aufgezwungener Gesellschaft, der letzte Zug ist abgefahren und nirgendwo wartet irgendwer auf mich.